玉《たま》依《より》姫《ひめ》

阿部智里

文藝春秋

もくじ

装幀　関口信介
装画　苗村さとみ

登場人物紹介

葛野《かどの》志帆《しほ》　都内で祖母と二人暮らしをする高校一年生。両親は交通事故で他界。突然現れた伯父・修一に誘われ、母の故郷の山内村《さんだいむら》を訪ねる。

山神《やまがみ》　荒山《あれやま》の主。山内村の村人に生贄を要求する。

大猿《おおざる》　山神に仕える神使《しんし》。人間を喰らう。

奈月彦《なづきひこ》　山神に仕える神使。八咫烏《やたがらす》の長《おさ》を名乗る。

谷村潤《たにむらまさる》　夏の間だけ山の別荘に滞在する男性。

久乃《ひさの》　志帆の祖母。三十七年前、夫と息子・修一を残し、娘の裕美子だけを連れて山内村を飛び出す。

ますほ　奈月彦の従妹。志帆の身のまわりの世話をするようになる。

玉依姫《たまよりひめ》と云《い》ふ名はそれ自身に於《おい》て、神の眷顧《けんこ》を専《もつぱ》らにすることを意味して居る。親しく神に仕《つか》へ祭に與《あづか》つた貴女が、屢々《しばしば》此名《このな》を帯びて居たとてもちつとも不思議は無い。

（柳田國男「玉依姫考」『妹の力』より）

玉依姫

序章

父と喧嘩をした。

きっかけは覚えていない。

ただ、何度も「お前は馬鹿だ」と言われたことと、それを言う父の表情が、ひどくもどかしそうだったことだけは、はっきりと記憶している。

もどかしそうで、しかも、悲痛だった。

その時は、どうしてそんな顔をするのか、よく分からなかった。

言いたいことがうまく伝わらなくて、泣きたいのはこっちの方なのにと、むしろ、苛立たしく感じるくらいだったのだ。

「お前も、お父さんも、悪くないよ」

耐え切れず、自室のベッドに逃げ込んだ私のもとに、しばらくしてから母が来た。

いつもそうだった。

父と口論になった時、決してどちらの味方もしない代わりに、一段落すると、こんこんと諭しに——あるいは慰めに、ホットミルクを持った母がやって来てくれるのだ。

ベッドサイドに腰かけた母は、毛布に包まって蓑虫のようになった私の背中を、ゆっくりと撫でさすりながら言う。

「お前もお父さんも悪くないけれど、お母さんは、お父さんがああ言った気持ちが、よく分かるの。他人のためにと言って、お前が傷ついたり損したりするのは、嫌だなぁって思うから」

お前のことが心配だったんだよ、と言う口調は、甘やかすように優しかった。

「でも、そうだね。お前の言いたいことも、よく分かる。結局、お前にとって何が一番良いのかは、お前自身にしか分からないものね」

だから、これだけは約束してちょうだいと、そう言う母の声は穏やかなのに、どこか、懇願するような響きを持っていた。

「お母さんもお父さんも、お前が健康で、幸せになってくれることを、何よりも願っているから」

その気持ちを、お前自身が裏切ることだけはしないでね、と。

——あの時の私は、何と返したのだったか。

記憶はあやふやで、しかも母にそれを確かめることも、もはや出来ない。

第一章　雨宿り

一九九五年、五月。

——やってしまった。

自分の置かれた状況を悟り、志帆《しほ》は旅行鞄を取り落とした。

とある、古びたバスの待合である。

卯《う》の花《はな》くたしの雨が降りしきる中、穴の空いたトタン屋根からはぽたぽたと水滴が零《こぼ》れている。壁に貼られた接骨院のポスターはすっかり色あせているが、微妙にかしいだ標識の方は、確かに『大沼淵《おおぬまぶち》』の字が見て取れた。

赤錆まみれで読みにくいものの、少なくとも、自分が目指していた『大沼口《おおぬまぐち》』でないことだけは確かである。

慌てて時刻表を確認したが、自分の乗って来たバスが最後の一本であったようだ。

迎えに来てくれるはずだった伯父に連絡しようにも、どろりとした濃霧がほんの数メートル先で視界を遮断してしまっている。電話ボックスはおろか、近くに民家があるのかも、ほとんど判然としない有様である。

「どうしよう……」

目的のバス停まで歩くことも考えたが、リュックに入れたはずの折り畳み傘をどこかに置き忘れたことに気が付いてしまえば、もはや打つ手は何もない。

一応、駅に着いた時に公衆電話から連絡は入れている。乗ったはずのバスにいないと気付けば、伯父が事情を察して、ここまで来てくれるかもしれなかった。

わずかな逡巡《しゅんじゅん》の後、少しだけここで待つことに決めて、志帆はベンチへと腰掛けた。木造のそれが鈍く軋《きし》んだ後、バス停内は、山特有の深い静けさに包まれた。

今回の里帰りは、志帆にとって生まれて初めての一人旅であり、ほとんど家出のようなものであった。都内からここまで来るのに、電車とバスを乗り継いでおよそ四時間。途中までは順調だったのに、最後の最後でとんだへまをしてしまったものだ。

バス停内には、てんてんと、雨だれが空き缶の底を打つ音だけが響いている。

まだ日が沈むには早い時間のはずだが、辺りは淀んだ水底のように暗く、足元の雑草の緑だけがやけに鮮やかに感じられた。

五月とはいえ、雨の山は肌寒い。

荷物からパーカーを取り出そうとして、ふと、雨音にまじり、何かが聞こえることに気が付いた。

車のエンジンかとも思ったが、ぱしゃり、ぱしゃり、というゆったりとした水音は、人の足音のようである。誰かいるのだろうかと目を凝らし——それに気付いた志帆は、ぎょっとした。

「ちょっと君、そこで何してるの！」

その声は、志帆自身が思っていたよりもずっと大きくその場に響いた。

考えるよりも先に雨の中へと駆け出すと、霧の中を歩いていた人物を無理やり屋根の下へと引きずり込む。

濡れるに任せて雨の中を歩いていたのは、まだ十歳にも満たないような、やせっぽちの少年であった。

「ああ、こんなに濡れちゃって……どうして傘をささないの。お家は？　この近くなの？」

つかんだ二の腕はびっくりするほど冷たくて、とても健康な人間のものとは思えなかった。

自分のパーカーを羽織らせ、荷物の底にあったタオルをずぶ濡れの頭へとかぶせてから、ふと、何かおかしいことに気が付いた。

薄暗い中でも分かる。少年のタオルの下からのぞく髪の毛は、銀色をしていた。

しかも彼はひどく小柄で、全体的に薄汚れている。

作務衣《さむえ》とも、Tシャツともつかないぼろぼろの服を着ており、そこから覗く手足は棒のように細い。その顔には血の気が全く感じられず、暗がりの中できろきろと動く目玉だけが、やけに大きく感じられた。

その瞳の中には、まるで線香花火を閉じ込めているかのような輝きがあった。

変わった髪の色ともあいまって、普通だとはとても言えない様子である。

そう思ったことが表情に出てしまったのか、無言のまま こちらを見つめていた男の子が、不意に顔をしかめた。

「――お前、すぐにここを離れろ」

「え？」

「もう、山で祭りが始まっている。村に近付いてはいけない」

「祭りって……山内村《さんだいむら》のお祭りのこと？」

「そうだ」

だからさっさと去れと命令され、志帆はぽかんとした。

これは、もしやよそ者だと警戒されているのだろうか？

「あの、何が『だから』なのかよく分からないんだけど、私、そのお祭りを見るためにここまで来たのね」

志帆は男の子を安心させようと、出来るだけ穏やかな口調に努めた。

「ちゃんと、村の人に招待されて来ているの。だから、心配しなくても大丈夫だよ」

第一、交通手段が何もない以上、今から自力で帰宅するのは不可能である。

それを聞いた男の子は再び口を閉ざしてしまったが、志帆はそんな話よりも、彼が濡れたままでいることの方がよっぽど気にかかった。

「ねえ君、もしかして、お家は近くじゃないのかな」

自身の迎えすら怪しい状況ではあったが、この子をこのまま放っておくわけにはいかない。保護者か警察に連絡するにしても、今の状況では伯父に頼み込んで、村の電話を借りるのが一番だと思われた。

「もし良かったら、私と一緒に来る？」

屈んで視線を合わせながら言うと、男の子は目を瞬いた。

「……あんた、馬鹿みたいにお人よしなんだな」

それに志帆は、思わず声を上げて笑ってしまった。

「よく言われるの。お節介にもほどがあるって」

でも一緒に来るでしょ、と悪戯っぽく笑いかけると、男の子は口をへの字に曲げ、ややあってから嘆息した。

「……あんたのためを思って、言ったつもりだったんだが」

でも、もう遅い。

そう言って、男の子はちらりと志帆の背後を見た。

視線を追って振り返ると、今度こそ車の音がして、霧の中から一台の黒い車が現れた。

銀色のエンブレムの光る、いかにも値の張りそうな外車である。

結構なスピードで水溜まりを蹴散らし、志帆達のいるバス停へと横付けする。

「志帆ちゃん！　心配したよ」

そう言って運転席から飛び降りて来た男の姿に、志帆は安堵《あんど》の息を吐いた。

「伯父さん、ごめんなさい。バス停の名前を間違えちゃって」

「そんなこったろうと思ったよ。バスで居眠りしていたんだってね」

そう言って差し出されたのは、見覚えのある菜の花模様の折り畳み傘だった。

「運ちゃんが、飛び起きて降りてった志帆ちゃんを心配していたよ。降りる場所を間違えていないか、確認してあげれば良かったたってね」

ほら、もう忘れちゃ駄目だよと傘を渡され、志帆は恐縮した。

「ありがとうございます」

「いいって。じゃあ、行こうか」

すぐに車に戻ろうとした伯父を、志帆は慌てて呼び止めた。

「待ってください！　あの、自分でもあつかましいのは分かっているんですけど、この子も一緒に――」

言いながら横を見て、志帆はその場に固まった。振り返った伯父も、志帆の傍《かたわ》らに目をやって、不思議そうな顔となる。

「……どうしたんだい？」

さっきまで志帆の隣にいたはずの男の子は、忽然《こつぜん》と、その場から姿を消していた。

「バスを乗り継いで来るんじゃ、大変だっただろう」

だから駅まで迎えに行くと言ったのに、と伯父は片手で煙草を揉み消した。

雨を避けながら乗り込んだ車の中は、片付けられてはいたものの、備え付けの灰皿に吸い殻が山となっていた。大人しく助手席に収まった志帆は、未だ狐につままれたような気分のまま、運転席の伯父へと曖昧に笑い返した。

「ご迷惑をおかけしてすみません」

「まあ、間違えても仕方がない。この辺りは、龍《りゅう》ヶ沼《ぬま》に沿って道が通っているから、同じような名前の停留所が多いんだ」

分かりにくくっていけない、と、そう語る伯父は渋い顔だった。

「さっきの所だと見えなかったけれど……ああ、もう見えて来るかな」

これが龍ヶ沼だ、と指さされた車窓、ガードレールを越えた木々の合間に、チカリと水の煌《きら》めきを捉えた。しずくのついた窓ガラス越しに眺めていると、白くこごっていた水面の霧が少しだけ流れ、沼の様子が見えるようになる。

それは、沼という名前から想像していたよりも、ずっと大きな湖だった。

周囲は山に囲まれており、その中央には小さな島が浮かんでいる。島には神社があるようで、鳥居と、岸と島とをつなぐ赤い橋があった。

橋の周辺には人家らしき家屋が集まっており、そこが目的地である山内村《さんだいむら》であるという。

そして、村とは反対側の岸――右手奥に見える対岸には、綺麗なお椀型をした山がそびえている。それほど高い山ではないようだが、山の中腹には赤い鳥居があり、湖の岸からそこへと続く階段らしきものも見えた。

「山の上にも神社があるんですね」

問えば、「そうらしいね」と平板な口調で返される。

「あそこはキンソクチだから、伯父さんも何があるか、よく知らないんだけど」

「きんそくち……？」

「禁じられた足の地と書いて、禁足地《きんそくち》だ。普段は立ち入っちゃいけない場所なんだよ。荒山《あれやま》というのだけれど、神さまのいる山だという伝説があるんだ」

昔からこのあたりは雷雨が多く、山津波や落雷によって、村が甚大な被害を受けることが多かったという。

だがある時、とりわけ長く雨が続き、田畑がことごとく駄目になり、このままでは村が壊滅してしまう、という状態にまで追い詰められたことがあった。

一体何が原因なのかと村人達が困っていると、村の外から行者がやって来て、「しかるべき神を、きちんと祀《まつ》っていないのが原因だろう」と言ったのだ。

もともと山内村の前にある沼には龍がいるとされていたので、魚を獲った時には必ずお礼をするようにしていた。だが、龍の正体は荒山を棲家にしている山神《やまがみ》であり、本来、最も重要視すべきだった猟をした時のお礼を疎《おろそ》かにしてしまっていたのだ。

山神が怒っていることを知った村娘は、「では、私が山神さまに身を捧げ、代わりに村を救ってくださるように頼みましょう」と言って、自ら龍ヶ沼へと飛び込んだ。

すると、沼の水が輝き、背中に娘を乗せた龍が現れて、こう言ったのだ。

『娘の心意気、あっぱれ、あっぱれ。これから、自分をきちんと祀ってくれるのであれば、ずっとこの村を守り続けてやろう』ってね」

そして龍神は、娘を背中に乗せたまま空を翔《か》け上がり、荒山の方へと飛んで行ってしまったという。

「以来、稲作が始まると、山から沼の社《やしろ》に下りて来て、村を守ってくれるようになったんだって」

「へえ……」

「今では娘自身も神さまになって、村を守ってくれているそうだよ。今、村でやっているお祭りは、山に住んでいる神さまをお迎えすると同時に、神さまとなった村娘への感謝を忘れないようにするためのものでもあるんだ」

「お迎え、ですか」

「そうだよ。たくさんごちそうを用意してね。神さまと一緒にご飯を食べて、お酒をいっぱい呑むんだ。今日は——年に一度だけ、神さまと人が交流することが出来る、特別な日なんだよ」

伯父が言い終わるのとほぼ同時に、再び山の陰に入り、龍ヶ沼は見えなくなってしまった。

車は、龍ヶ沼に面した山を大回りするようにして、山間《やまあい》の道に入って行く。

バスでここに来るまでにもだいぶ山を登って来たと思うのだが、話しているうちに、舗装もされていない本格的な山道となり、一旦は弱くなった雨も、再び強くなり始めた。

強い揺れと空の暗さに、まだ着かないのだろうかと不安になって来た頃、唐突に視界が開けた。

「さあ、着いたぞ。みんな、志帆ちゃんのことを、首を長くして待っていたんだ」

村に入る道は小高くなっており、そこからは、村の全景を見下ろすことが出来た。

山内村は、龍ヶ沼に面した一方を除き、三方を山に囲まれた集落である。

先ほどまでの悪路が嘘のように道路はきちんと整備され、田畑のところどころに、立派な家々が立ち並んでいた。そのほとんどは白壁に囲まれた日本家屋だったが、中には、閑静な住宅街と見紛うような、西洋風の新築もある。

いずれも、こんな山奥にあるとは思えないような豪邸ばかりだ。

しかし、志帆が驚いたのはそんなことではなかった。

車が坂道を下りて来るのを見ると、待ち構えていたように、邸宅の中から人が走り出て来たのである。

スピードを落として窓を開けば、にこやかな村人が次々に声をかけて来た。

「遅《おせ》ぇから、もう来《き》ねえかと思ったんべ」

「待ちくたびれたよぅ」

「修一《しゅういち》さんから聞いて、来《く》んのをずっと楽しみにしてたんだかんね」

話しかけて来るのは、年老いたおばあさんから若い男まで様々であった。

お年寄りの言葉には独特の訛《なま》りがあって、時折何を言っているのか聞き取れなかったが、一様に自分を歓迎してくれているのは伝わった。

「あの、どうも、ありがとうございます」

本来であれば嬉しく思うべきなのだろうが、村人達の喜びようは、志帆の想像をはるかに超えていた。そうして着いた伯父の家は例に漏れず、二階建ての立派な日本家屋であった。

そこでは、満面に笑みを浮かべた割烹着《かっぽうぎ》姿の女達が待ち構えていた。

「よく来てくれたわね。どうぞ遠慮しないで、いっぱい食べてちょうだい！」

そう言ったのは、しっかり化粧をし、上品なピンク色のブラウスとスカートに身を包んだ伯母であった。

挨拶もろくにしないまま通された居間には、ごちそうが所狭しと並べられていた。

彩り鮮やかなちらし寿司があるのに、その隣には、わかめとほぐした魚を加えた混ぜご飯が大皿いっぱいに盛られている。

山のようなてんぷらには、志帆が聞いたこともないような山菜が使われており、筍の煮物はお鉢から溢れんばかり。黄色い脂の浮いた雉《きじ》鍋や、山女魚《やまめ》の刺身なんてものまであった。

すっかり面食らってしまった志帆に構わず、その後も、ごちそうはどんどん増えていく。

「遅くなっちって悪りんね」

「寿司持ってってくれ。歩《ある》って来たんだけんど、まーず重くてヨイじゃねえや」

「そんくらい世話ねぇべ。いちいち文句言うない」

そう言って大きな寿司桶を持って来た彼らは、近所に住む志帆の遠縁だと名乗った。

「まあ、小さな村だから、言ってしまえばみんな、親戚みたいなものなんだがね」

「イキナシこんなに名乗っても覚えられないよねえ」

「それにしても志帆ちゃん可愛いね。良いゴクさんになりそうだ」

「いやあ、めでてえもんだね！」

途中、お手洗いを理由にして、志帆は一人宴会を抜け出した。

ひんやりした廊下で、深く息をつく。

歓迎されているのだとしても、このように知らない大人達に取り囲まれたのは初めてで、少し疲れてしまった。気合を入れ直し、戻ろうとして、ふと、仏間と思《おぼ》しき襖からこちらを窺う、小さな人影があることに気が付いた。小学校、低学年くらいの女の子である。

志帆にはすぐにその子が、伯父から聞いていた従妹だと見当がついた。

「彩香《さやか》ちゃんだよね。どうしてこっちに来ないの？　一緒にお寿司食べようよ」

彩香は口を開きかけたが、「おい！」と、急に怒気を含んだ声が飛んだ。

「お前、そこから出るなって言っただろ！」

彩香が、慌てたように顔を引っ込める。

振り返ると、どたどたと足音を立て、中学生くらいの男の子が階段を駆け下りて来るところであった。

「君は、修吾《しゅうご》君かな」

彩香の兄だとするならば、彼も自分の従弟のはずである。

「私、志帆だよ。伯父さんから聞いていると思うけど、今日からしばらく——」

しかし、志帆を冷やかに一瞥《いちべつ》しただけで、修吾は彩香のいる仏間へ入り、乱暴に襖を閉めてしまった。あんまりな態度に呆然としていると、今度は騒ぎを聞きつけた伯母がやって来た。

「どうかしたの」

「今、修吾君と彩香ちゃんに挨拶しようとしたんですけど……」

「ああ、ぶっきらぼうだったでしょ。ごめんなさいね。あの子、反抗期だから」

そう言う伯母の笑みは、仮面を顔に貼り付けてでもいるかのように、初対面からいささかの変化も見えない。

「さ、宴会に戻りましょ。まだ早いと思っていたんだけどねえ、志帆ちゃんのために、わざわざ鮎を獲って来てくれた人がいるの。塩焼きにしてみたんだけど、美味しいわよ」

そう言って肩をつかんだ伯母の手は、爪が食い込むほどに力強かった。

「あの、皆さん、どうしてこんなに私に良くしてくださるんですか」

「あなたはもともとこの村の者なんだから、遠慮なんてしなくていいのよ。ほとんど四十年ぶりの里帰りなものだから、皆、浮かれているのよ」

ここにやって来ることになったそもそもの原因に触れたのを感じ、志帆はこっそりと唾を呑んだ。

「伯母さん。そのことなんですが」

「まあまあ。難しい話は、また後でもいいじゃないの」

焦る必要なんかないわと言って、伯母はにぎやかな居間へと志帆の背中を押し出した。

「何せ、時間はたっぷりあるんだから」

それ以上何も言えなくなってしまった志帆は、オレンジジュースのお酌を受けながら、一月前のあの日のことを思い出していた。

＊　＊　＊

「葛野《かどの》志帆《しほ》ちゃんだね？」

まだ、吐息が白くなるような、冬のある日のことだった。

高校から帰って来て、アパートの駐輪場に自転車を止めようとしていた志帆は、呼び止められて振り返った。

見慣れた風景の中、西日の中で棒立ちとなった黒い影だけが異質に浮かび上がっている。

それは、五十近くとみられる中年男性だった。

ネクタイこそしていないものの、きちんとした暗褐色のスーツ姿で、顔中に笑みを浮かべている。恰幅は良いが顔色は悪く、目の下には隈《くま》らしきものもあった。

全く、見覚えのない男だ。

「どちらさまでしょう」

思わず身構えると、ああ、急に話しかけられては困るよね、と男は名刺を取り出した。

「大丈夫、変な人ではないよ。オジサンだ」

「はい？」

「君のお母さんのお兄さん――つまり、僕は君の、伯父さんなんだ」

志帆は衝撃のあまり、すぐには反応を返せなかった。

両親が交通事故でこの世を去った時ですら、葬式に母方の縁者は全く姿を見せなかったのだ。自分に、祖母以外の近親者がいたこと自体、初耳である。

無言のままの志帆をどう思ったのか、伯父を自称した男は悲しそうな表情になった。

「聞いたよ。妹は、随分前に亡くなったそうだね。大変な苦労をしただろうに、今まで何もしてやれなくてすまなかった」

「いえ……」

「母さんも意地なんか張らずに、連絡してくれれば良かったのに」

顔をしかめる男に、志帆はなんと返したらよいものか分からなかった。

小学生の頃に両親を亡くして以来、志帆は独り身である祖母のアパートに身を寄せていた。当初こそ両親を想って泣くことも多かったが、今では慎ましやかながら、人並みに幸せな生活が出来ていると思っている。

「あの、本当に、母のお兄さんなんですか？」

だったらどうして今まで交流がなかったのかと、口を開きかけた瞬間だった。

「志帆！」

悲鳴のような高い声が、その場に鋭く響き渡った。

「おばあちゃん」

買い物袋を投げ出した祖母が、今まで見たことのない形相でこちらに駆け寄って来た。

「久しぶりだな、母さん。やっぱり老けたね」

志帆との間に立ちふさがる祖母を前にして、伯父は皮肉っぽく言う。

「お前、修一だね。志帆に一体、何の用だい」

警戒心も顕わに詰問され、伯父の顔がいびつに歪んだ。

「いきなりそれか……。久方ぶりに捨てた息子に会ったっていうのに、相変わらず冷たいな」

その一言は聞き捨てならなかった。

「――捨てた？　おばあちゃんが、伯父さんを？」

「ああ、そうだよ」

思わず声がうわずった志帆を見て、「君は知らないだろうけどね」と伯父は苦々しそうに語り出した。

「おばあちゃんは自分の旦那と、まだ小さかった伯父さんを捨てて、君のお母さんと一緒に家を飛び出して行ったんだ。もう、三十七年も前の話になる」

「修一！」

遮るように言葉を放った祖母を見て、伯父は鼻を鳴らした。

「なんだよ。全部本当のことだろ」

「何が本当のことだ。あの人と一緒になって、裕美子《ゆみこ》を虐《いじ》めていたくせに」

それを聞いた瞬間、伯父の顔が真っ赤になった。

「俺も親父も、裕美子を虐めたことなんて一度もない！　やっと分かったよ。あんた、裕美子を言い訳にして、自分が逃げたのを正当化していたんだな。自分が田舎の暮らしに耐えきれなかっただけのくせに」

「ふざけたことをお言いでないよ」

「ふざけているのはどっちだ！　夫婦喧嘩の末、右も左も分からない十歳のガキを捨てて行ったあんたの方が、よっぽどふざけているだろうが」

一瞬にして顔色を失くした祖母に、伯父は悔しそうに吐き捨てた。

「親父は去年、後妻も迎えずに一人寂しく死んでったよ。俺は三十七年の間に、嫁さんを貰ったけどな。あんたと違って、息子と娘、二人とも面倒見よく育ててくれている、愛情深い母親だ」

今の家の雰囲気は、俺が子どもの頃と大違いだと言われても、祖母は何も言わない。

その姿は、普段の祖母からは、全く想像の出来ないものだった。

志帆の知る祖母は、厳格でこそあったけれど、その分、責任感も強い人であった。それに、今に至るまで志帆のことを大切に育ててくれたのだから、理由なく自分の息子を放り出したなど信じられるはずもない。

「おばあちゃん。それ、本当なの」

何か事情があるのなら言い返せば良いのにと思ったのに、祖母は押し黙ったままである。

「信じたくないかもしれないが、全部、本当のことだ」

愕然《がくぜん》とした志帆に目をやって、伯父は口調を改めた。

「……でもまあ、妹や君に罪はないからね。一度、君のおじいちゃんの仏壇に、線香でもあげに来ておくれよ」

それを聞いた祖母が、志帆の視界を遮るように両手を広げた。

「行かせやしないよ。志帆はもう、あの村とは何も関係がないんだ」

「あんたには言ってない」

そっけなく言った伯父に、祖母は唇を噛んだ。

「志帆、お前は先に家に入ってなさい」

「でも」

「いいから！　早くお行き」

志帆は無理やり、アパートの中へと追いやられてしまった。

しばらくして家に帰って来た祖母は開口一番、「あの男の言ったことは全部デタラメだよ」と釘を刺して来た。

「確かにおばあちゃんは、あの男を置いて、村を出た。だけどね、それはちゃんとした理由あってのことだ」

かつて自分が嫁入りした村は男尊女卑の考え方がひどく、志帆の母——裕美子を守るためには仕方のないことだったのだと、祖母は過剰と思えるほどに熱弁をふるった。

「今後、あの男が会いに来ても、絶対に相手にしたらいかんよ」

「でも、少しくらい話を聞いてあげても」

「本当にお前と来たら、馬鹿な子だね！」

祖母は吼《ほ》えるように吐き捨てた。

「あいつらは、話し合いなんかでどうこうなる奴らじゃないんだよ。全部無視して、必ずばあちゃんに知らせなさい」

いいね、と鬼気迫る祖母に圧倒され、志帆はただ、頷くことしか出来なかった。

「あの村の連中は、同じ人間じゃないと思わなきゃ駄目なんだ……」

独りごちるように呟《つぶや》いた祖母の横顔に、志帆は、氷の欠片《かけら》が背筋を滑って行くような感覚を覚えた。

ねえ、おばあちゃん。どうしてそんな顔をしているの。

暗く、憎悪を湛《たた》えたその表情は、志帆のよく知る祖母のものとは、とても思えなかった。

＊　＊　＊

ふと、目が覚めた。

夜光塗料のついた時計を確認すれば、時刻は十一時四十八分。横になってから、もうじき二時間が経とうとしていた。

外からは、しめやかな雨の音がしている。

志帆は息をついて、慣れない匂いのする布団の中でへたりこんだ。

――結局、今日は何もすることが出来なかった。

あの時の祖母の顔を思い出すと、今でも嫌な胸騒ぎがする。

祖母に「伯父と関わるな」と厳命された志帆だが、あれで納得したかといえば、決してそんなことはなかったのである。

祖母が村を出て行った時、伯父がたったの十歳だったというのが引っかかっていた。皮肉にも、自分が両親を亡くしたのも、ちょうど同じ年の頃だったのだ。母がいない寂しさは自分もよく知っているし、ようやく再会した伯父への祖母の態度は、あまりに酷いという気持ちもあった。

何より、祖母が伯父を捨てたという、そのわけを知りたかった。

だからこそ志帆は、あの翌日、校門の前で待ち構えていた伯父の話に、耳を傾ける気になったのである。

頼み込まれるようにして連れて行かれたファミレスで、伯父は祖母の悪口を一切口にしなかった。ただ、自分の一家が暮らしている山村がいかに良い所か、そこで志帆の従弟妹たちがどのように暮らしているかを、楽しそうに語るのみであった。

どうして祖母がそこを出て行ったのかという肝心なことは中々話そうとせず、それでも志帆が聞きたがると、ひたすら言葉を濁すのである。

「あの頃のことは、伯父さんにとってあんまり気持ちのいい思い出じゃなくてね……。もし、志帆ちゃんが本当に当時のことを知りたいなら、一度、おじいちゃんのお墓参りに来てくれないだろうか」

その後に話す分には構わない、と伯父は言った。

「家にはアルバムもあるし、それを見てもらえば、どちらが本当のことを言っているか、きっと分かってもらえると思う。今のままだと、志帆ちゃんは伯父さんの言葉も半信半疑だろう？」

誤解されたまま話すのじゃ、あまりに親父が可哀想だと呟かれては、もはや嫌とは言えない。聞けば、ちょうど五月の連休に村でお祭りがあるというので、見物がてら、遊びに行くことにしたのだ。

反対されるのは分かりきっていたので、祖母が留守の間に、手紙を残して出て来た。心配をかけている上、祖母の語りたがらない過去を暴き立てようとしていることもあってひどく心苦しかったというのに、結局、何も話を聞けないまま一日が終わってしまった。

しかも、この村の人達の態度が、まるで口の中に入ってしまった一本の髪の毛のように、ささやかながら強烈な違和感を残していた。

客観的に、違和感の原因はこれだと分かるようなものは何もない。みんな、やりすぎなくらいに親切にしてくれたし、初めての志帆の「里帰り」を喜んでくれたと思う。

ただ――志帆にはどうしても、彼らが心から笑っているようには見えなかったのだ。

宴会でも、薄っぺらい笑顔が気味悪く感じられて、ごちそうもほとんど口に入らなかった。

長時間の移動で疲れていることを言い訳にして、わざわざ中座させてもらったくらいだ。

「おばあちゃんは、どうしてあんなにこの村を嫌っていたんだろう……」

今更ながら祖母の態度が気になったが、言いつけを無視してここまで来てしまった以上、それを聞くことはもはや叶わない。

何気なく額を擦《こす》ると、前髪が汗で湿っていた。そういえば、喉も渇いている。一度気になると、このまま眠りにつくのは無理そうだった。

台所で水をもらおうと、志帆はパジャマの上にパーカーを羽織って、そっと客間を出た。

志帆に与えられたのは、二階の一番奥、修吾の自室と思しき部屋の隣である。

すでに寝ているだろう伯父一家を起こさないよう、足音を殺して階段を下りていると、自分の目指す台所には、既に明かりが点《つ》いていた。

誰かが会話しているようだ。

声をかけようと、志帆が口を開きかけた時だった。

「あたしのせいだって言うの！」

ヒステリックに上擦《うわず》る、伯母の声がした。

「馬鹿、大声を出すな」

苛立ったように応えたのは、間違いない。伯父である。

どう聞いてもただ事ではないその様子に、志帆は咄嗟《とっさ》に口を押さえた。

「起きちまったらどうするんだ。ただでさえ、薬入りのもんにはほとんど手を付けなかったっていうのに」

「だから、それはあたしのせいじゃないって言ってるでしょ。他のものもろくに食べなかったし、もともと食が細いんじゃないの」

二人は一体、何の話をしている……？

刺々《とげとげ》しい応酬を交わす様子は、自分を出迎えてくれた伯父夫婦とは、まるで別人のようである。

「全く。ゴクさんを用意するのも一苦労だ……」

「もうちょっとでお役目も終わりなんだから、そう文句をお言いでないよ。後は、連れて行けばいいだけなんでしょ」

「抵抗されたら面倒だな。いっそ皆が来る前に、縄かなんかで縛っておくか」

「寝ている間に？　下手に起こして、暴れられたら傷がつくんじゃないの？」

「構うもんか」

——生贄《いけにえ》にしちまえば、こっちのもんさ。

無意識のまま、志帆は一歩後退《あとずさ》る。

そして、床板がギシリと、嫌な音を立てた。

「誰だ！」

叫びながら飛び出して来た伯母の姿は、おそらく、一生忘れることが出来ないだろう。

台所からの明かりで逆光となった伯母のシルエットは、乱れ髪のせいで変に頭が膨らんでいた。

どす黒い影が落ちた顔の中で、大きく見開かれた目だけが爛々《らんらん》と輝いている。

志帆の姿を認めた瞬間、赤い口紅の引かれた口がパカリと割れて、並んだ白い歯が剝き出しとなった。

「お前かぁあ！」

喉をつぶすような叫びに、志帆はたまらず悲鳴を上げた。

踵《きびす》を返した途端、信じられない力でフードをつかまれる。

耳元で繊維が引きちぎれる音がして、そのまま後ろに引き倒されそうになり、志帆はパーカーを無理やり脱ぎ捨てた。

「お待ち」

「止まれ」

「逃がしゃしないよ！」

伯母と伯父の怒号が交互に響く中、無我夢中で玄関へと向かう。

早くここから逃げなければ。早く、早く、早く！

叩きつけるような手つきで鍵を開け、表に飛び出そうとして――志帆は、その場に凍り付いた。

玄関先で志帆を待ち構えていたのは、手に手に松明《たいまつ》を掲げた、白装束の男達であった。

つい数時間前まで、笑って自分を取り囲んでいた顔が、今は笑みはおろか、一切の表情も浮かべずにこちらを見下ろしている。

「あ……」

あまりに体温の感じられないその目つきに、脳裏に閃《ひらめ》いた声があった。

あの村の連中は、同じ人間じゃないと思わなきゃ駄目なんだ……。

ああ、本当に、おばあちゃんの言った通りだった。

そう思ったのが最後だった。

ひどい衝撃が後頭部に走り、それきり、志帆は意識を失った。

＊　＊　＊

「だから言っただろう。逃げた方がいいって」

呆れたような声がした。

ぱちりと目を開いても、そこに見えるのは暗闇ばかりだ。

しばし、何が起こっているのか分からなかった。

体を起こそうとして頭をぶつけ、初めて志帆は、自分が何かに閉じ込められているのだと理解した。かろうじて体育座りのような姿勢はとれているが、立ち上がることは出来ない。家から持参した薄手のパジャマを着ていたはずなのに、今は何故か胸の辺りが窮屈で、たっぷりとした布地を肌に感じる。

手を伸ばそうとして、すぐに何かにぶつかり、さっと血の気が引く思いがした。

「何、これ……」

「お前は今、唐櫃《からびつ》に閉じ込められている」

淡々とした声が誰のものなのか思い至る前に、志帆は反射的に叫んでいた。

「嘘でしょ。どうしてそんなものに――ここから出して！」

「残念だが、手遅れだ。そこに閉じ込められる前なら、まだやりようはあったんだが」

お前、全く目を覚まさないから、と。

目が慣れて来ると、この狭い空間にぽつぽつと小さな明かりが見えた。櫃を構成する材木に、虫食いの穴が開いているのだ。

そこに目を当ててると、外を辛うじて見ることが出来た。

薄暗がりの中にも燭台《しょくだい》があり、その光に照らされた少年が、あぐらをかいている。

間違いない。バス停で会った彼である。

少年の周囲には、狭い視界で確認出来る範囲だけでも、さまざまなものが並べられていた。四角形の箱に入れられた、少々のあずきを乗せた大きな餅。土器に収められた大きな鯉に、丸々と太った雉《きじ》。大根はまるごと二本、注連縄《しめなわ》が巻かれた状態で床の上に置かれ、何が入っているのか分からない包みが、足のついた御膳の上にいくつも盛られている。

そして少年の背後にある扉には、犬と思しき絵が描かれていた。

「ここはどこ？　一体、何があったの」

「ここは、龍ヶ沼の社の中だよ」

「社？　どうしてそんなところに……」

「お前は、ゴクとしてここに連れて来られたんだ」

ゴク、という言葉に聞き覚えがあった。確か、村に来てから何度か言われた言葉だ。この地方の方言なのだろうかと、ろくに気にもとめていなかったが。

「待って。どういうことなの。ゴクって何？」

「ゴクウだよ。神様への御供物《おくもつ》。聞いたことはないか？　人身御供《ひとみごくう》って」

「それって――」

「あんたは、山神への生贄にされたんだ」

唐突に、社の扉が開かれた。

「時間だ」

入って来たのが伯父であると認めた時には、もう、少年の姿はそこから消えていた。

志帆は信じられない思いで、神主のような格好をした伯父を見つめた。

「伯父さん。一体、どうしてこんなことを……」

正気じゃないよ、と悲鳴を上げて外に出ようともがいたが、伯父は「黙れ！」と一喝し、乱暴に唐櫃を叩いた。

「本来ならば、お前の母親が果たすべきだったお役目だ。裕美子が逃げたせいで、この村はむちゃくちゃになってしまった」

その尻拭いを娘がするのは当然だろう、と忌々《いまいま》しそうに言う。

「山神さまにその身を捧げ、二度と、戻って来るな」

すると、伯父のものよりも幾分簡素な白い着物をまとい、顔を布で隠した男達が入って来た。そのうち二人がこちらに近寄って来て、志帆の入った唐櫃を持ち上げる。

どうやら、外へ運び出そうとしているようだ。

いくらもせずに下ろされた場所から外を覗くと、自分の入った唐櫃の横には、白木の祭壇があった。そこに、顔の前に布を垂らした白装束の女達がやって来て、次々にお供え物を並べていく。祭壇と志帆の閉じ込められた唐櫃を囲むように細い青竹が立てられ、結ばれた注連縄からは、紙垂《しで》が垂れていた。

反対側の穴を覗くと、そこにはずらりと、同じようないでたちの村人達が並んでいた。全員がこちらに背を向けながら、何ごとかを唱えているようである。

笏《しゃく》を手にした伯父が、志帆のいる唐櫃の前で立ったまま深く拝礼すると、その場に敷かれた茣蓙《ござ》の上に腰を下ろし、用意されていた酒を一口含んだ。

そして、唄うように祝詞《のりと》を唱え始めた。


ムカエタマウ、ムカエタマウ。

ミタマヲミマエニムカエタマウ。

ウツシタマウ、ウツシタマウ。

ミタマヲオンミニウツシタマウ。


異様な光景に、もはや声も出せない。

松明の火の粉が舞い、これまで縁遠かった木の爆《は》ぜる音と、松脂《まつやに》の焼ける匂いがしている。

ゆらめく炎に照らされる中、伯父の声に合わせ、村人の体がゆらゆらと揺れていた。

志帆を運んだ村人は伯父の横に控えているが、その白い着物は闇の中にオレンジ色を帯びて浮かび上がり、顔を隠す布のせいで、とても人間のようには見えなかった。

伯父が「かしこみ、かしこみもうす」と結ぶと、祝詞が終わるのを待っていたように、遠くから、何かの音が聞こえ始めた。

しゃらん、しゃらん、というこの音は、鈴であろうか。

それを聞いた村人達は、一斉に立ち上がった。

「来たぞ」

「村へ戻れ」

「急げ急げ」

囁《ささや》き合い、湖の方に背を向けたまま、去って行く。

祭壇に向かって深々と一礼した伯父も、足早にその後へと続いた。

「待って。どこに行くの」

我に返った志帆は呼びかけたが、その声に応える者はいない。

松明の燃える音と、怖気《おぞけ》が立つほどに涼やかな、鈴の音だけが響いている。

震えながら鈴の鳴る方――湖の方の穴に目を押し当てると、対岸から、こちらに向かって来る何かが見えた。

――それは、壮麗な行列であった。

ぼんやりと浮かび上がって見えるそいつらは、なんと、湖面を歩いている。行列をなす者達は、唐櫃を運んだ村人と同じような格好をしていたが、こちらは顔を隠してはいない。全員、同じ服装をしていたが、先頭を歩く者だけは、やけに体が大きかった。

そう、人間では、到底あり得ないほどに。

隣に付き従う者の身長から考えるに、三メートル近くはあるだろうか。

近付いて来るにつれ、その体格の異常さが明らかになり、志帆は恐れ戦《おのの》いた。

何とか出られないかと天井をがむしゃらに叩けば、そこはガタガタと動く。どうやらこれは蓋であり、外から、紐か何かで押さえられているだけらしい。頑張れば、きっと出られなくはない。

あの異様な集団がここに着く前に逃げなければと、志帆はただただ必死だった。

半泣きになりながら体勢を変え、肘で蓋を打って数十回。ふと、鈴の音が聞こえないことに気付くのとほぼ同時に、あれほど叩いて外れなかった蓋が、外からあっさりと開かれた。

いきなり開けた頭上を見上げ、最初に目に入ったのは、こちらに伸ばされた毛むくじゃらの腕と、蜜柑《みかん》ほどもあるかと思われる金色《こんじき》の目玉だ。

唐櫃に覆いかぶさるように志帆を見下ろしていたのは、村人達のように白い着物を身にまとう――信じられないくらいに大きな、猿であった。

「出ろ」

老人のようなひび割れた声で、大猿《おおざる》が喋った。

悲鳴を上げ、逃げようと身をよじったが、大猿は志帆の髪をつかむと、無慈悲に唐櫃から引きずり出した。

そこで志帆は、二十名ほどの白装束の男達で構成される行列を目の当たりにした。

大猿以外の者は普通の人間のように見えたが、いずれも顔立ちはどこか猿じみており、こちらに向ける虹彩《こうさい》の色は、めったに見ない鬱金色《うこんいろ》をしている。

連れて行かれた行列の中ほどには、時代劇でしか見たことがないような駕籠《かご》が置かれており、そこに有無を言わさず押し込められた。

唐櫃とは異なり、取り付けられた格子窓からは外の様子ははっきりと見て取れる。

行列をなしていた男達が祭壇の供物を手に取り、もといた場所に戻って来ると、大猿は地面に置かれていた鈴を拾い上げ、それを打ち振った。

しゃらん。

男達にかつがれて、駕籠がぐらりと揺れる。

しゃらん。

鈴を鳴らしながら、大猿は行列を先導して歩き始めた。

大猿の次に志帆の乗る駕籠が続き、その後ろを、さらに供物を持つ男達が追う。

足並みに合わせ、しゃん、しゃん、と鳴り続ける、鈴の音だけが規則正しい。

一行は、船着き場のような石段を下り、どんどん湖に近付いていった。

先頭を行く大猿は、全く怯《ひる》むことなく水の上に足を踏み出す。

その足が触れた場所からは青白い波紋が広がったが、水面は、しっかりとその歩みを受け止めた。

地面の上を歩くように猿は水上を進み、駕籠もそれに続く。

無事に湖を渡り終えると、行列は山を登り始めた。歩いているのは獣道のような道なき道だが、その足取りは滑るようによどみがない。

月のない夜だ。

光源はどこにもないはずなのに、男達の衣装はぼんやりと浮き上がって見える。

いつしか獣道は古い石の階段へと変わり、そこを登った先には、鳥居が見えた。

――ここは、伯父さんの言っていた禁足地だ。

階段を登り切って鳥居をくぐったところで、大猿は志帆を駕籠から引きずりおろした。

「立て」

ようやく自らの足で歩くことを許された志帆は、この時初めて、自分も男達と同様、白一色の着物姿にされていることに気が付いた。

顔を上げれば、鳥居と相対する位置に、切り立った岩壁がそびえている。岩と地面とが接する部分には裂け目のような洞穴があり、その左右には、朽ち果てた祠《ほこら》らしきものもあった。

洞穴の奥は暗く、本能的に足が竦《すく》む。

しかし大猿はおかまいなしに奥へと進み、志帆も、それに続かざるを得なかった。

ねっとりとした暗闇に、体が飲み込まれる。

洞穴に一歩足を踏み入れた途端、それまではっきりと見えていた大猿の白装束が、全く見えなくなった。

足元がごつごつしていて、歩きにくいのは最初だけだった。後ろの男に小突かれながら歩を進めるうちに、地面も整っていく。

風が抜けている。

進むにつれ、空気は冷たく澄み、未だかつて覚えがないほど強く、水の香を感じた。

水音が聞こえると気付いて間もなく、行く手に光を見た。

出口だ。

大猿に続いて洞穴を抜けた志帆は、そこで、思わず足を止めてしまった。

いつの間にか、月が出ている。

洞穴の中とは打って変わり、周囲は煌々《こうこう》と、青い光に満たされていた。

月光を受けた木々は皓《しろ》く枝葉を広げ、昼の雨が残っていたのか、ガラスのように透き通ったしずくをこぼしている。落ち葉が積もった地面はふかふかとやわらかで、眩しく感じられるほどの月光が、昼間のようにはっきりと木の影を落としていた。

周囲を見渡した志帆は、雑木の向こうにもう一つ光源を捉えた。

――月が、もうひとつある。

そう錯覚するくらい明るい光だったが、近付くにつれて、それが勘違いであることを知った。

そこには、月を映した美しい泉があった。

学校のプールほどの広さはあるだろうか。半円に近い、おだやかな三日月形を描いている。

山の頂上も近いだろうに、水が湧き出ているのか、水面はこぽこぽと波打っていた。

そして、泉に包まれるように、丸い大石がどんと威容を誇っていた。

月明かりに濡れているかのように表面は白く見えたのに、その中心は質量を持った黒さを湛えている。どうしてこんな場所にあるのか、全く想像のつかない大きさの丸い石——むしろ、岩と言った方が近いような巨石である。

泉の周囲にだけは、木が生えていない。ぽっかりと出来た空間に巨石のみがそびえ立ち、泉の水面に、月を浮かべているのである。

その光景はなんとも神秘的で美しく、状況も忘れて志帆は見入った。

「何をしている。さっさと、みそぎを済ませろ」

大猿の言葉の意味が分からず、志帆は困惑した。

「みそ——何?」

「形だけだ。そのままで構わんから、みたらしの泉に入り、俗世の穢《けが》れを洗い落とせ」

ほとんど突き落とされるようにして、泉の中に膝をつく。

体の芯まで凍えるような、冷たい水であった。

思った通り、水底からはこんこんと水が湧き出ており、その泡は、月の光と同じ色になってはじけている。

まるで、水自体が光っているかのようだ。

促されるまま、水を掻くようにしておそるおそる進み、胸のあたりまで水面が迫って来たところで立ち止まる。

泉の前では、大猿と男達がずらりと並び、こちらを凝視しているのだから、居心地が悪いどころの話ではない。

寒さ以外の理由で震えながら、志帆は着物の上から、体を洗う真似をした。

「それくらいで良かろう」

戻って来い、といくらもしないうちに言われて水から上がったが、当然、乾いた布など渡してもらえるはずもない。濡れた布がまとわりついて歩きにくかったが、大猿は志帆の襟首をつかみ、無理やりに歩かせた。

泉の前を通り過ぎ、入って来た洞穴とはまた違った岩壁にある穴へと入る。

不思議なことに、今度の洞穴は、先ほどよりもいくらか明るく感じられた。

足元も整備されているようで、どうやらこれは人の手が加わった通路だと思いながら歩いていると、ふと、大猿が足を止めた。

薄暗くて分かりにくいが、どうやら、広い空間へとつながる出入り口に行き着いたらしい。

小さな灯台によって照らされたそこは、ただの空間ではなく、部屋のようだった。

もとはただの洞穴だったところを、木材を用いて室内らしくしたのだろう。

床は板張りだったが、もとが何色だったのかも分からないくらいに、泥や砂が溜まっていた。

天井には梁《はり》らしきものも見えたが、ぼろぼろの汚い布が何枚も垂れ下がっている。

だが、ぼんやりとしていられたのはほんの一瞬だけだった。すぐに志帆は、部屋の奥に何かがあることに気が付いた。

あれは、何だろう。

椅子のようにも見えるが、なんとなく、ゆらゆらと揺れているし、中心には、何か、小さなものが動いている。

大猿は姿勢を正して息を吸い、その胸を膨らませた。

「山神さま、山神さま。ただいま、あなたさまへ捧げられた御供《ごく》を、こちらにお持ちいたしました」

響き渡る声に、ああ、とも、やあ、ともつかない不気味な音が返る。あの、揺れる椅子のようなものから聞こえたような気がしたが、人の声というにはうつろで、獣の鳴き声にしては芯がない。

覚えず後じさりそうになった志帆の肩を、大猿は無遠慮につかんだ。

「行け。そなたの主は、あそこにいる」

行って挨拶をするのだと命令され、しばし呆然とする。

「主……？」

「そうだ。尊い山神さまだ。さあ、行け」

背中を突き飛ばされ、よろめくようにしてそれに近づき、ようやく自分の向かっているものが何かを知った。

どうやら、揺り籠である。

――山神とやらが、ここで寝ているのだろうか？

そう思って恐る恐る近付いた志帆はしかし、揺り籠の中を見た瞬間、悲鳴を上げて飛び退《の》いた。

そこにいたのは確かに赤ん坊だったが、それは――人間の姿をしていなかった。

生まれてすぐの嬰児《えいじ》は猿のようだとは聞くが、そいつは明らかに、半分は猿そのものだった。猿と人の間《あい》の子とでも言うのか。老人のように顔中は皺に覆われ、まばらな頭の毛は白髪である。しかも皮膚はどろどろと溶けたようになっていて、真ん丸の目だけが、不自然に飛び出ていた。

少なくとも、純粋な人間の赤ん坊でないことだけは確かである。

反射的に走りだそうとした志帆の前に立ちふさがったのは、大猿だった。

「何だ。お前は帰りたいのか?」

震えるばかりの志帆に、ふむ、と大猿は芝居じみた動作で首をひねる。

「まあ、許されるのならそれもよいだろうが……」

「クロウテヤル」

何の音だ、と反射的に振り返り、志帆は息を呑んだ。

揺り籠のへりから、骨に、黄色く変色した皮が張り付くだけとなった手の甲が、ぞろりと覗いている。爪は伸び放題で、獣のように先が尖《とが》っていた。

腐った植物のような色をした腕が伸び、揺り籠からずるりと落ちる。

地に這ったそいつは顔を上げ、確かに志帆を見た。

赤ん坊の骨格には不釣合いな牙が生えた口からは、血とも食べ物ともつかない茶色の液体がぼたぼたと零れている。目玉は干からびて充血していたが――その奥はがらんどうで、真っ黒だった。それなのに、瞳の闇の奥には、すでに確固たるものとして形成された自我が見えた。

「くろうてやるぞ、くろうてやる」

ひゅうひゅうという吐息まじりのその声は、末期《まつご》の喘鳴《ぜんめい》にも似ている。

くろうてやる——喰ろうてやる？


「貴様なんか、喰ろうてやるぞ」


その言葉の意味を理解した瞬間、限界が来た。

早くここから逃げなければと、それだけしか考えられなくなり、勝手に体が逃げを打つ。

「戻りたいなら、戻るがいい」

今度は、大猿も止めようとはしなかった。半身を開いた大猿にならうようにして、行列をなしていた男達が、ニヤニヤと笑いながら志帆に道を空ける。

——男達の顔はいつの間にか、人間ではなく、猿の赤ら顔へと変わっていた。

恐怖にかられたまま、志帆は来た道を駆け戻ろうとした。

だが、もつれる足で走り出す前に、男達の背後から飛び出して来た誰かが、志帆の腕を強くつかんだ。

「逃げてはいけない！」

「やめてよ、離して」

「逃げたら、この場で猿に殺されるぞ」

耳元で囁かれた言葉に、思わずその男を見返す。

そいつだけは、他の者と見た目が異なっていた。

くせのない長髪を一本にまとめた、二十代半ばと思しき青年である。

全身、黒い着物を着ている。女性的で白く整った面差しは、同時に怜悧《れいり》な香りをもっていて、猿になった男達とは似ても似つかなかった。

「邪魔をするでない、烏《からす》！　全ては、その者の意志に任せねばならぬ」

大猿の、苛立ったようなしゃがれ声を無視して、青年は志帆を見据えた。

「今は、奴らの言う通りにしなさい。そうすれば、今すぐ害されることはないから」

志帆が逡巡している間に、半人半猿の化け物の方がしびれを切らす。

「どうした。何をこそこそと話している。また、わるだくみをしているのか？」

化け物が喋ると、その吐息の腐臭がこちらまで届いた。

ちらりと化け物の方を見てから、青年は囁く。

「山神に向かって頭《こうべ》を垂れ、言う通りにすると誓いなさい。死にたくなければ、さあ、早く！」

強い口調に突き動かされるように、志帆は震える足で、山神と呼ばれた化け物のもとへと戻った。

「どうした。わたしが恐ろしいか」

わたしを醜《みにく》いと思っているな。そうだろう、そうなんだろう。本当に醜いのは、貴様のほういぞ。おぞましい生き物め！　貴様の腐りきったはらわたには、蛆《うじ》がつまっているに違いない――。

志帆は声も出ないまま、延々と続けられる甲高い罵声を聞いていた。

助けを求めて振り返れば、あの青年が身振り手振りで、跪《ひざまず》くようにと示している。促されるまま、倒れるようにその場に膝を突いた志帆は、体を丸めて頭を下げた。

それに気付いたのか、化け物は罵倒を止め、その血走った眼球を志帆へと向ける。

「何のつもりだ」

「私は……私は……」

カチカチと歯が鳴る。うまく息が吸えない。こわい。逃げたい。恐ろしい。どうして私がこんな目に？

「私は、あなたの、言う通りにします」

「言う通りにだと？　嘘を言え！　お前たちは嘘つきだ。嘘をつくことしか出来ない、醜くて薄汚い生き物め。貴様なんぞ、すぐに喰ろうてやるぞ」

何が癇《かん》に障ったのか、化け物は一層激しく吼え立てた。

「う、嘘じゃありません！」

「では、わたしの言う通りにすると誓うのだな。相違ないか、相違ないな？」

叩きつけるような言葉に、志帆は夢中で頷いた。

「ならば、お前は、わたしの母になるか？」

それは、全く想像もしていない問いかけだった。

「は……母……？」

化け物が何を言っているのかが分からずに呆けていると、大猿に「烏」と呼ばれた青年が、どこか芝居がかった調子で声を上げた。

「さよう。そなたは、このお方の母親役として、ここに連れて来られたのだ。名誉な役目ゆえ、謹んで拝命し、山神さまが神成《かみな》られるまで、お育て申し上げよ」

志帆は耳を疑ったが、青年はしきりと目配せをする。

だって、そんな――こんな化け物を育てろと言われて、正気でいられるわけがない！

しかし、言葉を失くしたこちらをどう思ったのか、「やはりお前はうそつきだ！」と再び化け物がなじり始めた。青年が「はやく」と口を動かすのを見て、志帆は慌てて頷く。

「言う通りにします」

「わたしの母になると、誓うか」

「――誓います」

志帆が言った瞬間、周囲の猿たちが、あからさまに失望の溜息を落とした。大猿がつまらなそうに鼻を鳴らすのが聞こえたが、赤ん坊だけは、金切り声を上げ続ける。

「嘘つきだ、嘘つき！　今に見ていろ。貴様なんぞ、すぐに喰ろうてやるわ。嘘つきの顔なんて見たくない。さっさと下がれ」

「行こう。もう大丈夫だ」

青年は、駆け寄って来て志帆の腕を取ると、足早にそこを後にした。

猿も、化け物も、志帆達を追っては来なかった。

部屋を出て、隧道の角を曲がると、岩陰に隠れ潜んでいたのか、青年と同じ黒い格好をした若者達がどこからともなく現れた。彼らも、猿に変わった奴らより、ずっと人らしい顔をしており、志帆と青年の背後を守るような位置につく。

「どこか怪我は？」

歩きながら訊かれたが、答える声は尋常でなく震えてしまった。

「あれは、何なの」

青年はそれだけで、正確に志帆の言いたいことを察したようだった。

「信じられない気持ちは分かるが、さっき言った通り、山神だ」

「神さま？　あれが？　どう見たって化け物じゃない！」

声が裏返った志帆に、し、と青年は口に指を当てた。

「確かに、正確には山神になりきれていない出来損ないだが、それを聞こえるように言うのは得策ではない。ここは、あの神の意志によって動いている神域だ。下手なことは考えない方がいい」

あれの怒りを買えば、人間なんかひとたまりもないぞ、と。

「人間なんかって……あなたも人間でしょうに」

「そう見えるか？」

他人事のような言いように、はたと、志帆は目の前の青年を見返した。

「……あなたは誰？」

「私はヤタガラスの長《おさ》、奈月彦《なづきひこ》だ。故《ゆえ》あって、先ごろより山神に仕えている」

そう言って彼がようやく立ち止まったのは、牢獄のような岩屋の一角であった。

自然の洞穴を、そのまま部屋の代わりとしているらしい。用をたすための器のほかには、二つに折るタイプの衝立《ついたて》と、寝床と思しき莫蓙だけしか置かれていない。

「今日から君はここで寝起きし、あの赤ん坊が、完全な山神となるまで育ててもらう。ただし育てると言っても、あれは人間の赤ん坊ではないのだから、乳を与える必要も、下の世話をする必要もない。ただ、来いと言われれば出て行き、下がれと言われたら戻って来ればいい」

山神の怒りを買わないよう、出来るだけ長生きしろと言われ、頭がくらくらした。

これは、本当に現実なのだろうか？

「待って。どういうことなの。一体、何が起こっているの！」

絶叫する志帆を前にしても、奈月彦は全く表情を変えなかった。

「山神は数十年に一度のスパンで、体を乗り換える必要があるのだ」

そのためには新しい山神の体を産み、育てる女が必要だが、それは、村の者が差し出す約束となっていたという。

「山神が、村を守る代償としてな」

それが御供だ、と言われ、志帆は混乱した。

「そんなの知らない！　私は、村の人間なんかじゃないもの」

「だろうな。先代の御供もそうだったと聞いている」

あっさりと告げられ、志帆はおかしな点に気が付いた。

「……ちょっと待って。あなた、あの山神を生んで、育てるのが御供の役目だって言ったじゃない。だったら、あの赤ん坊を産んだ人がいるんじゃないの？」

「確かにいたが、もういない」

あの化け物のしゃがれ声を思い出し、志帆は戦慄した。

「まさか」

「ああ。山神に、喰われたからだ」

絶句する志帆に対し、奈月彦は話を続ける。

「一年と少し前、先代の御供が今の体を産み落としたが、そいつは、赤ん坊を育てることを嫌がって逃げようとしたらしい」

だが、すぐに見つかって、怒った山神によって食べられてしまった。

「私が山神に仕えることになったのはその直後からだが――あの体が生まれてから、一年が経過しているのは確かなのに、ほとんど変化が見られない。御供がその役目を疎《おろそ》かにしたせいで、あれは赤ん坊のまま、山神として安定した姿をとれずにいるのだ」

山神は人と違い、食事を必要としない。その代わり、母親役がいないと、成長することも出来ないのだという。

「器としての体が完成しなければ、御霊《みたま》の継承も、うまくいきはしない。だから、育てるための御供として、君がここに呼ばれたわけだ」

「そんな。私、そんなこと出来ない。お願いだから、ここから逃がして！」

「心中お察し申し上げるが、恨むのなら、最初に逃げようとした先代の御供にして頂きたい」

慇懃《いんぎん》無礼な彼の態度が、志帆にはとても信じられなかった。

「あなた、それでも人間なの」

「私は、ヤタガラスの長だと言ったはずだ。我々は太陽の眷属《けんぞく》であり、人間の味方などではない」

そう言われても、奈月彦の言葉は山内村《さんだいむら》の者よりも訛りがない流暢《りゅうちょう》な日本語だったし、見た目からして、人間以外の生き物には見えなかった。

志帆の不審を見て取ったのか、奈月彦はわずかに眉を吊り上げた。

「納得がいかないか？」

「いくはずがないでしょう……」

奈月彦はしばしの間、考え込んでいたが、覚悟を決めたように顔を上げると、志帆には分からない言葉で何事かを周囲の男達に命令した。それまでずっと黙したままだった黒装束の若者達は意外そうな面持ちとなったが、二言三言、何かを奈月彦に確認すると、列をなして歩き始めた。

「何？　何なの」

困惑する志帆に、奈月彦が冷然と言い放つ。

「ついて来い。そんなに言うのなら、見せてやる」

牢獄のような岩屋を出ると、若者達は洞穴をさらに奥へと進んでいった。

迷路のようなそこを通って連れて行かれた先は、岩を穿《うが》って造られた、大広間のような空間だった。

小学校の体育館くらいはあるだろうか。

蔓《つる》なのか蔦《つた》なのかは分からないが、床と言わず壁と言わず、枯れた植物がいっぱいに繁茂している。

志帆達の入った入り口と反対側には、志帆が今まで目にしたことのないほど巨大な門扉が存在していた。

「ここは、禁門《きんもん》と呼ばれている。この向こうは我々の住まう山内《やまうち》だ。しばらくは閉ざされていたが――つい一年前、山神の意志によって、開かれた。不実な御供のせいで神域が立ち行かなくなったから、我々も神域にて仕えるようにと、召還を受けたのだ」

男達が禁門を開くと、向こうには、こちら側と同じくらいの空間が広がっていた。そこに植物は生えておらず、棺のような形をした石が立てかけられた壁から、絶えず水が流れ出ていた。

「君は、我々が手助けすれば逃げられると思っているようだが……」

水の流れる空間を通り過ぎ、先程と同じような石造りの通路に出ながら、奈月彦は話し続ける。

「それは、そもそも出来ない相談だ」

岩を穿った通路を抜けると、板張りの廊下へと変わった。まるで、修学旅行で見た、大きな神社の内部のようである。そこでようやく足を止めた奈月彦が、周囲の若者達に向けて手を振ると、彼らは、壁のようになっていた折りたたみ式の戸を、バタンバタンと開いていった。

いつの間にか、夜が明けていたらしい。

開かれた戸の向こうから朝日が差し、奈月彦の言う『山内《やまうち》』の全貌が明らかになった。

おそらくは、ただ龍ヶ沼と山内村《さんだいむら》を見下ろせるだけだろうという志帆の予想は、完全に裏切られた。

――そこは、正しく『異界』であった。

確かに湖は見下ろせるが、それが龍ヶ沼などよりもはるかに大きな湖であるのは一目瞭然である。

なだらかな山が連なっていたはずの稜線は、中国の山水画に見るような急峻なものに変わっており、切り立った断崖からは何本もの滝が噴き出している。その間には、清水寺によく似た形をした建築物がいくつも並んでいた。

そして、何よりも志帆を驚愕《きょうがく》させたのは、空を、ひどく大きな黒い影が横切っていったことであった。一瞬、ハンググライダーか何かかと思ったが、それは生き物だった。

自動車ほどもあるような巨大な烏が、縦横無尽に飛び交っているのだ。

よくよく見れば、その背中には人を乗せており、鞍や轡《くつわ》らしきものまでつけている。

無言の志帆に何を思ったのか、奈月彦は一番近くにいた若者に目配せをした。

すると、若者は助走をつけて欄干に飛び乗り、勢いよくその場で跳躍した。

あ！　と思わず声が出る。

ここが、ひどく高い山の頂上付近であるのは間違いない。こんなところから落ちたら死んでしまうと思ったが、若者は、体操選手のように空中でくるりとトンボを切ると、次の瞬間にはその体を変化させていた。

そこに現れたのは、ついさっき目の間を横切ったのと同じ、大烏だった。

ほんの数秒前まで若者だった大烏は、志帆にその体を見せつけるように黒い翼を翻すと、山間へと飛んで行ってしまった。

「これで分かっただろう？　我々は人間などではなく、八咫烏《やたがらす》であるということが」

呆然とする志帆に、顔色ひとつ変えない奈月彦が言い放つ。

「我々が君の味方にならないからと言って、自力で逃げようなどと思わぬことだ。山神の許しなく神域から出ようと思っても、君が行き着く先はここ、『山内』だ」

どうせ逃げたとしても、人間界には帰れないと奈月彦は言う。

「そんな……」

「分かったら、大人しく神域に戻り、山神を育てるのだな」

一切の情も見せず、奈月彦は志帆を突き放す。

人間のようにしか見えないこの男は、確かに人間ではないのだと、ようやく志帆は理解した。

全身から力が抜けて、その場に膝をつく。

「ねえ。もし、あの赤ん坊が、ちゃんとした山神になれたとして――用済みになったら、私はどうなるの」

貴様なんぞ喰ろうてやるわと、ああ言った山神の言葉を思い出せば、到底、無事に帰してくれるとは思えない。

「……情が湧いて、人の世に戻されるということもあるやもしれぬ」

熱のない口調に、奈月彦が本気でそう思っていないことは明白だった。

「過去に、そういう人がいたの」

「さあ」

少なくともかつての女達は山神を立派に育て上げていたと聞く。彼女らを見習って逃げずに励め、と。

「猿は山神と同様、人を喰う。君が逃げ出せばそれを口実にして人肉にありつけると思っているから、むしろ、逃げて欲しいと思っているはずだ。だが、我々八咫烏は、下手なことを考えない限り君に何かしたりしない。神域で人間の言葉を知るのは、山神と大猿、そして私だけだ。近くに一人、仲間をつけるようにするから、何か困ったことがあったら言いなさい」

この人は敵ではないかもしれないが、決して、味方というわけでもないのだ。

「そんなこと出来ない。お願いよ。ここから逃がして！」

無駄と知りながら懇願したが、案の定、奈月彦の返答はすげないものだった。

「聞けない相談だ。君には、役目を果たして貰わなければ困る」

「なら、せめて私の祖母に連絡させて！　私、何も言わないままここまで来てしまったの。一言だけでもいいから」

「出来ない。許せ」

「お願い、誰か助けて……！」

さめざめと泣く志帆を哀れむように見るだけで、奈月彦は、こちらに救いの手を差し伸べようとはしなかった。

第二章　荒魂《あらみたま》

神域の岩屋に戻った後、泣き疲れ、いつの間にか眠ってしまった志帆《しほ》を叩き起こしたのは、こちらの言葉を解さない八咫烏《やたがらす》の一人だった。

「……何？」

「ヤマガミ」

その八咫烏も、奈月彦《なづきひこ》と同じか、それより少し若いくらいの青年だった。ぐいぐいと腕を引かれ、ゆうべ聞いたあの耳障りな金切り声が聞こえることに気が付いた。

自分が呼ばれているのだ。

「嫌だ。行きたくない……」

もう一度あれに近づかなければならないのかと思うと、足が動かなかった。

弱々しく頭を横に振ったが、八咫烏は問答無用で志帆を立たせた。

そのまま洞穴の中を引きずられるように連れて行かれた先は、志帆の寝床として与えられた岩屋よりも、はるかに大きな山神《やまがみ》の居室だった。

昨夜と同様、灯台によって照らし出された部屋の奥には揺り籠が置かれていたが、山神はそこに眠ってはいなかった。

「遅い！」

何をしていた、という鋭い声は、部屋の中央に立つ、大猿《おおざる》の腕の中から聞こえた。あの化物は、すました顔の大猿に抱えられているのだ。

声が出ない志帆に焦《じ》れて、山神は再度、唸《うな》るように言う。

「答えろ」

「……寝ていました」

「わたしは一睡も叶わなかったのに、お前は呑気に寝ていたのか」

「酷い女ですなあ、山神さま。この女はあなたの母親であるというのに」

大猿が、山神をあやすように揺らしながら囁くと「ああ、そうだ」と山神もそれに同調した。

「全くそのとおりだ。なんてひどい奴だ、それでもお前は母親なのか」

志帆が黙っていると、山神は顔をこちらに向け、睨んだ。

「何とか言ったらどうなのだ！」

癇癪《かんしゃく》を起こしたように叫び、鼓膜が破れるのではないかと思うような声で泣き出す。

「ああ、なんとお可哀想な山神さま」

そう言って山神をあやしながら、大猿がにやにやと笑ってこちらを眺めている。

謝れ、と何度も繰り返す山神の声に負けて、志帆はその場に蹲《うずくま》った。

床は硬く、冷たかったが、ひたすら「ごめんなさい、ごめんなさい」と謝り続けるしかなかった。

それから解放されたのは、赤ん坊が泣き疲れて眠り、それを抱えた猿がどこかに消えてからだった。

耳鳴りのせいですぐには彼らがいなくなったことに気付かなかったが、八咫烏に腕を引かれた。彼は志帆が罵倒を受けている間、ずっと傍に控えていたらしい。

「ゴハン」

八咫烏はぽつりと呟く。

座敷牢のような寝床に戻ると、そこには白米の握り飯と竹筒に入った水が置かれていた。

お腹が減っているはずなのに、食べる気にはなれなかった。

「食べたくない」

すると、彼はちょっと眉を吊り上げて、勝手にしろとばかりにそっぽを向いた。

用を足し、莫蓙にくるまって少し横になったが、体が冷たいばかりで、眠気は戻って来なかった。

――こうしていると、ゆうべから起こったことの全てが、何かの悪い夢のようだった。

祖母はきっと、この上なく心配しているはずだ。学校だってもうすぐ始まるし、そうなっても私が帰って来なかったら、先生や友人たちが、何かおかしいと気付くかもしれない。

いつも通りの休みだったら、今頃はベランダのプランターに水をやっているか、読書でもしている時間帯だ。もしかしたら、高校になってから出来た友人達と一緒に、どこかに遊びに行けたかもしれない。そうして遊び疲れて帰って来たら、おばあちゃんは夕飯を用意して、笑顔で出迎えてくれたことだろうに。

「ごめんなさい……」

言っても、その声が祖母に届くはずもなかった。

最初に言われた通り、ここで志帆がやることは何もなかった。

時計がないので正確な時間は分からなかったが、数時間ごとに呼ばれて罵倒され、山神が泣き疲れて眠ってしまったのを見計らい、岩屋に戻るということの繰り返しだ。

確かに山神は食事も排泄もしなかったが、夜泣きばかりは普通の赤ん坊と変わらないようだ、と寝不足の頭で考える。

志帆が寝床に戻ると八咫烏から食事を渡されたが、まともに口をつけることは出来なかった。

そんなことが何度か繰り返された後——おそらくはここに来てから、丸二日は経った頃——奈月彦が、再び志帆を訪ねて来た。

「ろくに食事をとらないそうだな。毒なんて入っていないぞ」

そう言って目の前で握り飯を頬張って見せるも、志帆は力なく、首を横に振った。

「そういう問題じゃないの……」

「眠れる時に眠り、食べられる時に食べておけ。さもないと身が持たない」

「食欲がない」

「我儘《わがまま》をいうなら、無理やりにでも口に詰め込まなければならないが」

さして苛立っている風でもなく、奈月彦は悪びれずに言う。

「死なれたら、また同じことの繰り返しになる。君には生きて、山神を育ててもらわなければならない」

「どうせ殺されちゃうなら、八つ裂きよりも餓死の方がましだと思わない？」

志帆がすてばちになって言えば、奈月彦は少しく押し黙った。

「では、山神を育ててくれたら、無事に帰れるように私が手を尽くそう」

「……本当に？」

「確約は出来ないが、そうなるように努めよう」

嘘だ、と志帆は直感した。

これはただ、志帆に死なれては困るから、その場限りの気休めを言ったに過ぎない。

「あの赤子が、完全な山神になるためには、母親が必要だ。だが、役に立たない母親役を喰うというのは、裏を返せば用済みになった後なら、母親を生きたまま逃がしても問題はないということだ」

それまで耐えてくれるのならば、何とかしてあなたを逃がす算段をつけよう、と奈月彦はしれっと言い切った。

「私は何も、君を殺したいと思っているわけではないのだ。信じてくれ」

口ぶりだけはまっとうなのに、その瞳はビー玉のようだった。

「分かった……」

この大ウソつき、と内心でなじりながら、志帆は奈月彦から握り飯を受け取った。


優しい香りがした。

花や、お菓子のそれとも違う、女性特有の甘い香り。

そして志帆の背中を、誰かが優しく撫でてくれているのも感じた。

その手つきには覚えがある。

母だ。

昔はよく、志帆が泣きつかれて寝てしまうと、こうして母が慰めに来てくれたものだった。

高校生にもなって小さい頃と同じことをされていると思えば恥ずかしかったが、それよりも、懐かしい感触がただひたすらに嬉しく、心が安らいだ。

母がこんな風にしてくれるなんて、一体いつぶりだろう。

久しぶりのはずだ。

だって——六年も前に、母は死んでいるのだから。

ハッとして目を見開いた。

最初に目に飛び込んで来たのは自室のベッドなどではなく、粗末な莫蓙の編み目だった。節々が痛く、顔に触れる空気は冷たい。

視線を入り口に向けると、そこには八咫烏の姿があった。

当然、母がいるわけもなかった。

夢かと分かっても、不思議とがっかりしなかった。

妙に現実感があったせいか、本当に、母が来てくれたのかもしれないとさえ思った。

――大丈夫、大丈夫。志帆、頑張れ、と。

急に、おなかが空いてきた。

受け取るだけで放置していた握り飯を頬張る。すっかり冷え切ってしまった白米を噛みしめながら、志帆はここに来て以来、初めてはっきりした頭で、自分の置かれた状況を顧みた。

こんな目に遭ってから何度も反省したことだが、あの祖母が、意味もなく他人をあんな風に言うわけがなかった。冷静になれば自明のことなのに、疑った自分は本当に愚かだった。

だからと言って、殺されて当然というのは絶対に違う。

どうあがいても、これは現実なのだ。だとしたら、自分で何とかするしかない。

しっかり者の祖母のことだから、出来る手段は何でも使って、孫娘の居所を探そうとしてくれるはずだ。もしかしたら、既に警察と共に山内村《さんだいむら》まで乗り込むくらいはしているかもしれない。

問題は、自分が人間ではない怪物たちに捕まっているという、この一点に尽きる。

流石《さすが》に、この神域とやらにまで警察が来るとは思えなかったし、生贄だの人身御供だのという話を、どこまで信じてくれるかも疑わしい。

最低限、神域から逃げて、山内村とは関係のない人に助けを求める必要があるが――ただ逃げただけでは、八咫烏の世界である『山内《やまうち》』に出てしまうというのは、本当だろうか？

少なくとも、大猿が自分をここに連れて来た時、泉と大石に繋《つな》がる洞穴は、外に通じていた。奈月彦の言ったことを鵜呑みにすることは出来ない。

山神も猿も、こちらが逃げようとしない限り、生かしておくつもりのようだった。まずはこちらに抵抗の意志がないと油断させて、どうやったら外に出られるのかを探ろう。そして、方法が分かったら、あちらの隙をついて逃げる。

自分が助かるには、これしかないと思った。

そのためにも、よくよく彼らを観察しなければならない。

腹が膨れ、これからやるべきことが定まっただけで、随分と気持ちが上向いた。

志帆はそれ以降、大人しく従うふりをしながらも、油断なく周囲を窺うようになった。

観察を続けていると、そのうち、山神、猿、八咫烏の行動パターンには、一定の法則があることが分かって来た。

どうやら、神域における八咫烏と猿の役割には、違いがあるらしい。

山神の世話は猿がもっぱら担当し、八咫烏は、志帆が逃げないように見張っているようであった。奈月彦はたまに山内から出て来て志帆の様子を見るだけであり、岩屋の出入り口付近の見張りは、奈月彦以外の八咫烏達が、交代で行っている。

大猿は山神の傍にいる時といない時があったが、出来る限り、山神と共に過ごそうとしているように見えた。睡眠をとる時は自分のねぐらに戻っているのだろうが、大抵の場合、山神と大猿は一緒にいた。

だが、大猿の子分と思しき連中は、しばらくするとほとんど姿を見なくなった。もともと、彼らに山神の近くに控える習慣などなかったのかもしれない。

すぐに逃げるとでも思っていたのか、志帆が来て二、三日の間はにやけた猿とすれ違うこともあったのだが、そのうちすれ違う度に焦れたように歯を鳴らされるようになり、いつしか、すれ違うこと自体なくなってしまった。

ろくな食事も与えられず、監禁された状態で過ごしていれば精神に異常を来《きた》しそうなものだったが、志帆が正気を保っていられたのは、それでも最低限の睡眠がとれていたからに他ならない。

あれ以来、志帆は毎夜、最初に見たのと全く同じ夢を見るようになっていた。

横になりうとうとする志帆を、今は亡き母が撫でてくれるのである。短時間でも良質な睡眠がとれているのか、夢を見た後は、いつもよりも体が楽になっているような気がした。

そのおかげもあってか、最初の一日二日はひたすら耐えるしかなかった山神の暴言も、三日目にはほとんど聞き流せるようになっていた。

人間は、どんな環境でも慣れることが出来るらしい。自分の生命力の強さには他人事のように感心したが、冷静でいられるようになると、山神の罵詈雑言《ばりぞうごん》にも、時と場合によって特徴があることに気が付いた。

大猿がいる時といない時とで、山神の罵倒のニュアンスが、微妙に異なっているのだ。大猿が近くにいる時は、ひたすらに酷い。大猿が煽《あお》るようなことばかり言うので、山神の怒りは収まるどころか、激しくなるばかりである。

また、奈月彦が近くに居合わせた時には、怒りの矛先は志帆ではなく、八咫烏達に向かうこともしばしばであった。

「薄汚い烏どもめ。臆病者、裏切り者、精神がくさりきっているから、お前らはそんなに汚いのだ」

そして山神の罵倒を、奈月彦は一言の反論も返さぬまま、黙って聞くのみなのである。

――そういう時の大猿は、山神が志帆をなじる時よりも、はるかに楽しそうな顔をしていたのも、印象に残った。

「まったく、烏はどうしようもありませぬなあ」

そう言ってやれやれと首を振る大猿は、何よりも嬉しそうだった。

だが、まれに大猿が近くにいない時、山神の言葉は罵倒というよりも、嫌味や、恨み言に近いものがあった。

志帆がここにやって来てから、十日ほど経った頃のことだ。

大猿がおらず、山神と奈月彦、志帆の三人となった場面があった。

いつものようにひとしきり喚《わめ》いていた山神は、それでも大猿がいなかったせいか、途中で疲れたようにトーンダウンしたのだ。

「この、裏切り者め……。貴様の顔など見たくもない」

下がれ、と発せられた怨嗟《えんさ》の声は、いつもよりずっとか細かった。

奈月彦は目を伏せたまま引き下がったが、そういえば、奈月彦に対しては「裏切り者」と責める言葉がことさら多いように思う。

怨嗟の声――というよりも、何だろう？

この時の山神には、大猿が一緒の時には見られない、弱さのようなものが感じられた。

「……あなたは、どうして奈月彦を裏切り者と呼ぶの？」

つい、疑問がぽろりと口から零れた。

言ってから、志帆は「やってしまった！」と思った。

ろくに考えもせずに疑問を口にするのは、昔から自分の悪い癖だった。だがまさか、慣れが出て来たとはいえ、この状況で悪癖が出るとは思わなかった。

雨あられと来るであろう山神の暴言に備え、志帆はぎゅっと体を縮こまらせた。

しかし次に聞こえたのは、癇癪じみた大声などではなく、ひどく疲れ果てた、大人のような嘆声であった。

「……あいつは、わたしを捨てたのだ。力の弱ったわたしに見きりをつけて、扉の向こうへ閉じこもったきり、二度と戻って来なかった。烏達はわたしを忘れてしまった。もういらないから、忘れたのだ」

今更、何を思って戻って来たのだか、と笑った声は、まるで自嘲のようだった。

普通に返答されたのは、これが初めてのことである。

その言いようが、あまりに今までの山神の様子とは異なっていたので、志帆は少なからず面食らった。

思わずまじまじと見つめると、赤ん坊はほんの十日前よりも、随分と体が大きくなっていた。赤ん坊の成長はすさまじいというが、それでも人間とは明らかに違う、異常な成長ぶりである。相変わらず醜い姿をしているものの、どこか頼りない眼差しには、猿よりもむしろ、人間くささが感じられた。

独り言のようなそれに自分が口をはさんでいいものかと迷っているうちに、「どうせ、お前もそうなる」と赤ん坊はぽつりと呟いた。

「もういい、下がれ」

結局、何も言えないまま、志帆は与えられた岩屋へと帰った。

だが、寝床に戻り、横になっても、眠気はやって来なかった。

山神の見せた初めての顔に、志帆は、自分が少し動揺しているのを感じていた。

ほんの一瞬ではあるが、あの化け物が、人間に見えてしまったのだ。

寝返りをうち、山神がいる方に目をやりながら、志帆は思った。

山神と八咫烏との間に、かつて、何かあったのだろうか、と。

＊　　＊　　＊

——志帆、志帆、起きてちょうだい。

耳もとで、囁くような声がした。

目を開くと、そこには、自分のものと同じような白い和服を着た女が立っていた。

「あなたは」

その女を目にした瞬間、志帆は閃くように悟った。

彼女は、ここ毎晩のように夢に出て来て、自分が母だと思い込んでいたものの正体だ。

二十歳前後の、優しげな風貌の女性である。

際立って優れているというわけではないが、あたたかな心映えによる品の良さが、外見によく現れていた。微笑んでくれれば、さぞや心が湧きたつだろうと思われたが、今の彼女は、ただひたすらに悲しそうだった。

慌てて体を起こした志帆の唇に、彼女はそっと指先を当てた。

——静かに。どうかこのまま、聞いてちょうだい。

彼女の声は、耳から音が入って来るのではなく、直接、脳を揺らすような響きとなって聞こえた。

——今なら、ここから逃がしてあげられるわ。

私が手引きをしますから、一緒に来て、と。

志帆は目を見開いた。

「本当に……？」

——八咫烏が言っていたのは、あなたから逃げる気力を奪うための嘘です。

山神の許しがなくとも、しかるべき道を通れば、ちゃんともとの世界に戻れると女は言う。

ちらりと目を向ければ、入り口の向こうに、志帆を見張る八咫烏の背中が見えた。彼を何とかしない限りここからの脱出は不可能だと思ったが、彼女は大丈夫、と頷いた。

——彼らには、わたくしの姿が見えません。だから、どうか静かに動いて。

「分かった」

志帆は八咫烏に気付かれぬよう、囁き声で答えた。それを見てふっと微笑んだ彼女は、しかし次の瞬間、その顔を悲痛に歪めた。

——本当に、ごめんなさい。全て、わたくしのせいなのです。あの方があぁなってしまったのは、わたくしの……。

懺悔《ざんげ》するように女は呟く。

——そのせいで、たくさんの女の子を、いたずらに死なせてしまいました。彼女達は死ぬべきではなかった。何の罪もなかったのに。

声を震わせ、女は志帆の目を見た。

──わたくしの声は、もうあの方には届かない。でも、わたくしはもうこれ以上、あの方が人を殺《あや》めるところを見たくないのです。

黒く澄んだ瞳から、水晶の欠片のような涙がこぼれた。

──さあ、立って。

差し出された手を握ろうとしたが、志帆の手は、彼女に触れることは出来なかった。

それを寂しそうに見やった女は、ついて来て、とこちらに背を向けた。

「あなたは誰……？」

振り返った彼女は、志帆を安心させるように微笑んだ。

──わたくしは、玉依姫《たまよりひめ》。ただひたすらに、山神さまにお仕えする者です。

＊　＊　＊

「女がいません」

その報告を受けた時、奈月彦の隣にいた護衛は叫んだ。

「そんな馬鹿な！」

唯一の入り口には、常に見張りがついていた。勝手に持ち場を離れたのか、と護衛が詰問したが、全速力で報告に来た配下の者は、真っ青な顔で首を横に振った。

「いえ。一瞬たりとも、あの場所を離れたりしませんでした。自分にも、どうやって女がいなくなったのか、分かりません！」

だが、実際に志帆はいなくなっているのだ。

「最後に姿を見たのは？」

「本当に、ついさっきです。用を足すために起きたのを確認し、しばらく背中を向けていて、次に振り返った時にはいなくなっていました」

「どういたしましょう」

同じく血の気を失くした側近へ、奈月彦は間髪容れずに命令した。

「お前は応援を呼んで来い。猿よりも先に、女を見つけねばならん」

「はい！」

「我々は岩屋へ」

見張りをしていた者と護衛の一人を連れ、奈月彦は志帆に与えた寝床へと向かった。無人の岩屋に入ると、真っ直ぐに用足しのために置かれた衝立へと近付き、岩壁に向けられた面を取りのける。

ここはもともと、ただの洞穴だった。

加工のひとつもされていない壁はごつごつしており、突き出た岩と岩の間、ちょうど衝立が隠していた所に、裂け目のような隙間が出来ていた。一見して、とても人が通れるとは思えない隙間だが、そこに手を差し込めば、指先にかすかな空気の流れを感じた。

ここは、どこか他の空間に繫《つな》がっているのだ。

護衛の者が、嘘だろう、と呻いた。

「まさか、こんな所から出たっていうのか……？」

志帆が、小柄な少女だったからこそ通れた道だ。自分達がここから追うのは無理だと判断し、奈月彦は立ち上がった。

「我々では体が入らない。一旦戻るぞ」

足早に岩屋を出ると、目の前でまんまと志帆に逃げられてしまった見張りが、苦しそうに頭を下げた。

「申し訳ありません！　自分の失態です」

「私もあれには気付かなかった。誰が見張りでも同じだ」

側近に呼ばれて来たのか、行く手に、こちらに向かって走る四名の仲間を捉えた。

「取り急ぎ、来られる者だけで馳《は》せ参じました。準備が出来次第、他の者も参ります」

「女は、我々が把握していなかった隧道《ずいどう》に逃げ込んだようだ」

「どこに繋がっているかは」

「全く分からない。誰か、細身の者を連れて来る必要がある。お前達は洞穴内を見回り、女を探せ。くれぐれも、山神や猿には気付かれぬように注意しろ」

「ほう。一体、誰に、何を気付かれぬようにと？」

――その姿が現れたのは、奈月彦の命令に配下達が応えたのと、ほぼ同時だった。

いやらしく笑いながら言うのは、大猿だ。そしてその腕には、大きく目を見開いた山神が抱えられていた。

　これは——まずい。

「女が、逃げただと……？」

「そのようですぞ」

　これはお前の責任だぞ烏、と嬉しそうに大猿は言う。いたぶるような口調に、配下の者達が一気に緊張するのが分かった。

「もしかすると、こやつらは志帆をわざと逃がしたのかもしれませぬ」

「山神さま。断じて、断じてそのようなことは」

「黙れ！　お前らは、山神さまを裏切った。今になって、信用されるとでも思っているのか」

　大猿は笑っている。

　——まずい、まずい。これは、本当に良くない。

　焦燥感だけが無為に募っていく。けたたましく頭の中で警鐘が鳴っているのに、打つ手は何もない。

　護衛の者がじりじりと移動し、奈月彦の退路を確保しようとしているのが、視界の端に映った。

「ああ、山神さま。今でもこいつらは、心では何を考えているか、分かったものではありませぬなあ」

　沈黙する山神の耳元で、大猿が大げさに嘆いた。

「信用出来るのはもはや、わたくしだけとなってしまいました。こいつはもしかすると、あの女と出来ていたのかもしれませんぞ」

「あの女と……？」

「ええ、そうです」

女も烏も、裏切り者だ、と大猿は高らかに言ってのける。

「女をあえて逃がし、山神の地位を奪い取るつもりなのです。こやつは——あなたに、取って、替わるつもりですぞ」

大猿が、ニヤリと笑った瞬間だった。

強烈な白い閃光と熱が、空間をいっぱいに満たした。

*　*　*

志帆は、全部見ていた。

女に案内されるまま、隧道を進んで岩陰に潜み、烏達がいなくなるのを待っていたのだ。彼らの姿が見えなくなったところで、また違う道に入り、外へと抜け出るはずだった。

しかし——烏達がいなくなる前に、大猿と山神がやって来てしまった。

あちらからは見えなかっただろうが、岩の小さな隙間から、向こうの様子はよく見えたし、声もはっきりと聞くことが出来た。

志帆が介在しない時、猿と烏の交わす言葉には独特の強い訛りがあって、外国の言語のようである。何を言っているのか理解出来なかったが、少なくとも、奈月彦達が志帆の逃亡について、なじられているのは雰囲気で分かった。

どうなるのだろう、とハラハラしていると、突如、山神の周囲に雷光が迸《ほとばし》った。

思わず漏れた志帆の悲鳴は、雷の音にかき消される。

轟音と光のせいで、耳と目が機能しなくなっていた。隙間から目を離し、岩壁にもたれて荒く息をついて、しばらく。

最初に戻ったのは、嗅覚だった。

ひどい臭いだ。

髪の毛と、泥と一緒に肉を焦がしたような悪臭がする。むせるような焦げ臭さに、強烈な吐き気がこみ上げる。

なんだ、これは。一体、何が起こった?

なんとなく見てはいけないような気がしたが、どうしても堪えきれずに、隙間に目を押し当てる。ようやく機能するようになった目に飛び込んで来たのは、白い靄《もや》――何かから立ち上る、蒸気だった。

岩のような、黒い塊だ。

ついさっきまで八咫烏達が立っていた場所に、真っ黒となった人型の何かが、まるで胎児のように腕を曲げ、丸まるような格好でいくつも転がっている。

それは、八咫烏達の死体だった。

キーン、という耳鳴りが止むと、わんわんと、洞穴の中に響いている叫び声に気付いた。

駆け付けて来たばかりなのだろう。

地面に転がる、消し炭となった仲間に取りすがり、血を吐くような声でその名を呼ばう青年がいる。

だが、それをあざ笑うかのように、哄笑《こうしょう》が響いている。

大切そうに山神を抱え、あやすように揺らしながら笑うのは、大猿だった。

一体、どれだけの時間が流れたのか。

――行きましょう。

山神も、猿の姿も見えなくなり、仲間の遺体を抱えた八咫烏達がいなくなった頃になり、玉依姫と名乗った女は、志帆を動かそうとした。

促されるまま、志帆はよろよろと隧道を抜け出る。

あの泉の傍を通ったが、そこは相変わらず静謐《せいひつ》で、湧き出る水は青く澄んでいた。

先ほどの喧噪が、嘘のような静けさである。

随分と久しぶりに走ったので、体がだるくて仕方がなかったが、それ以上に、先ほど見たものの衝撃で、頭がガンガンと痛かった。

「私のせいだ……」

――いいえ、あなたのせいではないわ。

志帆の言葉をきっぱりと否定してから、女は沈鬱な声で続けた。

――今のあの方は、気まぐれで周囲の者を殺してしまうの。とても些細なことで、猿や烏が殺されるのを、もう何度も見たわ。前は、決してあんな風ではなかった……。

あなたのせいではない、と、ひたすらに玉依姫は繰り返した。

案内されながら、全く知らない道と洞穴を走り続けるうちに、志帆は、空気が変わったことに気付いた。

生暖かい空気は、神域の、つんと澄み切った冷たさとは異なるものだ。

洞穴を抜けた。

雨の夜だった。風の中には、温《ぬく》まった杉の木の香りがしている。

――神域を抜ければ、猿も追っては来ないから。

あとはこっちに進むだけ、と指さされたのは、獣道とも言えない斜面だった。

迷うような余裕はなかった。ひたすらにそこを下ったが、足場は悪く、雨も酷い。

とうとう、あ、と声を上げて、志帆は斜面から転げ落ちてしまった。

頭を抱えたままごろごろと転がり、ようやく止まったと思った時には、全身泥だらけで、傷だらけになっていた。

息も絶え絶えに顔を上げると、先導してくれた玉依姫の姿はどこにも見えなくなっていたが、代わりに、人家と思しき明かりを見つけた。

慌てて近付けば、それは、確かに一軒家だった。

龍ヶ沼に面して建っている、ロッジ風の建物である。大きなガレージには三台も車が止められており、そのうち一台の上にはカヌーが載せられていた。

湖の近くまで行って見回したが、目に見える範囲で、村のものらしき明かりは見えない。ここが、山内村とどこまで離れているかは分からないが、もうこれ以上、どこにも歩いて行ける気がしなかった。

一か、八か。

「ごめんください……ごめんください！」

どなたかいらっしゃいませんか、と何度も声をかけると、無造作にカーテンが開かれた。中から顔を覗かせたのは、銀縁の丸眼鏡をかけた、三十代くらいの男性だった。

「どうしたの、君」

ぽかんとした表情に、志帆は安堵《あんど》のあまりその場にへたり込んだのだった。

＊　＊　＊

「俺の名前は、谷村潤《たにむらまさる》。普段は東京住まいだけど、ここには、夏の間だけ避暑のために来ているんだ」

「ここは、別荘なんですか……？」

「そんな感じだね」

志帆が通された部屋は、リビングを兼ねた、谷村の書斎であったらしい。窓辺には大きなデスクが置かれ、天井にはシーリングファンがまわっている。吹き抜けとなっている部屋の両側は、全て本棚となっていた。

簡単に事情を説明された谷村は、驚くほどあっさりと、志帆の話を信じてくれた。

「前々から、あの村で変な儀式をやっているのは知っていたからね。でもまさか、女の子を生贄にするような連中だとは思わなかった」

そう言って、谷村は苦りきった顔で頭を掻いた。

「とにかく、一回君のお家と警察に連絡しよう。この場合、県警に連絡した方がいいのかな……」

呟きながら電話帳をめくる谷村は、気の良さそうなおしゃれな男だった。

髪を茶に染めていて、パーマもかけているようだ。蛍光灯の下で見ると、鼻の辺りにはそばかすが浮いていたが、たばこをかじっている仕草は様になっており、どうにも、年齢不詳の感があった。実際、会社の経営者だと名乗ったから、見た目よりも年なのかもしれない。

「ここ、携帯電話しかないんだけど、使ったことはある？」

「いえ」

「じゃあ、自宅の電話番号を教えてくれるかい」

言われた通りにすると、谷村は手早く携帯電話を操作して、「はい」と志帆に渡して来た。

だが、それに祖母は出ず、留守番電話に繋がる前に切れてしまった。

「あれ。ここ、ぎりぎり圏外じゃないはずなんだけどな」

電波の調子が悪いのかな、と谷村は首をひねる。

「まあいいや。何度もやっていれば、そのうち繋がるでしょ。どっちみち、すぐに町まで連れて行ってあげるよ」

「すみません……」

「いいって。そんなことより、お腹減ってない？」

「あの、出来れば食事よりも、一度、シャワーをお借り出来ないでしょうか」

冷静な自分は「こんな時に風呂なんて」と思っていたが、どうしても、体に八咫烏達の焼けこげた臭いが染みついている気がしてならなかった。そうでなくとも、ここしばらく水浴びも着替えも許されなかったのだ。こうして蛍光灯の下に出ると、一刻も早く身を清めたいと思ってしまった。

谷村は気遣わしげな顔になり、快くそれを許してくれた。

「分かった。警察には俺から連絡しとくから、志帆ちゃんはお風呂に入っておいで。残り湯で悪いんだけど、まだあったかいと思うよ」

追い炊きして使ってね、と案内された浴室に入り、ようやく志帆は着物を脱ぐことが出来た。志帆が着ていたのは、最初の儀式の時に着せられたままの白い着物だったが、垢と泥で、ひどい有様となっていた。

シャワーを全開にして頭を洗い、無心になって全身に石鹼を塗り込む。肩までお湯に浸かっていると、扉の向こうで、ようやく電話がつながったのか、谷村の話す声が聞こえた。

着替えとして用意してくれたのは、だぶだぶのシャツと厚手のトレーナー、そして、ジャージのズボンである。それを着て戻った志帆を、ほかほかと湯気のたつカップラーメンが出迎えてくれた。

「警察の方から、こっちに来てくれるってさ。もう心配はいらないよ」

「そう――ですか」

「だからその間、腹ごしらえしちゃいなよ。手っ取り早く出来るものだとこれくらいしかないんだけど、食べられそうかい？」

「頂きます」

卵を落としたカップラーメンは、涙が出るほどに美味しかった。

志帆がラーメンをすするのを、谷村は、キャスター付きの赤い椅子に腰かけて見守っていた。

ごちそうさまでした、と志帆が割りばしを置くと、「お粗末さまでした」と笑顔になる。

「さて。それじゃあ、警察が来るまでの間、その神事とやらで何があったのか、詳しく聞かせてもらえないかな」

勿論《もちろん》、嫌なら構わないよ、と谷村は言い添える。

「ただ、そういうのには人よりも詳しくてね。あの村の連中が何のつもりでそんなことをしたのか、聞けばちょっとは分かるかもしれない」

そういうことならと、志帆は東京に伯父がやって来てから何があったのかを、詳しく語って聞かせた。谷村は、話の腰を折ることもなく真剣に聞いてくれたが、志帆はその分、大猿やら山神を名乗る化け物やらのことを、この人は信じてくれるだろうかと不安になった。

神域に連れて行かれる段になり、何と説明すべきか口ごもると、初めて、谷村が口を挟んで来た。

「なるほどね……。村の連中は、君を、君のお母さんの代わりとして、わざわざ東京から連れて来たわけか」

なるほど、なるほど、と谷村はしきりに頷く。

「前から、山内《やまうち》とあの村はどういう関係になってんだか、良く分からないところがあったんだが、いや、おかげでよく分かったよ」

生贄とはねえ、と呟く谷村に、ふと、違和感を覚える。

ヤマウチ、とは、奈月彦がよく使っていた言葉ではなかったか。

「あの……？」

こんこん、と、ガラス戸をノックする音がした。

「構わん。入れ」

警察に対するものにしては、いやに命令するような言い方である。

まさか――まさか。

「俺のとこまで来てくれて、ありがとね、志帆ちゃん」

ふてぶてしく、谷村が笑う。

振り返った志帆の前でガラス戸が開き、風が吹き込む。

翻ったカーテンの向こうには、ずぶ濡れの奈月彦が立っていた。

反射的に立ち上がったものの逃げ場はなく、志帆はその場に立ち尽くした。

「無事だったか、奈月彦」

「連絡を感謝する」

「うそ……。だって、あなた！」

戦慄《おのの》く志帆に、谷村は急にその眼差しを一癖あるものに変えて笑った。

「俺の名前は、谷村潤。人間の世界ではいくつもの会社を経営している敏腕社長だが、こっち、の世界では、大天狗《おおてんぐ》の潤天《じゅんてん》と呼ばれている」

「てんぐ……？」

「八咫烏は、一族ぐるみで商売させてもらっている、一番のお得意さんだよ」

志帆は、信じられない気持ちで目の前の男を見上げた。

「騙したのね！」

「悪いね。こっちにも、こっちの事情があるもんで」

飄々《ひょうひょう》と肩を竦めた谷村――大天狗を無視し、奈月彦が、堪えきれなくなったように大声を上げた。

「どうして、勝手に逃げたりした！　時が来れば、助けてやると言っただろう」

「おいおい」

話を聞く限り、志帆ちゃんがお前を信じ切れなかったのは当然だ。そこを責めるのはどうかと思うぞ、と頭を掻く大天狗を、奈月彦は睨みつけた。

「そんなことは分かっている。だが、私は嘘を言ったつもりはなかった。信じてもらいたかった。そうしたら――私の仲間が、死ぬこともなかったのに」

あの、作り物めいた無表情が常だった奈月彦が、落胆も顕わに肩を落とした。その姿に、黒こげとなった八咫烏の死体がフラッシュバックし、志帆は泣きそうになった。

「ごめんなさい……」

今にも消え入りそうな声が出たが、奈月彦は何も答えない。

押し黙った両者を前にして、大天狗はため息をついた。

「だがこうなった以上、彼女を神域に戻すつもりはないんだろう？」

「……今更、連れ戻したところで手遅れだ」

「じゃあ、志帆ちゃんは自宅へ帰すが、いいな」

「頼もう」

「え？」

あっさりと言われた言葉に、志帆は目を見開いた。

潤天が、わずかに苦笑する。

「確かに、俺達は君を騙したけれど、この村のことを吹聴しない限り、君に危害を加えるつもりはないんだよ。村の連中から逃げるために、おばあちゃんと高飛びするだけの資金も援助してあげよう」

その代わり、これ以上、村にも神域にも関わらないで欲しい、とふと真顔になって大天狗は言う。

「あの村の連中がどうなろうが知ったこっちゃないが、神域に変事があって、八咫烏の一族にもしものことがあったら困るんでな」

山内の存続のため、あの儀式が必要ならば残すしかないんだ、と肩を竦める。

「いささか、不本意ではあるがね」

「……また、違う女の子が同じ目に遭うの？」

「そうなるが、仕方ない。逆に聞くが、今の君に一体、何が出来る？」

不意に冷淡な眼差しとなって、大天狗は口元だけで志帆に笑いかけた。

「この平成の世にあってこんな儀式が露見しなかったのは、村の連中が巧妙だったからだ。おそらく、身よりがなく、いなくなったとしても簡単に騒がれないような少女を連れて来ている。分かるかい。それが出来るだけの力が、村の連中にはあるってことだ」

大天狗は、さっきまで志帆の座っていたソファにどさりと腰かけた。

「村を本拠地にしてはいるが、あいつらは経済界に繋がりがあるし、警察の内部にも仲間がいる。もう、この問題は君の手を離れた。大人しく言うことを聞きなさい」

黙り込む志帆に、それまで下を向いていた奈月彦が、小さく息を吐く。

「君が何もしなくとも、うまくすれば、それもじきに終わる」

「ああ？　そりゃ、どういう意味だ」

志帆よりも先に、大天狗の方が訝《いぶか》しそうに聞き返した。

「八咫烏は、決起を決めた。我々は明朝、山神を倒す」

その言葉の意味を正確に理解した時――みぞおちが、急激に冷えていく感覚がした。

「……あの、山神を殺すの？」

思いがけず、囁くような声になったが、奈月彦はそれに、はっきりと頷いてみせた。

「神と言っても、あれは和魂《にぎみたま》を欠いている。均衡を失った荒魂《あらみたま》は、すでに祟《たた》り神そのものだ。慰撫《いぶ》してどうにもならなかったものを、討つ以外にどうせよと言うのだ？」

無論、君に出来ることは何もない、と奈月彦は断言した。

「人間の世界には帰してやる。だからもう、我々には関わるな」

＊　＊　＊

志帆を隣の寝室に追いやった潤天は、改めて奈月彦に向き直った。

「――何を焦っている？」

奈月彦は無言のまま、そこに棒立ちとなっている。

「保守的なお前らにしては珍しい。てっきり、現状維持を目指すものだとばかり思っていたが」

潤天は半眼になり、ちらりと視線を下へと流した。

「拙速の理由はもしかして、ここに来てからずっと隠されたままの右手と何か関係があるのか？」

そこでようやく、隠しごとは無理だと諦めたらしい。

奈月彦が片袖を抜いた途端、悪臭とともに、蒸気が上がった。

ばらばらと焼け焦げた皮膚の一部と、粘ついた血液が二、三滴、床へとこぼれ落ちる。

奈月彦は、顕わとなった右腕から背中にかけて、ひどい火傷を負っていた。

「……こいつぁ、ただの火傷じゃねえな」

「山神の呪いだ」

これを受けた仲間の五人が死に、奈月彦を庇った護衛一人は、今も生死の境を彷徨《さまよ》っているのだと、奈月彦は苦しい声で告げた。

大天狗は舌打ちした。

「天狗秘蔵の妙薬を貸してやる」

「気遣いには感謝するが、おそらく、薬では治せない」

「何？」

「これはかつて、百年前の金烏《きんう》が――那律彦《なりつひこ》が受けた呪いと、同じものだ」

「お前、思い出したのか！」

「少しだけな」

数十年に一度の周期で出現するとされる八咫烏の長、金烏は、山内を治めるための特別な力と、歴代の金烏の記憶を得てこの世に生まれ落ちることになっていた。しかし、奈月彦は先代の記憶を欠いており、金烏としての資質に問題ありと、仲間の八咫烏から糾弾されるという憂き目にあっていたのだ。

その原因は、先代の金烏が死に、禁門が閉ざされたという百年前にあると目されていた。

当時、神域へと入った先代は、何故か手下を一人だけ山内へと戻し、己は身を挺して禁門を封印したのである。

「これまで、那律彦がどうしてそんなことをしたのか疑問だったが、今なら分かる。彼は、この呪いを受けたら助からないと知っていたから、八咫烏達を守ろうとしたのだ」

このまま放っておけば、いくらもせずに私も死ぬだろう、と。

大天狗は呻いた。

「何とかならないのか」

「無理だ。これは、山神の感情に応じて進行する呪いだから、傷はいつまで経っても癒えないし、拡大し続ける。今も――山神の怒りを感じる」

火傷から上がり続ける蒸気は、呪いがその腕を焼いている証拠であるという。

放置すれば死ぬと言いながらも、冷静なままの奈月彦を見て、大天狗は得心した。

「なるほど……お前の手下どもは、だから焦っているんだな」

「急がないと、私が死ぬと思っている。そして、この傷の進行を止めるには、もう呪いの根本である山神を殺すしかないという結論に至った」

無謀だ、と大天狗は思った。

八咫烏の住まう山内は、六年前から度々、猿によって侵入を受けていた。その当時はどこから猿が入って来たのかも分かっていなかったが、一年前の大地震と共に禁門が開かれたことにより、神域からやって来たことが判明した。

禁門が開いた途端、八咫烏は猿と戦闘になりかけたが――そこに、圧倒的な力でもって待ったをかけたのが、今の山神だった。

山神は「猿は自分に仕える神使《しんし》であり、かつては八咫烏達も猿と同様に、自分に仕えていた」と語ったらしい。悪いのは、途中で神使としての役目を投げ出し、山内に引きこもった八咫烏達であり、その罰として猿に喰われたとしても、恨みに思うのは筋違いである、と。

山神は、八咫烏達に対して明らかに怒っていた。

奈月彦は、山内を大地震が襲ったのもそのせいだと考えた。このままでは一族もろとも滅ぼされてしまうと思ったからこそ、再び山神に仕えることを了承したのだ。

何とかして山神の怒りを和らげようとしたというのに、ここに来て山神そのものを殺そうとするなんて、無茶苦茶だった。

「万一、山神を殺しおおせたとしても、お前達の住む山内に影響があるんじゃないのか」

八咫烏は、山内だからこそ存在出来る生き物だ。

長である奈月彦は例外だが、勝手に山内を出ようとした八咫烏は人間の姿になれず、ただの烏へと戻ってしまうと聞いている。もし、山内に異変があり、八咫烏達がこれまでの暮らしが出来なくなれば一大事だと思ったのだが、これに対する奈月彦の返答は、曖昧極まりないものだった。

「分からない。だが、今回女を逃がしたことで、我々は後がなくなった。次に何かあれば、山内に住まう八咫烏を皆殺しにしてやるとまで言われたのだ」

「猿はどうする」

「山神でないなら、私の部下でも、相手は可能だ」

本人も、いかに危ない賭けに出ようとしているのか、重々承知しているはずである。

「神殺しを行うのは、人間ではなく、私だ。うまくすれば、私がこの山の次の主になるのではないか、などと言いだす者までいる」

「お前が神さまに片足を突っ込んだ生き物なのは分かっているが、それでも次の主云々は、手下どもの願望に過ぎんだろう。俺は、お前自身が、どう思っているのかと訊いているんだ」

ごまかしを許さないつもりで睨み付けると、奈月彦は降参した。

「……情けない話だが、やってみなければ、何とも。しかし、このまま私が死んだら、遅かれ早かれ、我が一族は滅ぼされてしまう」

――選択肢など、こいつらには最初からないのだ。

事情を察した天狗には、それ以上、言えることは何もなかった。

「八咫烏は太陽の眷属だ。明朝、夜明けと共に、我々は山神を殺す」

第三章　過去夢《かこむ》

神域にやって来て十月《とつき》ばかりが過ぎた頃、玉のように美しい赤ん坊が生まれた。

「おめでとう。これであなたも、立派な玉依姫《たまよりひめ》だ」

穏やかに彼女を寿《ことほ》いだのは、八咫烏《やたがらす》の長《おさ》だった。

「ありがとう。あなたにも、何と感謝を申し上げたら良いか」

最初は心細さを感じていたものの、今、この両腕に我が子たる神を抱けば、感慨に胸がいっぱいになった。

ここに来てから今日まで色々と手を尽くしてくれた八咫烏は、静かに頭を横に振る。

「礼などいらない。当然のことをしたまでだ」

「それでも、お礼を言わせてちょうだい。ただの村娘だったわたくしが、こうして若君をあれなせたのも、あなた方の力があってのことです」

そう言うと、八咫烏はにこりと微笑んだ。

「あなたさまは、すでに我らが主君の母上だ。よく励まれた。あとは、この方が自力で山を下りられるようになるまで、しっかりお育て申し上げよ」

困ったことがあれば、またいつでも呼んでくれと言い残し、八咫烏の長は去って行った。代わってやって来たのは、襅《ちはや》をまとう八咫烏の女と、下女の格好をした猿だった。

「そろそろ、産着《うぶぎ》を替えましょうか」

「ええ。お願いします」

自分の手を離れた後も、赤ん坊のくりくりとした大きな瞳は、じっとこちらを見つめている。それがあまりにもかわいらしくて、うっかり、自分の仕える神であるということを忘れてしまいそうになった。

――その後も、赤ん坊はすくすくと育ち、彼女の自慢の息子となっていった。

烏も、猿も笑っていて、本当に幸せだった。何の不満もない満ち足りた日々だったが、年月を経るに従って、一つだけ、どうしようもない問題が浮かび上がって来た。

愛しい息子であり、彼女の仕えるべき山神《やまがみ》は二十を越える前に成長を止めてしまったが――自分だけが、年老いて行くのである。

楽しい月日は矢のごとく過ぎ去り、いつしか背中が曲がり、とうとう寝たきりにまでなってしまった。

意識も朧《おぼろ》になって行く中、山神の嘆く声が聞こえた。

「母上、母上。私の声が聞こえるか?」

室内には、今まで仕えてくれた烏や猿達の、さめざめとした泣き声が満ちている。

最期の力を振りしぼって開いた目に飛び込んで来たのは、こちらを見つめる、若くて美しい青年だった。何とかその瑞々《みずみず》しい頬を撫でようとしたが、辛うじて持ち上げた自分の手は、干からびたように皺だらけである。

ああ、本当に、年はとりたくないものだ。

ぱたり、と落ちた腕を、慌てたように山神が手に取る。

「大丈夫だ。母上が逝けば、近くこの体も限界を迎える。すぐに私も後を追うから」

ごめんね、ありがとうと、優しい言葉をかけてやらねばと思うのに、自分の心さえ、思うようには動かなくなっていた。自分と同じく限界だと言う山神の体は、依然として若々しく、美しいままなのだ。どうしようもないと分かりつつも、寂しかった。

寂しかったし――悔しかった。

今ごろになって、両足をつかんだ死の影が、これまで全く思いもしなかった嫉心《しっしん》を、彼女の中に呼び起こしたのだった。

「……やはり、あなたはわたしとは違うのね」

息も絶え絶えに呟いた瞬間、山神がくっと目を見開くのが分かった。

「母上……？」

途方に暮れたようなその声に、言うべきではなかったと後悔したが、それを訂正する力は、もう彼女には残っていなかった。

「おめでとう。これであなたも、玉依姫だ」

そう言われて見下ろした赤ん坊は、作り物のように美しかった。

――だが、勝手に生まれた赤ん坊を、どうして可愛いなどと思えようか。

山神が死んだ、蘇りのためには母親役が必要だと言われて、自分の住む家に白羽の矢が立てられたのは、今から一年前のことだった。

歴代の村娘がどうだったかは知らないが、彼女は最初から、神域になど来たくはなかった。村のためだと言い含められ、神域の泉で無理やり禊《みそぎ》をさせられて十月十日《とつきとおか》。愛しい男《ひと》の腕に抱かれた経験もないままに、自分は母親となってしまった。

いずれ山神となる赤ん坊は、赤ん坊らしからぬ目をしていた。見た目を裏切って、内面は大人なのは明らかだった。それなのに、いちいちこちらの顔色を窺うのが不快だったが、おそらく、そう思っていることは向こうにも伝わっていたのだろう。

赤ん坊は、彼女への態度を決めかねたように黙りがちになり、彼女も、自分から赤ん坊へ話しかけようとはしなくなっていった。

そのうち、玉依姫と宝の君の不和を聞きつけた八咫烏の長が、苦言を呈しに山内《やまうち》から出て来た。

「しっかりなさい。そなたには少なくとも、山神が山を下りられるようになるまで力を尽くしてもらわねば困るのだ。これまでの者は、うまくやっていたのに。そなたはもう山神の母なのだから、いつまでも少女の気分ではいられないのだぞ」

いかにも正論ぶった八咫烏《おとこ》の顔が、憎くて憎くてたまらなかった。

近頃では床につくと、自分が喜びに満ちて山神を産み育て、ともに生涯を終えるという夢を繰り返し見るようになっていた。

もしかしたら、歴代の玉依姫達は実際にそんな一生を送っていたのかもしれなかったが、自分は幼馴染との縁談が固まっていたのに、山神のお召しがあったと知るや、問答無用に引き裂かれたのだ。村の連中に恩義など感じなかったし、父親の分からない気味の悪い子どもなんて、間違っても欲しくなどなかった。

共に食事をしていても、山神と彼女の間に会話はないので、給仕をしていた猿の女などは、いつも気まずそうだった。そんな空気に堪りかねたのか、ある時、山神がほとほと困り果てたように話しかけて来た。

「母上は、一体何が不満なのだ」

――何が不満かだって？　何もかもに決まっている！

喚き散らしてやる代わりに、叩きつけるようにして箸を置き、立ち上がった。

山神は目を丸くして、それを見上げた。

生まれて一年も経っていないというのに、こいつの外見は、すでに五、六歳ほどまでに育っていた。内面は、自分よりもはるかに長生きをした人外《じんがい》の者であるというのに、幼子そのものを装っている表情が、心底気に食わなかった。

「どこへ行く？」

「外の空気を吸いに」

ここは息が詰まりますので、と冷たく言ってやれば、困惑したように目を逸らされた。

「それは、構わないが……神域から出てはいけない」

誰も、お前なんかの許しを求めてなどいない。

もう、何もかもうんざりだった。

彼女は、足音も荒く岩屋を出た。

一人になりたい時、彼女は神域の境の鳥居まで出て行くのが常だった。

石段の上の鳥居にもたれると、そこからは龍ヶ沼と、村の様子が一望出来る。

村に帰りたいというわけではない。帰ったところで歓迎されるとは思えないし、自分を無理やり神域に追いやった連中の顔なんて、見たくもなかった。

ただ、愛しい男に会いたかった。

彼は、自分のことなどすっかり忘れて、誰か他の女に子どもを産ませるのだろうか。自分は、何者とも知れぬ化け物を孕《はら》まされたというのに。

そう思うと、堪らなかった。

鳥居に額を押し付け、声を押し殺して泣いていた時だ。

「お前――もしや、英子《ひでこ》か」

突然の聞き慣れた声に、心臓が跳ねた。

「あ……」

まさかと思った。

彼が恋しいあまりに、幻でも見ているのではないかと。

だが、違った。石段を駆け上がって来たのは、間違いなく自分の想い人だった。

「幹《かん》さん……？」

「英子！」

太く、畑の香がする腕に抱きしめられ、彼女は――英子は、号泣した。

会いたかった、会いたかったわ。あたしが好きなのはあんただけよ！

「ねえ、聞いて。ただ禊をしただけなのに、勝手に胎《はら》が膨らんだの。気持ち悪いったらないわ。みんなは山神の子だというけれど、あたしはそんなもの産みたくなかった。毎晩、気味の悪い夢ばかり見るし、このままだと頭がおかしくなりそう」

もう嫌よ、と泣いて縋《すが》れば、幹次郎《かんじろう》は力強く頷いた。

「なあ英子、一緒に逃げよう。一緒に、違う所で一からやり直そう」

泣き濡れた目で見上げた顔は、思い出の中にあるものよりも日に焼けていて、逞しい。

「村の連中は、俺達のことなんてちっとも考えてくれなかったじゃないか。だったら、俺達だってあいつらのために何かしてやる義理なんてない」

逃げよう、と言われ、逃げたい、と思った。

「ええ、逃げましょう」

「お前と俺なら、どこでだってやっていけるさ」

そう言って手に手を取り、鳥居を越えて石段を駆け下りようとした、次の瞬間だった。

「いかんなあ」

その声を聞いたと知覚する前に、ぶしゃあ、と、水気たっぷりの果実を握りつぶすような音がして、英子の視界は真っ赤に染まった。

何が起こったのか、すぐには分からなかった。

ただ、しっかりと握られた手はそのままに、幹次郎の体がガクンと落ち、引きずられて英子も階段の上に倒れ込んだ。目を瞬けば、自分の白い着物の袖が、赤く変わっていた。ぼたぼたと、生臭く、赤い水が、絶え間なくこぼれ落ちている。

「かんさん」

名前を呼び、横に見た男の体には、――首が無かった。

悲鳴を上げ、英子は手を振りほどくようにして後退《あとずさ》る。

「先ほどまで取り縋っていた相手にその態度とは、酷い女もいたものよ」

腕の一薙《ひとな》ぎで幹次郎の首を吹き飛ばしたのは、大猿《おおざる》の怪物だった。

「母上、大丈夫か！」

叫んだのは、洞穴から走り出て来た山神だ。

「なんで……なんで……」

壊れたように、英子の口からは同じ言葉しか出て来ない。

「心配するな。大猿は味方だ。神域を見回ってくれていたのだ」

山神は見当違いにも、こちらを安心させるように微笑んだ。

「聞いたぞ。不届き者が、母上をかどわかそうとしたのだそうだな」

もう大丈夫だと笑顔で言われ、英子の中で、決定的な何かが壊れた。

「不届き者？　不届き者だって。この男《ひと》はそんなんじゃない。よくもこの男《ひと》を殺したな！」

突然怒鳴られた山神は、呆気に取られていた。

「何を言い出す……？」

「許さない。絶対に許さない。誰がお前の母親だ。お前なんてあたしの子どもじゃない！」

怯《ひる》む宝の君に、英子は絶叫した。

「化け物め」

皮肉にも、そうして引き攣《つ》った山神の顔が、初めて人間らしく見えた。

「ああ。これはもう駄目だ」

大猿は、毬のように跳ねて行った幹次郎の頭を拾い、片手で弄《もてあそ》びながらこちらに歩み寄って来た。

「残念ですが、山神さま。こ奴はもう、玉依姫ではない。ここはどうか、わしにお任せください」

大猿が、群がって来た他の猿に、青ざめた山神を連れて帰るようにと指示を出した。そうして山神が去ったのを見計らい、大猿はこちらを振り返った。

意外にも、大猿の目の中には、わずかながら憐憫《れんびん》の情があった。

「可哀想だが、仕方ない」

その言葉を合図に、猿達が飛びかかって来た。

――一瞬で喉笛を嚙み千切られ、悲鳴も上げられはしなかった。

倒れ伏してから、全身が痙攣《けいれん》するような痛みが襲い、冷や汗がどっと噴き出した。

痛みで何も考えられない。早く、早く楽になりたい。

誰でもいい。早くあたしを殺して、殺して、殺して――さっさと、とどめを、さして！

だが、実際はのたうち回る英子を、誰も救ってはくれなかった。

ひゅうひゅう、ごぽごぽと、呼吸をする度に口ではなく、喉から空気が抜ける音がする。どんどん動きが鈍くなり、命が滑り落ちていく感覚は寒さに似ているのだと知った頃、ようやく頭上で交わされる会話が、会話として耳に入って来た。

「骸《むくろ》は、どういたしましょう」

「死者に罪はなし。葬ってやれ」

こちらに背中を向け、洞穴に戻ろうとする大猿と、その手下たちの姿が、暗くなり始めた視界の真ん中に映る。

「しかし、困ったものです。まだ、山神は育ちきっていないというのに」

「近頃の女は、以前よりも不真面目な者ばかりだ。次に来る者が、まともに役目を果たせる者であれば良いのだが」

「これはと思った女子でも、最近では、玉依姫になるのを嫌がるから困る」

ふと、足を止めた大猿が、こちらを振り返った。

「――そうか」

そうか。

「その手が、、、あったか」

大猿の言葉を最後に、英子の視界は、真っ暗になった。

＊　　＊　　＊

猿たちによって連れて来られた神域で、憔悴《しょうすい》した様子で伏せっていたのは、輝くように美しい少年だった。

「あれが、神さまなの……？」

そうだ、と自分をここまで連れて来た大猿がいう。

「そなたは母として、かの方を育てねばならぬ」

ふうん、と呟き、彼女は首を傾げた。

「あたしと、ほとんど同じ年くらいに見えるのにね。お母さんなんて、おかしな感じ」

「それで良いのだ。この山に、かの神の母親役がいるということが大切なのだから」

そう言ったのは大猿ではなく、横になる山神の近くに控えていた、八咫烏の長だった。

「おめでとう。今日からはあなたが、玉依姫だ」

＊　＊　＊

志帆《しほ》は目を覚ました。

窓の外を叩いていた雨の音が、すっかり聞こえなくなっている。

しんと、自分のものとは思えないほどに心が凪《な》いでいるのを感じる。

焦燥感を抱えたまま、むりやり横になったはずだったのに、眠りにつく前とは、明らかに何かが異なっていた。

――この山にやって来てからというもの、意味ありげな夢を見てばかりだが、今のは、ことさらにおかしな夢だった。

俯瞰《ふかん》している志帆《じぶん》が感じられたのに、時々、五感が夢の中の女達と同化していた。夢とはそういうものかもしれなかったが、まるで、今のまどろみの間だけで、何人もの人生を体験してしまったかのようだった。

理性では、そんな風に考えるのはおかしいと分かっていたが、どうしてか、この夢は過去に実際にあったことなのだと思えてならなかった。

根拠は何もない。

だが、あの美しい少年が山神のかつての姿なのだと、志帆は不思議と確信していた。

今になって思い出される、山神の一言。

奈月彦《なづきひこ》に対し、「裏切り者」と力なく呟いた山神の姿と、化け物と呼ばれて顔を引き攣らせた山神の姿が一致した。

窓の外を見れば、雨は止み、空は薄紫色になっている。

もうすぐ夜明けになるだろう。

ざわざわと胸騒ぎがして、唐突に、言いようのない焦燥感に襲われた。

何か、取り返しのつかない、恐ろしいことになる気がしてならない。本当にこのままでいいのだろうか。

このまま、奈月彦が山神を殺してしまったら――？

「何を悩んでいる」

ハッとして顔を上げると、ガラス窓の向こうに、久しぶりに見る姿があった。

「……君は、どこにでも現れるんだね」

「どこにでもってわけじゃない。あの神域には入れないから」

バス停で会った時からそうだったように、銀髪の少年は、物静かな態度を崩さなかった。

「このまま放っておいたら、本当に奈月彦達は山神を殺しちゃうのかな……」

志帆の小声の質問に、少年は眉を上げる。

「そう上手くいくものか。山神はともかく、あの大猿は曲者だぞ。こうなるように烏達を追い込んだのは、他でもないあいつなんだから」

今頃、烏が動くのを待ち構えているだろうさ、と少年はなんてこともないように言う。

志帆はごくりと唾を呑んだ。

「もし、八咫烏達が失敗したらどうなるの？」

「奈月彦本人は当然死ぬだろうし、今度こそ、あいつの仲間は山神によって、皆殺しにされるだろうな」

「そんな」

まだ、仲間の名を呼び、取り縋り、絶叫する八咫烏達の声が耳に残っている。

自分に対して思いやり深かったとは決して言えないが、彼らにも心があり、愛する人がいたのだろうに。

「どうしよう……。奈月彦に、止めるように言った方が……」

「あんたがそれを言ったところで、無駄だ」

「どうして」

「そんな危険は承知の上で、烏共は打って出ると言っているからだ」

静かな返答に、志帆は絶望的な気分になった。

「ねえ。この山は、どうしてこんな風になっちゃったの。昔は、こんな風じゃなかったんでしょ？」

志帆の言葉に、ちょっと意外そうに目を見開き、少年は「さあ」と呟いた。

「あんたがどうしてそんなことを言うのかは分からないが、もし、烏達を救いたいと思うのならば、他に出来ることがあるぞ」

ふと、少年の足元に動く白いものを捉えた。

それは、二匹の仔犬だった。

「私に出来ること？」

「俺に一言、『助けて』と言えば良い」

そう言って、少年は仔犬の一匹を抱き上げた。

「私が『助けて』と言ったら、どうなるの？」

「俺は、神域に入ることが出来る」

そして、と、さらに仔犬の頭を撫でながら言う。

「烏に代わり、俺が、山神の始末をつけて来てやる」

淡々とした言葉の意味を察し、志帆は鋭く息を呑んだ。

「――私に、あの子を殺してくれと、頼めって言うの？」

「簡単に言ってしまえば、そうだ」

反射的に、志帆はガラスへと手のひらを打ち付けた。

「ちょっと待って！　山神が、もともとあんな姿ではなかったのなら、ああなったのには何か理由があるんじゃないの？」

それなのに殺してしまうなんてと叫べば、少年はどこか呆れた顔になった。

「過去がどうだったかは知らないが、あの山神が女達を生贄として殺し、喰らっているのは、まぎれもない事実なんだぞ」

仕返しをされて当然、でなければ、殺された女達の方が浮かばれないと言われて、志帆は唇を震わせた。

「分かってる。そんなこと分かってるの。でも、あの子に死んで欲しいなんて、私にはどうしても言えないよ……」

少年は皮肉っぽく笑う。

「お優しいことだな。あんたを殺してやると言っていた奴の、命乞いか」

「そんなんじゃない！　だって、あの子は——」

自分でもどうしてこんなに焦っているのか分からないまま口を開きかけ、志帆は、ようやく、それに思い至った。

「あの子は一度だって、私を、殺したいとは言わなかった……」

どくりと一つ、胸が鳴る。

殺してやると脅すことはあっても、殺したいとは言わなかった。

喰らってやると吼えたとしても、喰いたいとは言わなかった。

たった今思い当たった事実に呆然とする志帆を前にして、しかし、少年は怪訝《けげん》そうだった。

「何が違う？　殺してやるも、殺してやりたいも、結局は同じことだろうが」

「違うよ。全然、違う」

思えば、「殺してやる」「喰ってやる」と口にする際、山神は必ず怒っていた。

果たして、好んで殺すことを行っていたのであれば、あのように怒るなんてことがあるだろうか？

山神の怒りの淵源がどこにあるのかと考えてみると、自分の思い通りにいかないことへの失望に行き当たった。思い通りにいかないから、怒るのだ。それは裏を返せば、彼が志帆や八咫烏達に、なんらかの期待を持っていたということになる。

山神が口にするおそろしげな言葉はいつだって恫喝であり、そうしたい、という希望ではなかった。

「あの子は、好きで、殺しているわけじゃないんだ……」

――ようやく、この山に来てからもやもやとして見えなかった、真実の一端をつかんだという気がした。

曲がりなりにも、十日間も一緒にいたのだ。

人知の及ばない力と、恐ろしげな外見に、ひたすら怯えている間は目がくらんでいた。だが、今思うと山神の言動は、力を持て余した子どもの癇癪そのものだった。

傍を離れた今になって、やっと分かった。

自分がひたすら恐れ、忌み嫌っていた存在が、ただの子どもであったということに。

だったら何だと言うのだと、少年は不機嫌になった。

「山神が心底ではそれを望んでいなかったのだとしても、すでにあれは大勢を殺している。あんたが今、俺にそれを望まなければ、八咫烏は全滅し、生贄の祭祀はこれからも存続するんだぞ。神域から逃げるあんたに、あれを助けてくれなんて言う資格はない」

「そうだね。全く、あんたの言う通り」

しかし、山神がただの子どもであると思ってしまった時点で、志帆のやるべきことは既に決まっていた。

「だから私、戻るね」

少年が、こぼれ落とさんばかりに目を剥いた。

「……何？」

「よく考えたら、私は母親になると誓ったはずなのに、母親らしいことは何ひとつしていなかったもの」

力を持て余した子どもには、力の使い方を教えてやらねばならない。悪いことを悪いことだと、母親が教えてやらずして、他に誰が教えるというのか。

少年の腕から、仔犬が飛び降りた。

「どうするつもりだ」

「あの子をもう一度、今度はちゃんと、私の息子として育ててみる。それで、あの子の力によって死んだ八咫烏や、猿や、犠牲になった女の子達に対して、一緒に謝罪がしたい」

志帆の口からは、自分でも驚くほどに迷いなく言葉がすべり落ちた。

「おい……何を言い出すんだ……？」

突然の変心に困惑していた少年は、志帆の目を見て、急に息を呑んだ。

「――そうか。あんた、この山に長く居過ぎたな」

そして強く眉根を寄せると、唐突に声を荒げ始めた。

「目を覚ませ！　今のあんたは、とても正気じゃない。死ぬかもしれないんだぞ」

「正気……ではないかもしれないけれど、少なくとも、本気なのは確かだよ」

いつの間にか、完全に立場が逆転していた。彼は何とかして、志帆を止めようとしていた。

「せっかくこのまま逃げられるというのに、一時の憐憫の情に任せて、命を無駄にするつもりか。これで神域に戻ったら、もう二度と家族にも会えないかもしれないんだぞ」

いまや、何を言われても、志帆はどうとも思わなかった。

「死ぬつもりは全くないから、命を無駄にするつもりはないよ。確かに、おばあちゃんは『お人好しも大概にしろ！』って怒るかもしれないけど、きっと分かってくれると思う」

悪びれない志帆を前にして、少年はお手上げだと言わんばかりに、天を仰いだのだった。

＊　　＊　　＊

「許さない、許さないぞ。あいつめ、またもやわたしを裏切った……！」

揺り籠の中で、怨嗟の声を上げる山神の怒りは収まるどころか、ますます激しくなっていくようだった。

「本当に、酷い女ですなあ」

大猿はしたり顔で相槌を打っているが、その周囲に、奴の手下は一匹もいない。

奈月彦は岩陰に隠れながら、そんな山神の居室の様子を、息を凝らして窺っていた。

――ズキン、ズキンと、鼓動に合わせ、奈月彦の腕は跳ね上がるほどに痛んでいる。

時間が経つごとに痛みは増し、もはや指先の感覚は完全に消失していた。

機会は一度きりだ。日の出と共に、不意を打って山神を殺し、配下の者が大猿を仕留める手はずになっている。

自分一人が、一太刀で仕留めるしかないのだと思えば、手汗がにじんだ。火傷のせいで感覚がおぼつかないから、左腕を使うしかない。

仕損じるわけにはいかなかった。

傍《かたわ》らには、奈月彦の補助をするために配下達が控えている。太陽は、八咫烏の味方だ。日の出によって、少しでもこちらに優位に動けば良いのだが……。

そう思って見やった揺り籠の中で、ふと、蠢《うごめ》いていた山神の唸り声が途絶えた。

同時に、外にいた猿達が騒ぎ出す音が聞こえる。

――何かあったのか？

一匹の猿が、山神の居室に駆け込んで来た。その猿に何事かを耳打ちされた大猿は、奈月彦の知る限り、初めて見る驚愕の表情を浮かべた。

「何だと？」

猿の耳打ちが聞こえていたのか、いなかったのか。

大きな目を見開き、山神が体を起こした。

「うそだ」

そう口走ると同時に、大猿の手も借りずに、揺り籠から飛び降りる。

いつの間にか山神の体は、その醜悪な外見に大した変化は見られないものの、人間の幼児と変わらない大きさとなっていた。

「山神さま！」

転がるように走り出した山神は思いのほか素早く、大猿が追いつくよりも先に、駆けて行ってしまう。

目の前を山神と大猿に去って行かれた配下の者が、こちらに指示を求めて来た。だが、こうなっては予定通り襲撃することは出来ない。奈月彦は無言で首を振り、ひとまずの作戦中止を伝えた。

山神は、神域の境界に向かおうとしているようだった。

あとを追って暗い洞穴を抜けると、空は深い群青から、朝焼け特有の清浄な淡い色へと変わっていた。

山神は鳥居の下で立ち尽くし、長く連なる石段を見下ろしている。

傍に立ち、山神の視線を追うと、そこには階段を一段一段登って来る影があった。

あきらかに大きさの合っていない服をまとっており、その腕には一匹の仔犬が抱えられている。

それは紛れもなく、今は天狗の家にいて、もうすぐ人の世へと帰るはずの少女であった。

少女は汗をぬぐい、こちらを見上げる。

白い太陽が、山の端から顔を覗かせた。

志帆が、燦然と輝く朝日の中、晴れ晴れと笑っている。

「ただいま」

帰って来たよ、と。

――一体、誰がこんな事態を想定し得ただろうか。

奈月彦や八咫烏だけでなく、大猿までもが啞然としているし、笑いかけられた当の山神は凍り付いている。

「どうして……」

息も絶え絶えに山神は呟く。

ようやく石段を登り切った志帆は、仔犬を足元に下ろしてから体を伸ばした。

「何も言わずに出て行っちゃって、ごめんなさい。でも、自分の足で戻って来たから、許してもらえないかな」

昨日までの怯えていた少女と同一人物とは、とても思えなかった。

その表情はさっぱりとしており、今では、志帆を見上げる山神の方が、よっぽど化け物に行き遭ってしまったような顔をしていた。

だが、許してくれという言葉は、流石に看過出来なかったらしい。

我に返ったように目を瞬くと、みるみるうちに顔中に皺を寄せ、尖った犬歯を剝き出しにした。

「ああ、許してやろうとも！　わざわざ、自分から殺されに戻って来たのだからな」

八つ裂きにされる覚悟があってのことだろう、と凄まれて、咄嗟《とっさ》に奈月彦は太刀を抜きかけた。だが、凄まれた志帆はわずかに唇を尖らせただけで、ほとんど動揺を見せなかった。

「それ、やめなさい」

「は？」

「たとえ口先だけであろうとも、殺してやるとか、死ねとか言ったら駄目だって言っているの！　今度言ったら、本気で怒るから」

それどころか、両腕を組み、山神相手に説教までする始末である。

叱られた山神は、どうしたら良いか分からなくなったらしい。犬歯を剝き出しにしたまま固まった姿は、絶妙に間が抜けていた。

「……貴様、何さまのつもりだ」

それまで黙っていた大猿が、山神に助け船を出すように進み出る。

「何さまって、この子の母親のつもりだけど？」

そうなれと言ったのはあなた達でしょ、と、しかし臆面無く言い切った志帆に、猿は答えあぐねて黙り込んだ。

「さてと」

呆然自失の態《てい》であった山神は、志帆に強い目を向けられて、小さく震えたように見えた。

「ごめんなさいして」

「な、何だと？」

「謝りなさい、と言っているの」

あなたはしてはいけないことをした。悪いことをしたら謝らなければならない、と。

それを聞いた山神の顔が、真っ赤になった。

「ふざけるな。何故、お前なんかに！」

「誰が私に謝れなんて言ったの。謝る相手は、八咫烏達！」

ぴしゃりと志帆に言い放たれ、いきなり会話の中心へと引っ張り出された奈月彦は肝を冷やした。虚を突かれたらしい山神も、わずかに口ごもる。

「それは、こいつらがお前を逃がしたから――」

「私は彼らに逃がしてもらったわけじゃないし、たとえそうだったとしても、彼らを殺して良い理由にはならないわ。でも、そうね。あなたを誤解させてしまったのは私だから、一緒に謝りましょう」

「お前、お前は、何を言っている……？」

「悪いことをしたと思ったら、謝罪するのは当然じゃないの？　許してもらえるかは別としても、過ちだったと認めるか否かは、自分自身の問題でもあるんだから。あなただって、烏達を殺したいと思っていたわけではないでしょうに」

それは、おかしな確信を持った言い方だった。

山神は答えなかった。ただ、悪鬼のようだった顔から、みるみるうちに覇気がそぎ落とされていくのが分かった。

その代わりに表情に現れたのは、まぎれもない恐怖だった。

「何を、馬鹿なことを。いいかげんにしないと、本当に殺すぞ」

「そうやって、図星を突かれたからって思ってもない暴言を吐くのが駄目だと言っているの」

「うるさい！」

「うるさくない」

「やめろ」

「やめない」

「やめてくれ」

「嫌よ」

「やめてくれ――頼む！」

最後は悲鳴だった。

山神は背中を向けると、志帆から逃げるように洞穴の方へと駆けて行った。

唖然としてそれを見送った奈月彦に、志帆は勢いよく頭を下げた。

「私のせいで、あなたの大切な仲間の命を奪うことになってしまいました。本当に、ごめんなさい」

奈月彦は言葉もなかったが、顔を上げた志帆は、真剣な眼差しを向けて来た。

「だけどお願い。どうか今は、私に任せて下さい」

そう言い残し、志帆は山神を追って走り去っていく。

後ろ姿を見送った奈月彦は、いつの間にか、あれほどの熱をもっていた自分の傷が、ほとんど痛まなくなっていることに気が付いた。

「全く、とんでもないことになったものよな……」

隣で、呆れたように大猿が呟く。

志帆が置いて行った仔犬が、奈月彦の足もとでこちらを見上げ、小さく尻尾を振っていた。

＊　＊　＊

——何なのだ、あいつは！

自らをごまかすように、洞穴を走りながら、山神は悪態をつく。

怒りは湧くものの、それ以上に、得体の知れない恐ろしさが体中を支配していた。

こわい、こわい、こわい。

何故、自分があの女をこんなに怖いと思うのか分からない。だが、今も追いかけて来る志帆のことが、無性に恐ろしくて仕方なかった。

「逃げないで」

「ついて来るな！」

洞穴の中を反響して、志帆の足音が迫って来る。

「話したいことがいっぱいあるの」

「お前にあってでも、わたしにはない」

「お願い、止まって。ちょっとでいいから」

「うるさい！」

志帆から逃れようと必死に走るうちに、御手洗《みたらし》の泉にまでやって来た。

――しつこく付きまとう志帆も、水の中までは追って来られまい。

山神は水の上へと走り出ると、この泉でも一番深い所めがけて飛び込んだ。


一面の、青い世界である。


水の中に入った途端、騒々しい鳥の声も、きらきらしい朝の光も、一気に遠くなるのを感じた。

水底からは、月の光にも似た泡沫《うたかた》と共に、澄んだ水がこんこんと湧き出ている。蛍のように浮かび来る銀の泡を掻き分け、山神は音もなく水底にもぐっていった。

魚一匹いないここは、いつだって淋しく、静かだ。

薄絹のように揺れる泥の上に身を横たえ、山神はようやく、息をつくことが出来た。

まさか、志帆が自分から戻って来るなんて、思ってもみなかった。

ただいまと言って笑った志帆の顔が、かつて自分を見捨てた、あの女に重なって見えてしまった。だからこんなにも動揺してしまったのであり、それ以外の理由があるはずがない。

とにかく、落ち着かなければ。

そう思った、直後だった。

鏡のようだった水面が、豪快に乱れた。

どおん、と鈍い音と共に無数の泡が立ち、金色の光が拡散する。

光と泡の中に浮かんだ影は、小柄な人の形をしていた。

間違いない。志帆が、自分を追って飛び込んで来たのだ！

そこまでするかと、先ほどとは違った意味で戦慄し、山神は慌てて水底を蹴り、そこから離れようとした。

しかし――どこまで追って来るつもりだろうかと振り返ると、志帆は飛び込んだのと同じ場所で、相も変わらずばたばたともがいていた。

何かおかしいと思うのと、それに気付くのは、ほぼ同時だった。

志帆は溺れていた。

「――そなた、頭がおかしいのではないのか？」

山神が急いで水から引っ張り上げた志帆は、げほげほと激しく咳き込んでいる。

こんな間抜けの何を恐ろしいと思っていたのだか、さっきまでの自分が途端に馬鹿げて思えて来た。

心底呆れていると、四つん這いのまま、志帆は涙目になってこちらを見上げた。

「だってあなた、いつまで経っても浮かんで来ないんだもの」

「人の子と一緒にするな。このくらいで死ぬはずがなかろう」

「そんなの、私が知るわけないでしょ！　本当に死んじゃうかと思ったんだから」

乱れ髪が張り付き、泥だらけとなった桜色の頰に、ぽろりと涙がこぼれる。

山神は、大いにぎょっとした。

「おい――」

「私のせいで、死んじゃったかと思ったんだから」

とうとう志帆は、声を上げて泣き始めた。まるっきり子どものようなその姿が山神は不思議に思えてならず、同時にひどく狼狽した。

「それで、自分が死んでは意味がなかろうに……」

拍子抜けすると同時に――何故か山神は、ひどく安堵している自分にも気が付いていた。

もう、志帆は怖くない。

「そう、泣くな」

そして、おそるおそる志帆の横に屈むと、不器用な手つきでその背を撫で始めた。

「泣くな」

しばしの間、湧水の泡が弾ける音と、志帆の泣き声だけがそこに響いていた。

＊　＊　＊

どこからか山神が持って来た布にくるまり、志帆はくすんと洟《はな》をすすり上げた。

「落ち着いたか」

こちらが泣き止んだのを見計らい、顔を合わせないようにしながら山神が尋ねて来た。今は志帆からやや離れ、泉の脇にあった岩の上に所在なげに腰かけている。

志帆は涙をぬぐい、弱々しく笑った。

「助けてくれて、ありがとう。でも、別に泳げないわけじゃないの。服を着たままだと、あんなに浮きにくいとは思わなくて……」

ちらりと視線を寄越してから、山神は決まり悪げにそっぽを向いた。

「どうして、戻って来た」

「あなたに、私が必要だと思ったから」

母親として、教えなければならないことがいっぱいあるのだと言うと、山神は眉間に新たな皺を刻む。

「……それが、烏に謝ることなのか？」

「第一歩目はね」

志帆が肩を竦めると、山神はあからさまに顔を歪めた。

「何故、わざわざ謝らなくてはならない。奴らは、わたしのいうことを聞かなかった。やるべきことをやらなかった役立たずを処分して、何が悪い」

当然の報いだろうと断言されて、志帆は口をつぐんだ。

「……あのね、彼らは道具ではないのよ。心がある。意志がある。大切な人がいる。殺してやると脅されて、心から仕えようなんて思うわけないじゃない」

山神は、どうにも納得のいかない様子だった。

「どうして格下相手に、ご機嫌伺いをしなければならない」

「これはご機嫌伺いではなく、他者に対する思いやり」

「何が違う？」

「ご機嫌伺いは打算からのものだけど、思いやりの裏にあるのは優しさじゃないかな。人は一人じゃ生きていけないんだから、優しさは、誰かと一緒に生きていくために、欠かすことの出来ない大切なものだと思う」

大真面目に語って聞かせると、山神はそれを鼻で笑った。

「弱者の理屈だな。わたしは強いから、一人でも生きていける。助け合いなんて最初から必要ない」

「なら、どうして烏と猿を侍《はべ》らせているの」

「奴らがそうしたいと言うからだ」

「じゃあ、彼らが『そうしたくない』と言いだしたら、放っておけばいいじゃない。役目を疎かにしていると言って彼らを咎《とが》める以上、一人で生きていけているとはとても言えないよ」

山神は少しの間だけ閉口してから、体の向きを変え、志帆に真正面から向き直った。

「では、訊こう。思いやりなく、こちらをいいように利用しようとしたのは、烏も同じではないのか？　奴らはかつて、わたしに仕えると言っておきながら、いざ問題が起きてみれば山内に引きこもり、長いこと出て来なかったのだぞ。今になって再び仕え始めたのは、それこそ、自分達のためだ。これは打算とは言わないのか」

裏切り者に優しくなんか出来るわけがないと主張する姿は、幼子の見た目にそぐわず、理知的だった。

志帆は、山神とちゃんと会話が成立していることに内心で歓喜していた。しかし、ここが正念場だ。隠れて気合を入れつつも、何でもない風を装って言葉を続ける。

「本当にそれは、八咫烏だけが悪かったの？」

「どういう意味だ」

「あなたは『裏切られた』と盛んに言うけれど、そもそも、横暴の結果見捨てられたのだとするならば、彼らを一方的に責めることは出来ないんじゃない？」

山神の機嫌が、一気に下降した。

「わたしが悪かったと言うのか！」

「そんなの、当時の状況を知らない私に分かるわけないでしょ」

怯《ひる》むことなく言い返すと、山神は渋々口をつぐんだ。

「だから今、私はあなたに質問しているの。烏達に、見捨てられるようなことをした覚えは、本当にないの？」

「見捨てられるようなこと？」

「怒りを彼らにぶつけたり、乱暴したり」

山神は何も言わなかった。

「少なくとも、烏を『格下』と呼んでいる今のあなたを見ていると、全く問題がなかったとはとても思えないのだけど」

目に見えてふてくされた山神に、志帆は苦笑した。

「……思い当たる節があるのね？」

「それが、普通だった。それが問題だと、わたしは思ったことがなかった」

「でも、怒りにまかせて烏や猿を殺して、何も感じなかったわけではないでしょう。命を奪わなければならないほど彼らは罪深いのだと、本当に、心から思っていた？」

重ねて尋ねると、山神は逡巡の後、観念したように両目を閉じた。

「役目を果たさんのだから、ああなっても自業自得だとは思っていたが――別に、わざわざ殺してやりたいと、思っていたわけではない」

「やっぱり」

「だが、仕方がない。わたしは一度頭に血が上ると、力が制御出来なくなるのだ。我に返ると、みんな死んでいる。自分ではどうしようもない。罪は、そうなるまでわたしを怒らせた、あいつらの方にある」

だから仕方がない、と頑なに繰り返す山神に、志帆は、今日はこのあたりが限界かと思った。

「じゃあ、まずはその癇癪は何とかしないとね」

それが問題だという自覚があるのなら、根気強く治していきましょ、と軽く釘を刺して引き下がる。治す必要性を大して感じている風でもなく、どことなく胡散臭《うさんくさ》いものを見るような顔をしていた山神は、「一緒に頑張ろう」という言葉に、軽く目を瞠《みは》った。

「……そなたと一緒にか」

「うん、そうだよ」

泣くな、と言った山神の困りきった声だけで、志帆は、ここに帰って来たのは間違いではなかったという自信を得ていた。

この決断は、決して悪いものではないはずだ。

「私は、あなたのお母さんになったんだもの。絶対に、あなたを見捨てたりしないから」

まだ信じ切れていないようではあったが、山神は緩慢な動作で、子どものように頷いた。

その顔は、もう猿の化け物には見えなかった。

＊　＊　＊

「何ということをしてくれたのだ！」

奈月彦は、山神が眠ったのを見届けて、志帆を岩屋の外へと連れ出した。詰め寄られた志帆は、「だって、あなた達には任せておけなかったんだもの」と、悪びれもせずに言い返した。

「今のあなた達は、仲間を殺されて冷静じゃない。自暴自棄にならないで。山神を殺そうと思ったら、そっちだって無傷では済まないはず。今ならまだ、話し合いで何とかなるから」

話し合いという言葉に、奈月彦は忌々しく両目を細めた。

「今さら、あいつらに言葉が通じるとでも？」

志帆の言葉は甘いばかりで、何一つ現実が見えていないと思った。山神と猿の所業を知らないからこそ言える、平和惚《ぼ》けした、馬鹿げた論であると。

「八咫烏がどんな目に遭ったのか、あなたは知らないだろう」

皮肉をこめた言い方にも、志帆は怯まなかった。ただ、いたましいものでも見る目つきで、奈月彦を静かに見つめ返したのだった。

「確かに、過去に何があったか、私は何も知らない。無知だからこそ言えることかもしれないけれど――何も知らないのは、あなた達も同じなんじゃない？」

奈月彦には、志帆が何を言おうとしているのか、本気で分からなかった。

「何を言い出す……？」

「じゃあ訊くけれど、あなたは、どうして自分達が山神にあんなに恨まれているか、その理由を知っているの？」

――冷たい刃を、心臓に差し込まれた心地がした。

黙っている奈月彦をどう思ったのか、志帆が早口で言い添える。

「少なくとも山神は、あなた達が先に裏切ったと言っているけど。過去に一体、何があったの」

反論しかけて、口ごもる。

痛いところを突かれたと思った。

「……詳しいことは、分からない。だが、かつての長《おさ》を、我々は山神に殺されている」

「あなた達の長が山神に殺された、その理由は何なの？」

「それは」

それが分かったら、奈月彦はこんなに苦労はしていない。

――知らないのだ。自分は、何があったかを忘れてしまった。

百年前に、何らかの事件があったことだけは分かっている。当時の金烏であった那律彦《なりつひこ》は山神の怒りを買い、禁門を閉ざしてしまった。以来、今になり再び禁門が開かれるまで、八咫烏の間でその原因が語られることはなく、歴代の金烏の記憶を有して生まれてくるはずだった自分は、この体たらくだ。

答えられない奈月彦に、志帆の瞳が鋭く光った気がした。

「ではあなたは、何の理由もなく、自分達があの子に恨まれていると、本気でそう思っているの？」

あの子、というのが山神を指すのだと、一拍おいて気が付いた。

志帆の舌鋒《ぜっぽう》は、どんどん鋭くなっていく。

「自分の無知を棚に上げて、あの子はただ頭がおかしくて、理不尽にあなた達を憎んでいると信じているというのなら――おかしいのは、あなたの方よ」

苦しいが、黙っているわけにはいかなかった。

「だが、現に今、仲間が理不尽に殺されているのだぞ！」

許せるわけがないと叫ぶように言うと、志帆は急に、それまでの勢いを失った。

「そうだね……。それは当然、あの子と、私が悪かったわ。あなた達がどうあっても許せないと言うのならば、その時は、何をされても仕方がないと思っています」

神妙に言い切った志帆に、奈月彦は少なからず驚いた。

「いや、待ってくれ。私は、何もそこまであなたに求めているわけではない」

「いいえ。私の罪なのだから、そこは甘んじて受け容れます」

でも、と続けた志帆の目は力強かった。

「それとこれとは、別問題よ」

奈月彦が言葉を返す前に、志帆は深々と頭を下げた。

「どうかお願いします！　どうか、一度だけ私とあの子にチャンスをください」

「チャンスだと」

「そう――あの子が、あなた達に対して謝罪をするチャンスを」

奈月彦は投げやりにため息をついた。

「……あの山神だぞ。とても、そんな日が来るとは思えない」

「確かに、時間はかかるかもしれない。でも、絶対に出来る。私が、命をかけてやり遂げてみせる」

――この少女は本気なのだ。

そう思って初めて、奈月彦は、目の前にいるのが無理やり連れて来られた『御供《ゴク》』なんてものではなく、葛野《かどの》志帆《しほ》という人間であることを認めたのだった。

まじまじと見つめ返すと、志帆は眉尻を下げ、懇願するように両手を合わせた。

「お願い。ちょっとの間、待って欲しいだけなの。少なくとも、今まであなたのやり方では解決しなかったでしょう？　駄目でもともとだと思って、少しだけ、私に任せてもらえない？」

奈月彦は考え込んだ。

そもそも、山神を殺して本当に事態が改善されるのかは疑問だった。志帆は知らないが、自分と仲間の火傷のことがあったから、焦らざるを得なかっただけなのだ。

しかし今になって、目の前の少女は、新しい選択肢を提示して来た。

気付かれないよう、奈月彦はこっそりと右腕をつかむ。

不思議なことに、悶絶するほどの熱と痛みが、彼女が神域に戻って来て以来、ぴたりと治まっていた。生死の境を彷徨《さまよ》っていた仲間も、同じ時分に小康状態になったと報告を受けている。目下のところ、焦る理由はなくなっていた。

奈月彦は、八咫烏の長である。長として、勿論、仲間を殺した山神や大猿に対し、煮えたぎらんばかりの怒りはある。今すぐにでも、死んだ仲間が感じた痛み以上のものを味わわせ、殺してやりたいくらいだ。

だが一方で、怒りに任せ、これ以上仲間を死なせるわけにはいかないのもまた、事実だった。

「私のやり方では、解決しない、か……」

改めて、目の前の少女を見つめる。

信じてよいのだろうか。それだけの価値が、彼女にあるだろうか。

いとけない小娘だ。言っていることは甘いことこの上ない。だが、甘くない考えの結果、奈月彦は、自分の命よりも大切な仲間を失うことになった。

今、この場に必要なのは、自分では思いもしないような、彼女の「甘い考え」なのかもしれない。

――賭ける価値はある。

「……あなたの提案を呑もう」

ただし、改善の兆候が見られず、もう駄目だと思ったら山神を弑《しい》する他にない。

奈月彦の言葉を聞いた志帆は、しかし満足そうだった。

った。

「ありがとう！　それで充分よ」

それ以降、志帆は神域において誰に憚《はばか》ることもなく、山神の母を自称するようになったのだ

った。

彼女が最初に行ったのは、居住空間を、自分の好きなように作り変えることであった。

翌日、神域にやって来た奈月彦が見たものは、肩にかかる髪をしばり、丸めた莫蓙を背負って歩く少女の姿だった。

「何をしている？」

「あの子と一緒に寝ようと思って。引っ越しだよ」

「引っ越し」

よくもまあ、そんなことを考えるものだと思ったが、志帆は「そうだ！」と明るい声を上げた。

「それで思い出したんだけど、一つお願いがあるの」

「何だ」

「今まで我慢していたけど、流石に、岩の上に莫蓙だけだと体が痛くて……。長くここに住むためには、下に敷くためのマットとか、そういうものが欲しいんだけど」

夏の間は何とかなるけど、冬になっても莫蓙一枚だと流石にね、と大真面目に言われる。

奈月彦は、すぐには返答が出来なかった。

本当に、この娘は長くこの場にいるつもりなのだと思い知らされたのと同時に、ここで生活することを強いていながら、そういった配慮を全く欠いていた己にも気付かされた。これが自分の一族の少女だったら、もっと色々と気遣っていただろうに。

「やっぱり、駄目かな」

黙り込んだ奈月彦に、志帆は情けない顔となる。

「いや……。早急に手配させる。他にも、要望があれば遠慮なく言ってくれ」

こちらに出来る限りのことはしようと言うと、志帆は目を丸くした。

「なんか、いきなり優しくなったね？」

「反省しただけだ。あなたから見て行き届かぬところは多々あるだろうが、我々とて、あなたを死なせたいわけではない」

言ってしまってから、今まで志帆を囚人のように扱っていた自分が言える台詞ではないと気付いたが、言われた本人は素直に喜んだ。

「良かった！　じゃあ早速だけど、調理道具一式が欲しいのと、ここで火を使えるようにしたいんだけど、出来る？」

予想外の要望に、奈月彦は面食らった。

「山神が許すのならば不可能ではないが……神域で、料理でもするつもりか？」

「うん。あなた達や山神がどうかは知らないけど、三食おにぎりだけだと、遅かれ早かれ人間は死ぬのよ」

「志帆殿」

それは確実に、思い至らなかった自分の手落ちである。

すまなかった、すぐに他のものも用意させると謝った奈月彦に、志帆は嬉しそうだった。

「助かります。聞いたらあの子、食べなくても平気だから食べないだけで、別に食べられないわけじゃないんだって。だから、せっかくなら一緒に料理を作って食べたいなって考えたんだけど、どう思う？」

志帆の言う「一緒に料理を作って」が、「山神と一緒に料理を作って」なのだと気付き、奈月彦は一瞬、息が止まるかと思った。

「材料とか、調理道具を持って来るのって、手間だったりする？」

見当違いなことを心配する志帆に、奈月彦は喉元まで込み上げて来た言葉をぐっと飲み下した。

自分は、彼女に任せることに決めたのだ。

「――お望み通り、致しましょう」

「ありがとう！」

志帆に代わり、茣蓙を肩にのせて二人して山神の居室に向かうと、そこは大きく様変わりしていた。

驚いたのは、部屋の中に日の光が入っていたことだ。それだけで室内は随分と明るくなっていたが、ここに明かり取りの窓があったこと自体、これまで、全く気付かなかった。

おそらく、朝から志帆が出入りしていたのだろう。

窓辺には、かつて彼女が水筒代わりにしていた竹筒に、薄紫色の射干《しゃが》の花が活けられている。

かつて天井から吊るされていた壁代《かべしろ》は全て取り払われ、出入り口のところにまとめられていた。

その横には、志帆のお手製と思しき木の枝を集めた箒が立てかけられ、床に積もっていた砂や塵も綺麗に掃き清められていた。

極め付けは、この部屋の主であるはずの山神である。

掃除の邪魔だとばかりに部屋の隅に追いやられた揺り籠の中で、どこか呆然とした表情で、ちんまりと座り込んでいた。

そこに、志帆が満面の笑顔で話しかける。

「ねえ、奈月彦さんが、調理道具を貸してくれるって！　でも、この部屋の中で火を使ったら火事になっちゃうから、あとで、どこならいいか教えてね」

「調理道具……」

「今は無理かもしれないけど、もうちょっと大きくなったらあんたも手伝ってね」

「何を」

「料理を」

「わたしがか」

「他に誰がいるの」

きょとんと志帆に見返されて、山神は、この世の終わりでも見たかのような顔になった。

——憎いばかりだった山神に対し、まさか、同情の念を抱く日が来るとは思わなかった。

奈月彦が莫蓙を下ろすと、志帆は腰に手を当てて室内を見回した。

「まだまだ埃っぽいなぁ……。奈月彦さん、天井からぶら下がっていた汚い布、あれ、雑巾にしちゃってもいい？」

勝手にしてくれと思った。


翌日、調理道具と食料などを届けると、本当に志帆は料理を始めた。

最初に作ったのは、雑炊だった。

八咫烏に簡易な竈《かまど》と調理台を用意させてからは、志帆の独壇場である。最初こそ大きな包丁に苦労していたものの、あっと言う間に要領をつかんで、用意した白菜を片っ端から刻み終えてしまった。

油で炒めた野菜くずで出汁《だし》をたっぷりと取ってから、水につけておいた生米と共に火にかけ、米が食べごろになる少し前に白菜を投入する。しゃもじにのせた味噌を軽くあぶってから鍋に入れ、仕上げに卵をときながら投入する手際は、とても間に合わせの調理場で見られるものとは思えなかった。

「あんまりうまくいかなかった。竈の火加減って、めちゃくちゃ難しいのね。出汁もいまいちだし、お肉があったら嬉しいんだけど」

「……明日は、鶏《とり》を持って来ます」

奈月彦もお相伴《しょうばん》にあずかったが、志帆の「あんまりうまくいかなかった」雑炊は、それでも口に含めば味噌がふわりと香ばしく、十分に美味しかった。

問答無用で渡された椀の中身をすすりつつ、山神は困惑の眼差しを志帆に向けた。

「何故、わざわざこんなことをする？　わたしにはそもそも、食事など必要ないのに」

「必要か必要じゃないか以前に、ご飯は心の栄養だもの」

美味しいでしょ、と言われ、山神は渋面になった。

「こういうのも、キャンプみたいで楽しいかもね」

志帆の図太さに、奈月彦は内心舌を巻いた。

神聖であるはずの泉の横で豪快に火を燃やせば大猿が苦言を呈するかと思ったのだが、志帆が神域に戻って来て以来、奈月彦が山神に近付くようになったのとは逆に、大猿を含めた猿達は、とんと姿を見せなくなっていた。

どうやら、志帆が連れ帰って来た仔犬を怖がっているらしい。

仔犬は白い日本犬で、志帆はモモと呼んでいたが、こいつがまたやんちゃで、怖い物知らずの犬だった。

山神にも大猿にも自分からどんどん寄っていくし、どんなにあっちに行けと言われても、全く怯む素振りを見せないのだ。

大猿はモモに近付こうとすらしなかったし、たまにすれ違う手下の猿達は、その姿を見ると忌々しそうに顔を歪め、逃げるように去って行った。

片や山神は、意外にも、モモとよい主従関係を築いているようだった。

飼っていいかと志帆が了承を得に来た時のことだ。山神がさして興味もなさそうに仔犬を見ると、モモは首を小さく傾げ、尻尾も振らずに山神を見つめ返した。

「好きにしろ」

そう言って山神は顔を背けてしまったが、たったそれだけで、両者の間には何か通じるものがあったらしい。

以来、山神はモモを構いはしないものの、邪険にすることもなかったし、モモも山神を怖がらず、むしろ何かと慕う仕草を見せていた。幼犬ながらにこの群れの頭は山神であると認めているようで、一定の距離を置いて山神についていくモモを見て、「仲良しでいいね」と評したのは、呑気な志帆であった。

任せることに決めたものの、向こう見ずとも言える志帆の行動に、奈月彦は不安になることもしばしばだった。しかしその是非は、奈月彦が考えていたよりも、ずっと早く現れた。

――山神の姿が、そうと分かる形で変わりだしたのである。

志帆と寝食を共にするようになってから、山神の見た目はどんどん人間らしくなっていったし、その成長の早さにも目を瞠った。

志帆が帰って来た当初、山神は人間で言うと、まだ二歳児ほどの体の大きさであった。顔は猿のような、あるいは老人のような皺に覆われ、表情にも険があって、醜いとしか言いようがない。

ところが、食事を摂るようになって三日もすると、顔の皺がほとんど見えなくなったのである。こけていた頬は、五日目にはふっくらと子どもらしくなり、十日もすると、体は五、六歳程度の大きさに、肌艶も健康的な色になった。

パサついてまばらに生えていた髪も生えそろい、今は絹糸のようにつやつやとしている。気付けば、髪の色こそ普通ではないものの、山神は化け物どころか、普通の人間よりもよっぽど美しい少年になってしまっていた。

そんな顕著な変化を、志帆が気付かぬはずがない。

「あなた、いやに可愛くなったじゃない」

まじまじと見つめながら指摘された山神は、しかし「やめてくれ」と不快そうだった。

「褒めているのに、なんでそんなに嫌がるの」

「――そなたは、見目がよい方がいいのか」

山神の口調には何かを試すような気配が感じられたが、志帆は全く頓着しなかった。

「別に？　私が『母親』になろうと決めたのは、それこそあんたが河童のミイラみたいな顔している時よ。見た目なんてどうだっていいに決まっているでしょ」

あっさりと言われて、山神は閉口した。

まあ、そうだろうなと、隣で聞いていた奈月彦も思う。なまじ、一番酷い姿を見た後に戻って来ているだけに、志帆の言葉にはこれ以上ない説得力があった。

「でも、どうせならかっこよくなった方が嬉しいものじゃないの」

「……それはそれで、人間は化け物みたいだと言うだろう」

「どういうこと」

志帆がしつこくせっつくと、言うのを渋っていた山神も、根負けしたようにその理由を語りだした。

「最近はもう、昔のことはあまり思い出せなくなってしまったのだがな……最初に、自分は人と違うのだと思い知った時のことは覚えている。志帆よりも、何代も前の女が仕えていた頃のことだ。わたしは、今とよく似た姿をしていて、女も度々それを褒めていた」

しかし、喜んでいた女は、段々とおかしくなっていった。

「女はどんどん年をとるのに、わたしは、一向に見目が変わらなかったのだ」

共に過ごすうちに、普通の人間と山神の間に、決定的な差があると思い知った彼女は、何とも言えない顔を見せるようになった。

「何十年も一緒だった女に、あろうことか今際《いまわ》になって、『あなたはわたしとは違う』と言われてみろ。流石に、思うところはある」

しかもそれ以降、やって来た女達の態度にも、変化が表れ始めたのだ。

「女どもはどんどん自分勝手になっていったし、わたしに仕えるのを拒むようになっていった。化け物の相手など、したくないとな」

わたしに仕えたいと言って来たのは人間どもの方だろうに、と山神は吐き捨てる。

下を向き、過去を思い出すその顔に、醜かった時の影が差した。

「……だから、わたしはこの見た目が嫌いだ。いくら綺麗だと言われたって、永遠にそのままだと気味悪がられるだけだ。出来れば、わたしだって普通に老いたかった」

――もしかしたら、白い頭髪や皺だらけのあの顔は、猿に似ているのではなく、山神自身のこういった思いが反映されていたのかもしれない、と奈月彦は思う。

話を聞き終わった志帆は、どこか、困ったような表情になった。

「最初にそう言った人は、あなたを気味悪いと思っていたわけではないと思うんだけどなぁ……」

「どうして、お前にそれが分かる?」

勝手なことを申すなと冷たく切り捨てられ、志帆は頬を指先で掻いた。

「まあ、そうだよね。私がそれを言っても意味はないか」

志帆は口元に手を当てて、少しの間考え込んだ。

「私ね、花が大好きなんだけど、住んでいるのがちっちゃいアパートだから、ガーデニングなんて夢のまた夢だったの」

唐突な話題の転換に、山神は長いまつげをぱちぱちと瞬かせた。

「がーで……何?」

「ガーデニング。庭仕事。土いじりって言えば分かる?」

「作庭《さくてい》か」

「多分それ」

志帆は指を鳴らして笑う。

「庭がないから、せいぜいベランダに、植木鉢を置くくらいが関の山でね。中学の進学祝いに、おばあちゃんに買ってもらった鉢植えが宝物なの」

それは、椿の鉢だったという。

「真っ赤で、咲くととっても綺麗だった。出来れば花瓶に飾ってずっと見ていたいくらいだったんだけど、部屋に入れるには株が大きいし、毎年、ちょっとしか咲かないから」

それを手折《たお》るのは、流石にもったいなくて出来なかったのだと言う。

「でも椿って、花ごとポトッて落ちるじゃない？　だからそれを拾って、小鉢の水に浮かべておけたの」

奈月彦は、かわらけに注がれた透明な水と、そこに浮かべられた鮮やかな椿を想像した。

それはきっと、とても美しかったことだろう。

「別に、花が私の気持ちを思いやっているわけじゃないのは分かっているんだけど、落ちた椿を飾る時はいつも、『優しい花だなあ』なんて思っていたわけ」

黙ったままの山神に、志帆は優しい眼差しを向けた。

「ああいう花の落ち方を、縁起が悪いって思う人もいるでしょう。でも、私はその潔さが素敵だと思うし、だからこそ椿は、私にとって特別で、一番好きな花なのよ」

ふいに、志帆は真顔となった。

「――あなたは、ただ単に、生き方が椿の花と同じだったというだけ」

山神にひたと目を合わせて、志帆は真摯《しんし》に訴えた。

「椿の散り方が不吉だって言う人もいれば、逆に素晴らしいと感じる人もいるの。『人間はみんなこうだ！』なんて、簡単に断言出来るほど、人間は単純じゃない」

山神も、じっと志帆の話を聞いている。

「少なくとも私は、あなたを気持ち悪いとは思わないってことは、よく覚えておいて」

無言の山神に、志帆はにっこりと笑いかけた。

「卑屈にならずに、胸を張って生きてよ。あなたは、私の大好きな花と同じように美しくて、本当は優しい、自慢の息子なんだから」

この一件以来、志帆は山神のことを「椿《つばき》」と呼ぶようになった。


ある程度体が大きくなると、志帆は以前に宣言した通り、椿にも食事の支度を手伝わせるようになった。

「百歩譲って食事は取るとしても、どうして下女の真似事などしなければならない！」

「椿、あんた今の一言で、世の中の主婦を全員敵に回したからね」

抵抗する山神を睨むと、志帆はその手に無理やり包丁を握らせた。

「息子の食べるものを、愛情こめて作ってあげたいと思うからこそ頑張れるのに、下女扱いなんてふざけないでよ」

「だったら志帆が作ればいいだろう！　どうしてわたしまで」

「私と、私の母がそうだったから」

山神はふと、無表情になった。

「……志帆の母は、今どうしている」

「十歳の時に、お父さんと一緒に死んじゃった。お父さんとお母さんに過失はなかったんだけど、運悪く、交通事故でね」

それ以来、祖母と交代でずっと台所に立って来たのだと志帆は言う。

「今考えても、お母さんは、世界一のお料理上手だったと思う。私も、手伝いながら料理を教えてもらったから、娘が出来たら、同じようにしてあげたいと思っていたの」

「わたしは男だが」

「これからの男は料理のひとつも出来なきゃ駄目よ。つべこべ言わずに手伝いなさい」

山神は、どうして自分が包丁を握っているのか釈然としない顔のまま、危なっかしい手つきで人参を刻み始めた。一方の志帆の手なみは鮮やかだったが、南瓜を切り分けようとしたところで、包丁が抜けなくなってしまった。

「やっちゃった」

「貸してください」

見かねて、奈月彦は手を出す。

包丁を志帆から受け取って南瓜を両断し、そのまま、包丁の刃元を使ってわたと種を取り、均等に切り分けるまでやってやる。

「どうぞ」

振り返って包丁の柄を差し出すと、志帆はあんぐりと口を開けていた。

「びっくりした！　あなた、お料理出来たのね」

「少しの間、人間界に降りていたことがあるので。天狗のところで、炊事は仕込まれました」

「いいわねぇ。家庭的な男性って素敵！」

うんうん、と何度も頷く志帆を、包丁を握りしめたままの山神が、なんとも言えない顔で見つめていた。


志帆が帰って来て以来、山神は、八咫烏に対して口汚く罵《ののし》らなくなっていた。

それどころか、どこか気まずそうに顔をそむける姿を見るのも度々であり、わずかだが、前とは違う空気があるのを奈月彦は感じていた。

志帆を介して近くにはいるものの、直接には口をきかないまま、お互いにこの現状を打開する機会を窺う感があったが――和解の前にはどうしても、やらなければならないことがあった。

「志帆殿。ひとつ、頼みがあるのだが」

天狗に言って、人間界から仕入れてもらった物を渡しながら、奈月彦はそれを切り出した。

「何？　私に出来ることなら、何でも言って」

あなたにはいつもお世話になっているから、と笑顔で言った志帆を前に、奈月彦は覚悟を決めた。

「……山神の怒りを受けた私の仲間が、今も一人、生死の境にいます」

志帆の顔から、ゆっくりと笑みが抜けていった。

「助かったひとがいるのは知っていたけど……まだ、そんなに悪いの？」

囁くような問いに、首肯《しゅこう》する。

「一応、落ち着いてはいますが、予断を許さない状態です」

仲間の身を侵している山神の呪いは、あれ以来、悪化もしていないが、回復もしていなかった。予想していたことだったが、やはりどんな治療も、まるで効かなかったのだ。

志帆はしばし言葉を失い、弱々しく首を振った。

「ごめんなさい。そうとは知らず、私ったら……」

「いえ、志帆殿のおかげで、神域の状況が良くなったのは間違いありません。私は、あなたの謝罪が欲しいのではなく、山神に仲間を治して欲しいだけなのです」

志帆が目を丸くした。

「治療を？　椿にさせるの？」

「あの傷は、ただの傷ではありませんから。いずれは私から直接、山神に頼むつもりだが、まずはあなたの口から、それとなく伝えてもらえないだろうか」

配下の傷とは違い、奈月彦の傷は、神域で過ごしている間に着々と良くなっていた。これが山神の近くにいることによる効果ならば、山神がその気になれば、仲間の傷も治るのではないかと、奈月彦は期待していた。

傷を負わせたのも山神だが、同時に、仲間の命を救える唯一の可能性があるのもまた、山神なのだ。

——山神にそれが可能ならば、何を置いても、仲間を助けてもらいたかった。

たとえ、山神がどんなに憎かったとしても。

何も言わないまま、志帆と奈月彦は見つめ合った。思うところがあったのか、志帆は余計なことは一切言わずに、ただしっかりと頷いた。

「分かった。私から言ってみる」

その日のうちに、志帆は山神に話をつけた。

最初は二の足を踏んでいた山神だったが、志帆に促され、最終的に八咫烏の願いを受け入れることになった。

そうと決まれば、早いに越したことはない。

翌日、奈月彦は仲間を神域へと運び込んだのだった。

＊　＊　＊

呪いに侵された八咫烏の治療は、禁門前の大広間で行われた。

志帆は、扉の向こうから八咫烏達が現れた瞬間、場が一変するのを感じた。

周囲には不快な臭《にお》いが充満し、神域の清浄な空気が淀む。

――奈月彦の話を聞いて覚悟していたつもりだったが、志帆の想像以上に、生き残った八咫烏の症状は重篤《じゅうとく》だった。

畳に乗って運ばれて来た彼の意識は朦朧《もうろう》としているようで、呻き声だけがぐるぐると響いている。全身におよぶ火傷は膿《う》み、包帯がぐっしょりと茶色に濡れているのが分かった。

畳を運ぶ八咫烏達の表情は硬く、その傍らには、若い女性が付き添っている。

「彼女は私の従妹だが、どうぞますほとお呼び下さい。ずっと、彼の看病をしている」

言われてみれば、ますほの面差しは、確かに奈月彦に似ているようだった。

もともと、華やかな美人なのだろう。疲れた雰囲気をしていながら、雨に打たれた牡丹のような匂やかさがあった。だが、長いまつげに縁どられた目は真っ赤に腫れており、それがなんとも痛々しい。

「この度は、本当に……」

震えながら頭を下げようとした志帆を、ますほはそっと手を伸ばして押し止めた。毅然とした表情で首を横に振ると、何事かを口にして、止める間もなくその場に額《ぬか》ずく。

「止《や》めてください！」

仰天した志帆がそう言っても、ますほは深々と頭を垂れたまま、全く動こうとしなかった。

「ねえ、彼女はなんと言ったの」

振り返った志帆に、奈月彦は沈鬱な面持ちで答える。

「どうか、彼を助けて欲しい。命さえ救ってくれたら、他には何も望まない、と」

言葉を失くした志帆に、「私からも頼む」と、奈月彦もますほの隣で頭を下げた。

「椿……」

弱った志帆は、自分の背後に隠れるように立つ椿の顔を覗き込んだ。

――畳の上の八咫烏を一目見てから、椿は青い顔をして黙り込んでいる。

「治せそう？」

「……分からない。やったことがない」

だがやるしかない、とかすれた声で椿は応じる。

畳を地面に下ろすと、運んで来た八咫烏達は後方へと下がった。

椿は、怪我人が自分に嚙みつくとでも思っているかのように、恐る恐る近付いて行った。

全身を包帯に覆われている彼は、山神が近付いて来たことにも気付いていない。

じっと、苦しそうに上下する八咫烏の胸元に視線を落としていた椿だったが、不意に白い袖を払うと、その傷に自分の手のひらを押し当てた。

「治れ」

はっきりと声に出して念じた途端、目には見えない力が加わり、空気がぐっと濃くなる気配がした。

「治れ」

それはまるで、見えない手に上から押さえ込まれているような感覚だった。

空気はぴりぴりと帯電し、自然と産毛が逆立つ。

「治れ……！」

椿の声が低くなり、岩屋の中に、ごうん、と反響する。

耳鳴りがして、息苦しい。

視界の端で、ますほが、祈るようにして両手を合わせているのが見えた。山神に対し、なじるでもなく、睨むでもなく、ただただ懇願しているのだ。

自分の大切な人を助けてくれ、と。

重苦しい力に満たされた空間で、どれだけ経ったのか。

実際はほんの数分だったのだろうが、何時間にも感じられた。

ふと、岩屋の中の圧力が消えた気がした。

――終わったのだろうか？

ふらふらと立ち上がり、二、三歩後ずさりした椿に代わり、ますほが怪我人に駆け寄る。

震える手で包帯を外すも、横たわった八咫烏は呻いたまま、焼けただれた傷に、改善の兆候は見られなかった。それを見たますほは、こちらを一顧だにすることなく、赤黒く肉の露出した手を押し抱くようにして体を丸めた。

泣いているのだ。

打ちひしがれるますほを前にして、椿は小さく呟いた。

「駄目だ……」

その声は、今にも消え入りそうだった。

「わたしには、出来ない」

「椿！」

志帆の呼びかけに応えることなく、失望した様子の八咫烏達から逃れるように、椿は外へと飛び出していった。


「椿、待って」

後を追った志帆は、途中で、椿の姿を見失ってしまった。

息詰まるような岩屋の中と違い、空の色は水色に澄んで、明るい。

初夏の風は爽やかで、先ほどの重苦しさの方が、夢だったのではないかとすら思える。

滴る若葉の木漏れ日の中、青い泉が、きらきらと日の光を反射していた。

「どこ行っちゃったんだろう……」

足を止めて額の汗を拭っていると、白い毛玉が、跳ねるようにして志帆のもとへと走り寄って来た。

「モモちゃん」

この仔犬も、椿の成長に合わせるように、だいぶ大きくなっていた。

ここにやって来た時に垂れていた耳は既に立ち、ころころと転びそうな歩き方も、しっかりとした足取りに変わっている。

モモは、志帆が自分に気付いたと見るや、ついて来い、とでもいうかのようにこちらに背を向けた。小走りで泉を迂回し、辿り着いた大岩の陰は、ひんやりとして涼しそうだ。

「椿……」

そこで膝を抱えていた椿は、モモに顔を舐められても、何の反応も返さなかった。

志帆は、何と声をかけたら良いものか分からなかった。

椿は間違いなく、本気で八咫烏を治療しようとしていた。

――それでも、治すことが出来なかったのだ。

志帆は迷った挙句、何も言わずに椿の隣へと腰を下ろした。

モモが困ったように志帆の顔を見たので、大丈夫だと伝えるつもりでその頭を撫でてやる。

静かだった。

梢を揺らす風が、志帆と椿の髪をさらっていく。

八咫烏達は追って来なかった。

「志帆」

しばらくした後、弱々しい声で呼ばれ、志帆は「うん?」と優しく返す。

「志帆は、わたしが山神でなかったとしても、わたしの傍にいてくれるか……」

それに志帆は即答した。

「あなたが神だろうが何だろうが、私の息子であることに変わりはないわ」

きっぱりと言い切ったつもりだったが、その声は志帆が思っていたよりも穏やかな響きを持っていた。

椿は、深くため息をついた。

「どうしよう、志帆」

わたしには、神として大切な何かが欠けているかもしれないと椿は言う。

「大切な何か……？」

椿は、やるかたない面持ちで首肯した。

「時々、怒りで我を失うことがある。これまでは、それで良いと思っていた。それで、何も問題はないと」

――だが、そうやって壊したものは、自力で元に戻すことは叶わなかったのだ。

「やろうとしてみて、初めて出来ないことに気が付いた。でも、それでは駄目だ。こんなのは不完全だ！」

苛立って白い髪を掻き乱す椿の姿を、志帆は自分の作品に納得のいかない陶工のようだと思った。

「椿、よく聞いて」

志帆は呼びかけてから、椿の真正面に正座で座り直した。

「あんたが神さまとして完全だとか不完全だとかが、私には問題だとは思えない」

それを聞いた椿は、苦く笑った。

「志帆にそう言われるのは、救いでもあるが、苦しくもある」

わたしにとっては大事なことだからと言われ、志帆は唇を噛んだ。

「そうじゃなくて……。あんたが完全な神さまだったとしても、何でも出来るなんて、勘違いしてはいけないって言いたいの」

ここに来る以前から、全知全能の神など存在するはずがないと志帆は思っていた。実際に山神やら八咫烏やらに出会った今、その考えは弱まるどころか、むしろ強くなっている。

もしかしたら、それに限りなく近い「何か」はどこかにいるのかもしれなかったが、少なくとも椿はそんなものでないと、志帆は確信していた。

だからこそ、自分はここに戻って来たのだ。

「どうしても取り返しのつかないことって、絶対にあるのよ。程度が違うだけで、それは神さまも人間も、変わらないと思う」

失われたものは、二度と戻って来ない。後になって取り戻せるものなんて、実際、この世にはほとんど存在しないのだ。

「でも、取り返しのつかないことをしてしまった時に、あんなことしなきゃ良かったって、嘆いているだけじゃ、何の解決にもならないでしょう?」

もちろん、反省することは大事、と志帆は釘を刺す。

「同じ失敗を繰り返さないためにもね。でも、あんたにとって一番大事なのは、自分は万能じゃないって嘆くことじゃない」

「では、何なのだ」

「今のあんたに出来ることを、考えてみて」

「今のわたしに、出来ること……」

繰り返した椿は、しかしまだぼんやりとしていて、志帆の言ったことをうまく呑み込めていない風であった。

志帆は、椿が自力で、それに気付くか否かが、大きな分かれ目だと思った。

ぎゅっと両手で着物の裾を握りしめた椿は、己の膝小僧を睨んでから、おずおずとこちらを見上げた。

「もう一回、試してみたい……。まだ、諦めたくはない」

「――そうだね。戻ろうか」

志帆の考えていた正解とは少し違ったが、自分からあの場に戻る決断をしたのだ。これも一つの進歩だった。何より、あの八咫烏が助かるのであれば、それに越したことはない。

暗い岩屋に戻ると、その出入り口には、久しぶりに大猿がやって来ていた。

烏達と何かを話していたようだが、こちらがモモを連れているのを見るや、椿に向かって一礼し、言葉を交わすこともなく去って行った。

「また、試させてもらえないかな」

もう駄目だと思っていたのか、ますほと共に暗い顔になっていた奈月彦は、志帆と山神が戻って来たのを見て、意外そうに目を瞬いた。だが、すぐに「お願いします」と言って、重傷者の傍を離れる。

再び、椿は怪我人の前で力を込め――先ほどよりもずっと真剣に、治れ、治れ、と念じ始めた。

だが、やはり何も起こらなかった。

「治れ……」

もはや、その場にいる誰の間にも、諦めの色が濃くなっていた。

「治れよぉ」

いっそう焦り、声が震え始めた椿に、そっと志帆は寄り添った。

見下ろした八咫烏の体は相変わらずで、包帯の合間から見える皮膚が痛々しい。

彼がこうなったのは、自分のせいでもある。

「ごめんなさい……」

椿の隣で志帆が跪《ひざまず》き、震える手で、八咫烏に触れた時だった。

ぐう、と彼が呻き、身もだえしだした。

傷に障ったかと思って慌てて手を離したが、そうではなかった。

――ぱちん、と、空気の中で何かが弾ける感覚があった。

驚いたように、椿が顔を上げる。

血と膿の臭いで淀んでいた空気が、どこからともなく吹き込んだ薫風によって、一掃された。

泉の水面を駆け抜けた風が、清らかな水の気をここまで届けてくれたのだろうか。こぽこぽと、空気中に目に見えない泡が湧き上がっていく。

もだえる八咫烏の腕の、さっき己《おのれ》の触ったところに、青白い光の粒が集約されていくのを志帆は見た。

まるで、蛍が甘い水にむらがるように、病人の傷に光が集まっている。

月夜に見た御手洗《みたらし》の泉の泡沫《うたかた》が、ここまで飛んで来たようだ。暗い洞穴が、明るく青い水底に変わってしまった錯覚を覚えた時、ぱちん、と、一際大きな泡が割れる音を聞いた。

――何が起こったか、分からなかった。

だが、ぐったりと畳の上に横たわった八咫烏は、もう辛そうではなかった。

ますほが、誰よりも早く我に返り、彼のもとへと駆け寄った。

そうして外した包帯の下を見て、驚きの声を上げる。

そこはもう、血みどろでも、膿んでもいなかった。新しいピンク色の皮膚が盛り上がってはいるものの、それは治りかけの傷であり、呼吸音も穏やかなものに変わっている。

誰の目から見ても、彼はもう、死にかけてはいなかった。

ますほが歓喜の声を上げ、彼にすがりつき、大声で泣き始めた。

まだ、起きたことが信じられずに呆然としていると、不意に、椿が声を上げた。

「志帆が治した……」

志帆が治したのだ、と噛みしめるように繰り返すうちに、山神の顔はどんどん明るくなっていく。

「待って。私、何もしてない」

わけが分からずに叫んだが、椿はかつてないほど嬉しそうに、志帆の言葉を否定した。

「何もしていないものか。みんな、見ていた。そなたが、この者の傷を治したのだ！」

助けを求めて奈月彦の方を見たが、彼も驚愕しつつも、確かに志帆に向かって頷いた。

頷かれた志帆は、しかし、ますます困惑した。

「でも、どうして……」

「そなたは山神《わたし》の母なのだから、何もおかしくなんかない」

そなたには癒しの力がある。わたしには出来ない業《わざ》を持っている、と椿は大喜びだった。

「ようやく分かった。欠けていたわたしの一部分は、そなただ！」

椿は「母上がいれば何も怖くない」と言って、志帆を力強く抱きしめたのだった。

第四章
糺《ただ》す

「じゃあ、こいつの輸入もしばらくは打ち止めか？」

「ああ。結局、山内《やまうち》では何の役にも立たなかったしな」

平然とした奈月彦《なづきひこ》の言葉に、厳しいことを言いやがる、と天狗《てんぐ》の面の裏側で舌打ちをする。

山内と外界の境界――天狗と八咫烏《やたがらす》の交易の門として使われる、朱雀門《すざくもん》の片隅でのことである。

門の前に設けられた、商談と品物の吟味が行われる空間は広々としている。岩を掘削して出来たそこを大荷物が行き来する様子は一見すると人間界の大型倉庫のようであったが、実際に八咫烏と大天狗が交渉をするための一角だけは、華やかな装飾がなされていた。

検品の台のすぐ横にあるのは、文明開化を彷彿《ほうふつ》とさせるアンティーク調の椅子とテーブルである。その下に赤い絨毯が敷かれているあたり八咫烏達の趣味とは思われないから、大方、何代か前の大天狗が持ち込んだものなのだろう。

「こっちが悪いみたいな言い方は止《よ》してくれよ。俺達は不良品を仕入れているわけじゃないんだからな」

大天狗は歯噛みしつつ、うまくすれば商品となるはずだった物を取り上げた。

自動式の散弾銃である。

間違いなく新品だし、ここに運び入れる数分前までは黒光りしていたのだが、今は毒々しい赤錆が銃身を覆い、暴発が怖くて試し撃ちも出来ないような状態となっている。

猿や山神《やまがみ》に対抗することを見据え、八咫烏から人間界の武器が欲しいと言われてから、決して短くはない時間が経っている。だが、手を替え品を替え試してはみたものの、山内の空気に触れると、銃器はすぐに使い物にならなくなってしまった。

「こうなっちまうのも、山内を守る結界のせいかね？」

「武器になるものは例外なく駄目になるようだな。バターナイフは大丈夫だったのに、包丁はここに来た途端、水に塗れたせんべいのようになってしまった」

「まあ、さし当たり武器が必要なくなったのが、不幸中の幸いか」

神域に志帆《しほ》が戻って来てから、およそ三月が経過していた。

今ではすっかり山神《やまがみ》も穏やかになり、八咫烏の一族とも、ほとんど和解を終えた形となったらしい。猿が鳴りを潜めているのが不気味ではあるものの、志帆が近くにいる限り、山神が暴走することも全くと言ってよいほどなくなったと聞いた。

良かったなと大天狗が言うと、奈月彦は曖昧に首肯した。

「このまま、何事もなく山神に御霊《みたま》が継承されればいいのだが……」

そう語る奈月彦は、記憶の欠如といった点で、今の山神と全く同じ問題を抱えている。とても他人事ではいられないようだった。

「それにしても……ここは、随分と物々しくなったな」

広間から山内へと続く大きな赤い門の前には、重装備の兵が並んでいる。前から警備が厳重な場ではあったが、こちらに睨みを利かせる兵卒達の緊張感は以前の比ではない。

この警戒が、猿や山神に仲間を殺された恐怖によるものなのは分かっていたが、これまで友好な関係を築いてきた自分まで白眼視されるのは、決して気分の良いものではなかった。

それを聞いた奈月彦は、すまん、と素直に謝って来た。

「外界に出たことのない者にとっては、神域《しんいき》も外界も同じようなものなのだ。大天狗がいる以上、猿や山神が朱雀門から来ることはまずないだろうと言っても聞かん」

「お前も苦労しているな。どうだ。この後、ちょっとばかしウチで茶でもしばかないか」

奈月彦の身内は、彼の味方ばかりというわけではない。何気なさを装って連れ出そうとすると、向こうもこちらの意図を察したらしく、「では、お邪魔しようか」と言ってついて来た。

朱雀門から大天狗側の入り口までをつなぐのは、洞穴を掘削したトンネルだ。広く整備された無機質な通路を出た先は、ロッジ裏のガレージである。

ただの車庫兼物置のようだが、こう見えて、対人間、人外《じんがい》問わず万全のセキュリティを施した、大天狗渾身《こんしん》の要塞である。

昔はもっとおどろおどろしい見た目だったのだが、自分の代になってすぐに改装したのだ。今のところ、先代の大天狗を含め、周囲の評判は上々だった。

まだ昼過ぎである。

日ごと鋭さを増す太陽の光は地面を焼き、龍ヶ沼の水面を眩しいくらいに輝かせている。

奈月彦は食事をすでに取ったとのことだったので、面を外した大天狗は、手ずからハーブティーを淹《い》れてやった。

「まあ、まずは飲みたまえよ」

「ありがたく頂戴するが、こちらはあまり時間がない。本題に入ってもらえるか」

まずは一息ついてからと思ったのだが、ここに呼ばれた時点で、他の者には聞かせられない何かがあったと分かっているらしい。

「話が早いな。実は山内村《さんだいむら》に、志帆ちゃんのおばあちゃんが訪ねて来た」

「志帆殿の？」

「そう。村の連中には、相手にされなかったようだがな」

大天狗はデスクに置かれていたファックス用紙を取り上げた。

「孫娘が伯父に誘拐されたって訴えたが、あそこは村の駐在もぐるになっているから、そのまま追い返されたそうだ」

志帆の祖母はバス会社に問い合わせ、孫娘らしき姿を運転手が見ていることを確認した。だが、伯父は、ゴールデンウィークが終わると同時に彼女を駅まで送ったと証言し、村の者もその姿を見たのが最後だったと口裏を合わせたのだ。

　志帆が財布を持っていたこと、祖母に置手紙を残して出て行ったこと、そして、村にいる間、さかんに『帰りたくない』と言っていたという証言などから、警察は未成年の家出ということで決着をつけてしまった。

「俺の部下が調べたことだから、信用してくれていい」

「祖母君《そぼぎみ》は、今はどこに？」

「一旦東京に帰ったみたいだが、またこっちに出て来ている。市街地の方に宿を取って、いろいろと調べているらしい」

　さて、と大天狗は紙束から顔を上げた。

「どうするよ。俺達の都合を考えるのならば、関わらない方がいいに決まっているが」

　意地悪く問いかけてやると、奈月彦はわずかに顔をしかめた。

「……それを言うなら、我々の都合だけを考えたら、だろう」

「おっしゃる通り」

　山は、志帆が帰還したことによって、小康状態となっている。

　話を聞く限り、そうなったのは志帆が自分の意志で山に留まり、山神を育てることを選択したからだ。だが、祖母が来たことを伝えて、下手に志帆に里心がついてしまえば、どうなるかは分からなかった。

「お前の話からすると、志帆ちゃんはもう、山神の母親として力を得ている。余計なことはせずに、このまま、山が安定してくれれば万々歳なんだが」

腕組みをしながら言うと、奈月彦も「分かっている」とこめかみを揉んだ。

「ま、悩みどころだよなぁ。このままにしておいて良いものなのか、どうか……」

「阿呆。良いわけがないだろう」

――一瞬、誰の声か分からなかった。

気が付くと、大天狗と奈月彦の間、白い革張りのソファの上に、一人の少年が腰かけていた。

洗いざらしたような紬《つむぎ》の着物を端折《はしょ》ってまとう、十二、三くらいの男の子である。

血色は悪く、妙にギラギラとした眼差しをしており、その髪は蛍光灯のもとでは白っぽい灰色をして見えた。

物音も気配もなかった。突然現れたこいつは、ただの人間ではあり得ない。

途端に張り詰めた緊張の中、大天狗は、少年にゆっくりと問いかけた。

「どちらさまで」

「少なくとも、お前達の敵ではない」

髪の色以外はただの人間のように見えるが、この家は大天狗が自身の領域として定めた場所だ。勝手にここまで入り込めたというだけで、こちらよりも格上な何かなのは明らかだった。

警戒する大天狗を無視して、少年はこれ見よがしに嘆息してみせた。

「まったく、がっかりだよ。お前達ならば志帆を助けたいと思うだろうと期待していたのに、所詮はそんなものか」

何者か分からない相手を前にして、奈月彦の答えは慎重だった。

「志帆殿は、恩人だ。恩に報いたい、助けたいと思うに決まっているが、彼女は自分の意志で山に戻り、山神を育てている。本人の意志を無視など出来ない」

それを聞いた瞬間、少年は「馬鹿が！」と毒づいた。

「本気で、志帆が自分からあの山に戻ったと思っているのか。下手すりゃ殺されると分かっているのに？」

そんな奴がまともであるわけがないだろう、と吐き捨てる。

「あれは志帆の意志なんかじゃない。志帆を取り込みつつある、この山の意志だ！」

片方の眉を吊り上げて、少年は山の方向を顎で指した。

「今はすっかり変容しちまったようだが、この山は、もともとそういう風に出来ていたんだ」

母親役がいて、山神たる赤ん坊が育つ。そういった機能の構成要素として、山は人間の女を必要としていた。

山神を育てることを拒んだ女達は構成要素となる前に殺されていたが、志帆はこの地に留まったことにより、山の機能の一環として、働き始めてしまった。

「こうなると、もう手遅れだ。志帆は本人も気付かぬうちに、自分を見失ってしまっている」

少年は、火花の散るような瞳で奈月彦を見据えた。

「それなのにお前は、志帆の意志を尊重するとほざくつもりか。恩着せがましい言い方はよせよ。お前が一番に心配しているのは、志帆のことなんかじゃないだろう」

これを、ごまかすのは不可能だ。

大天狗が忠告するつもりでちらりと横を見ると、奈月彦も同じことを思ったらしい。慎重な物言いはそのままだったが、建前でかわすことは諦めたようだった。

「……私の判断には、我が一族の命運がかかっている。彼女一人の犠牲で一族が救えるというのならば、どんなに非道と分かっていても、志帆殿を見捨てる他にない」

「ならば、素直に志帆を助けることだ。志帆を犠牲にした方が、お前の一族は助からなくなるぞ」

容赦なく告げられた言葉に、奈月彦は眉をひそめた。

「どういう意味だ」

「今ここで志帆を見捨てたら、めでたくお前達も化け物の仲間入りってこと」

反応を返せなかった大天狗と奈月彦に、少年は呆れたような顔になった。

「考えてもみろ。今現在、山神は人喰いを恥じていないし、村の者にも化け物として認識されている。当然、それを容認した人外のお前たちも、その仲間だということになる」

古今東西、人喰いの化け物の末路は、考えるまでもなく明らかだ。

「――お前達も、化け物の仲間として退治されたいわけではあるまい?」

少年の冷やかな視線に、大天狗はごくりと唾を呑んだ。

「……では、俺達はどうすればいいと言うんだ」

「決まっている。志帆の目を覚まさせろ。彼女に、人間としての自分を取り戻させるんだ」

そして、自分の口から助けを求めさせればいい、と少年は鋭く言い切った。

「一言でいい。助けてくれと彼女に言わせろ。そうしたら、後はこちらが引き受けてやる」

「引き受けるってのは、つまり」

「俺が、山神と猿を殺してやると言っているのだ」

室内の気温が下がり、空気がぴんと張り詰めたような気がした。

「そうすれば、志帆は救われ、お前たちの延命も叶うであろう」

少年は、いっそ厳《おごそ》かとも言える口調で告げた。二人が絶句していると、ふと、遠くで犬の吠え声がした。窓の外にちらりと目をやってから、少年は傲然《ごうぜん》と言い放つ。

「ことは動き出した。もう、あまり時間はないぞ」

――精々《せいぜい》励め。

瞬きひとつした瞬間に、少年は姿を消していた。

部屋に取り残された奈月彦と大天狗は、呆然としていた。

「今のは一体……」

大天狗は、まるで白昼夢でも見ていたかのような顔をしていたが、奈月彦には、思い出したことがあった。

「これは、志帆殿から聞いた話なのだが」

志帆が連れて来た犬の傍には猿が近寄らないのを不思議に思い、奈月彦はその仔犬をどこで拾ったのかと尋ねた。すると志帆は、とある少年から貰ったと答えた。

その少年とやらは、大天狗の家から脱出しようとした志帆に、神域に戻ってはいけないと引き留めたらしい。それでも志帆が言うことを聞かないと分かるや、「せめてこいつを持って行け」と仔犬を渡して来たのだという。

「おそらくは、今の奴だ」

あれが、普通の人間であるわけがなかった。

「大天狗以上の力の持ち主ということは、神か、それに類するものなのは間違いないだろうが……。一体、何者だろうか」

「おう」

奈月彦の言葉を聞いて、はたと大天狗は目を見開いた。

「……なるほど、そうか。生贄《いけにえ》の風習がある村に現れる、犬を連れた神さま、ね」

「心当たりがあるのか?」

奈月彦、と、神妙に大天狗が呼びかける。

「ここは、あいつの言う通りにした方がいいかもしれん」

「何?」

「あいつの正体は、おそらく」

大天狗が何か言いかけた時、玄関のチャイムが鳴った。

二人はほぼ同時にインターホンへと目を向け――大天狗が、跳ねるように立ち上がる。無言のまま玄関へと向かい、奈月彦が本棚の陰へと隠れたのを確認してから、何気ない風を装って扉を開いた。

「はい。どちらさんでしょう」

「突然押しかけて申し訳ありません。この子に、見覚えはありませんか」

奈月彦が物陰から盗み見た玄関では、訪問者の手によって、一枚の写真が突き出されていた。

そこに笑顔で写っていたのは、間違いなく、制服姿の志帆である。

訪問者は、灰色の髪をきっちりと結い上げた老婦人であった。

上品な面差しではあるものの、その表情はすこぶる険しい。背筋はぴんと伸びており、今は薄手のカーディガンに動きやすそうなズボン姿であるが、和服でも着ていれば、お茶かお花の師範かとでも思うような雰囲気をしている。

「私の孫娘です。五月の連休にこちらへ来てから、行方が分からなくなっております」

「それは、なんとまあ……」

「見覚えはありませんか」

言いよどむ大天狗に重ねて問うた老婦人は、ふと、鋭い口調となった。

「あなたは、ヤタガラスですか？　それとも天狗？」

これにには、隠れて聞いていた奈月彦も驚いた。

大天狗は「いきなり何を言い出すんです？」と目を丸くしたが、志帆の祖母は退かなかった。

「先ほど村の近くで会った銀髪の少年に、ここを訪ねるようにと言われたのです。ヤタガラスと天狗という、人ならざる者がいるけれど、きっと力になってくれるだろうと」

――間違いない。あいつだ。

大天狗を睨み据えた志帆の祖母は、孫娘とよく似た強い目をしていた。

「あなたが、人間であろうがなかろうが気にいたしません。志帆のことを、何か御存知なのでしょう?」

一瞬、考え込むように黙った大天狗は、こちらを振り向いて声をかけた。

「奈月彦。お前も、話した方がいい」

わずかに躊躇《ためら》った後、奈月彦は本棚の陰から出た。大天狗は一歩下がり、志帆の祖母を家の中へと招き入れた。

「どうぞ、お入りください」

＊　＊　＊

――志帆が生きている。

それを聞いただけで、久乃《ひさの》はしばらくぶりにまともな呼吸が出来た気がした。

「そうですか……あの子は、無事でいるのですね……」

「大変、元気に過ごされています」

そう言ったのは、久乃を出迎えた二人のうち、奈月彦と名乗った青年の方だった。

「久乃さんは、神域に志帆ちゃんがいると聞いても、驚かれないんですね」

この家の主であるという谷村に問われ、久乃は脱力しながらも頷いた。

「山に人ならざる何かがいるのは知っておりましたし、あの子が、のっぴきならない状況になっているのも予想しておりました。無事でいるかどうかだけが心配でしたが……生きているなら、後はどうとでもなります」

そう言うと、興味をそそられたように谷村がソファから身を乗り出した。

「と、おっしゃるということは——久乃さんがいた頃から、儀式はすでに同じ形で、あの村に存在していたのですね?」

「ありましたとも。だから、私は娘を連れて村を出たのです」

もう、三十七年も前の話だ。

十九の頃、久乃はこの村に嫁いで来たが、儀式については全く聞かされていなかった。

最初に何かおかしいと思ったのは、長男である修一を生んだ後も、娘が欲しいとしつこく夫に言われたことだった。その時は「よっぽど女の子が欲しかったのかしら」と思っただけであったが、娘が生まれてしばらく経ったある日、隣家の戸口に、赤く塗られた白羽の矢が立った。

それまでにも、年に一回、五月になると龍ヶ沼の社《やしろ》で、山神に供物を奉《たてまつ》る儀式は行われていた。だがその年は、隣家の娘も、唐櫃《からびつ》に入れられて社の前に放置されたのだ。翌日行ってみると、祭壇に置かれた神饌《しんせん》と一緒に、彼女は姿を消していた。

ただのお祭りだと思っていた久乃は、仰天した。

「問い詰めると、あの男は『次はウチだ』と言ったのです。村には特定の神職の者がいるというわけではなく、順番に『頭屋《とうや》』が回って来ます。そろそろ自分の番だとあの男は知っていたから、盛んに娘が欲しいと言っていたのだと、その時になってようやく分かりました」

夫は、村のための名誉なお役目だ、と言っていた。「これで、いつ儀式が必要になっても大丈夫だ」と裕美子の頭を撫でる姿が、久乃には信じられなかった。

良いゴクさんが生贄になると、しばらくの間、村は安泰である。だが、悪いゴクさんだと神さまが満足せず、すぐに新たな生贄が要求され、村に災いが降りかかるのだという。

あの男が裕美子をことさら大事にしていたのは、娘だからという理由ではなく、良いゴクさんを育てるためだった。

久乃は、冗談ではないと思った。

すぐに裕美子と修一を連れて逃げようと思ったが、それを聞いた修一は大声で騒ぎ立て、父親を呼んだ。そんな中では、当時五歳だった裕美子を抱えて逃げるのが精いっぱいだったのだ。

「その後、この村とは一切の接触を断って参りました」

「志帆殿は、『母親が逃げたせいで、村がめちゃくちゃになった』と伯父に罵《のの》られたと言っていたが」

奈月彦の言葉に、谷村は頷く。

「おそらくは、そういうことだろうな。久乃さんが娘を連れて逃げたということは、村の人間は、よそからゴクさんを調達しなければならなかったはずだ。当然、そのゴクさんは村出身の者よりも逃げたい気持ちが強かっただろうから、村人の言うところの悪いゴクさんで、長続きしなかった……」

　もともと、あの村はそんなに大きいわけではないのだから、そう都合よく年頃の娘がいるわけがない。順番が分かっていたからこそ、それまで辛うじて娘が用意出来ていたが、間に合わなくなって他所からゴクさんを確保せざるを得なくなった。

「と、なれば、ゴクさんが山神に喰われるスパンもどんどんと短くなっていく。いくら金とコネがあったって、この現代日本で足がつかない女の子を調達するなんて、並大抵の苦労じゃない。だから、久乃さんのせいで、と逆恨みするようになったんだろうな」

　それを、久乃は鼻で笑った。

「そんな風に言うくらいなら、さっさと村を出れば良いのに」

　馬鹿らしいと吐き捨てると、谷村が苦笑いした。

「どうやら、外に出ても良いことがないというか、成功しないので帰って来てしまう、というのが正しいみたいですね。村を拠点にして企業を立ち上げると一気に繁盛するのに、味をしめて外に出ると経営が傾く。だが、拠点を村に戻すと、それが不思議と持ち直すわけです」

「あらあら。ご苦労なこと」

　久乃はそっけなく言ってから、村のある方角を睨んだ。

「志帆には、私以外に肉親がいない。私だけならば泣き寝入りするしかないと息子は思ったのでしょうが、私は絶対に諦めません」

必ず、志帆は連れて帰る。

そう言うと、谷村と奈月彦が、なんとも形容しがたい顔になった。

「しかしですね、久乃さん。実は、志帆ちゃんは逃げる機会があったのに、自分から山に戻ってしまったという経緯がありまして」

「何ですって？」

谷村にことの仔細を聞いた久乃は、いかにも志帆らしい、と思った。

「あの、馬鹿娘……」

おどろおどろしく呟くと、谷村は慌てたように付け加える。

「でも、それには理由があってですね」

ごちゃごちゃと言い募ろうとする谷村に向けて、久乃ははっきりと頭を横に振った。

「いいえ。あの子は、昔からそういうところがあったのです。いつか、こんなことになるのではないかと思っていました」

志帆はただのお人好しではない。度を越した、異常なまでのお人好しなのだ。情けは人の為ならずというが、志帆のあれは、めぐりめぐって自分の身すら危うくするものだ。

両親が他界する前から、そうだった。

小学校に上がったばかりの頃、困り果てた娘夫婦が相談して来たことがあった。志帆が上級生に虐められて怪我をしたという話だったが、その時には既に、学校側への相談も、加害児童の保護者との面談も済んでいた。虐めた側も今は反省していると聞き、久乃は、一体何に困っているのか分からなかった。

だが裕美子は、問題なのは志帆の方だと言ったのだ。てっきり、トラウマとかそういうことなのかと思ったが、裕美子の話は、久乃の予想の及ばぬところにあった。

曰《いわ》く、志帆は、自分が虐められていることに気付いておらず、加害者に謝られても、どうして謝られているのか終始分かっていなかったのだという。

その時は、裕美子の言っていることがピンと来なかった。

どこまでぼんやりした子なのかと呆れさえもしたが、一緒に暮らすようになってから、裕美子の不安はもっともだったと思い知らされた。

志帆は、親切にしたいと思ったら、自分の身を顧みることが一切なかったのだ。

自分にどんなに損になることをされても、他人が喜ぶと思えば、全く苦に思った様子がない。

それに目をつけられて、友人とも言えない同級生や先輩に利用されることも多々あったのに、一向に堪えない。どうしてこの子はこうなのかと困り果てた時になって、ようやく、裕美子から相談された内容を思い出した。

志帆は、いじめっ子が笑っていたから、自分が虐められていることに気付かなかった、と言ったのだ。

――ぞっとした。

志帆は、空っぽなのだ。

他人が言うことを鵜呑みにして、自分の意志を持とうとしない。

何が良いことで、何が悪いことかを、自分の頭で考えようとしない。

他人の反応をいちいち窺い、他人が喜べば、それが良いことなのだと無条件に信じ込む。

行き過ぎたお人好しは、美徳ではなく病なのだと知った。

この子をこのままにしておいたら、いつか他人のために、取り返しのつかない傷を負ってしまう。しかも、本人が全くそれを不満とも思わないうちに。

それに気付いて以来、何とかして自分の身を守らせようとしたが、志帆は、久乃の言うことを全く理解出来ないようだった。どこまで馬鹿なのかと思ったが、それでも志帆は久乃にとって、誰よりも可愛い孫娘で、この世の全てにも勝る宝物だった。

久乃は、顔を両手で覆った。

「私は怖かったのです。いつか志帆は、他人のために死んでしまうかもしれないと思った。結局、私の懸念は当たっていた……」

だが、それでは駄目だ。あの子には、きちんと自分の人生を生きて貰わなければならない。

はたと我に返ると、谷村と奈月彦は、どことなく気まずそうに閉口していた。少々語り過ぎたことに思い至り、久乃は急いで謝罪した。

「申し訳ありません。つい」

「いえ……」

「生きているというのなら、志帆は何としても連れて帰ります。神なんかが相手でも、構うもんですか」

断固として言い切った久乃の一方で、谷村は困り果てた風だった。

「でもですね、お孫さんが帰らないと言っているのは、彼女だけの問題ではないかもしれないんです」

「――どういうことです？」

「お孫さんは、もう山神の母親として、人ならざる力を手に入れてしまっているんです。山に取り込まれているのだとしたら、自分の意志では帰ることが出来なくなっている可能性があります」

言われている意味がピンと来ず、久乃の眉間にぎゅっと力がこもる。

「志帆は、ただの高校生ですよ？」

「もともと、何だったかは問題じゃないんですよ。崇徳《すとく》天皇や菅原道真《すがわらのみちざね》みたいに、人が神さまになった例なんて、いくらでもあるでしょう？」

聞いたことありませんか、と谷村が久乃の顔を窺う。

「彼らは常人にはない強い怨みによって怨霊となり、その災いを恐れる人間に祀られることによって、神となった。お孫さんの場合は、山神の母親になると決めて神域に戻ったことで、神の一部になってしまったんです」

久乃はぽかんとした。

「それは……志帆の気分ひとつで、どうしてそんなことに……？」

谷村が何を言っているのか、さっぱり理解出来なかった。

こちらの困惑を察したのか、谷村はソファに座り直し、「いいですか」と、本格的に説明の姿勢に入った。

「気分ひとつと言ってしまえば簡単だが、我々、人ならざる者が存在するために一番大事なものは、心の持ちよう――ある意味、自覚なんです。俺なんか、年に一回人間ドックにも行っていますけどね。そこで『お前は人間じゃない』なんて言われたことは、一度もありません。たとえ最先端の科学技術を駆使して、俺の細胞の一かけらまで調べつくしたところで、人間ではないという証拠を見つけることは出来ないでしょう」

だが、私は大天狗だ。

低い声で言われて、久乃は、目の前の人間にしか見えない男をまじまじと見つめた。

「そもそも、天狗の起源は、中国にあると言われています」

中国で天狗は、文字通り、天を駆ける犬の姿で描かれているという。尾を引き音を立てる流星の様子が犬にたとえられたのが始まりという説があるが、それが日本に伝わって来て、烏天狗や鼻高天狗などと呼ばれるものへと変化した。

「普通の人間が思い浮かべる、赤い顔で鼻の高い大天狗のイメージは、仏教、修験道、神道がごっちゃになった末に出来上がった姿だと言われています。まあ、犬がそういう形になるまでに、色々な変化を経て来たわけですが――実際、どうして今の形になったのかは、推測は出来ても、真相は誰にも分かりません」

茶目っ気たっぷりに言って、谷村は肩を竦めてみせた。

「じゃあ、俺は実際何なのかといったら、さっきも言った通り、体は人間と変わりません」

事あるごとに、赤い顔で鼻の長いお面をかぶったりはしますけどね、と谷村は笑う。

「俺達の間では、今の大天狗は烏天狗が人間の子を攫《さら》って来て、自分達の頭目となるように教育した、その子孫であると伝えられています。これも、実際はどうだか分からない。俺達がそう信じているだけです。それに、俺達を育てたという、間違いなく人外だったはずの烏天狗がそもそも何だったかも、はっきりしません」

現在、烏天狗のほとんどは、人間に紛れて生きることを選んでいるのだと谷村は言う。

「実際、今の彼らの見た目は、ちょっと小柄なだけの人間と同じですからね。久乃さんの知り合いに、商売上手でたいそう頭の良い、小さめのご友人がいたとしたら、それは正体を隠した烏天狗か――もしくは、かつて烏天狗であった者の子孫かもしれません」

谷村は静かに言って、ふと、その視線を鋭くした。

「でも、己が烏天狗であったことを忘れてしまった時点で、そいつらはもはや天狗ではない」

違うのはそこなんですと言われたが、久乃には、やっぱりよく分からなかった。

谷村は、「まあ、いきなりこんな話をされても、納得いきませんよね」と頬を掻く。

「我々天狗には、『天狗倒《てんぐだお》し』や『天狗礫《てんぐつぶて》』、『天狗のゆさぶり』といった、特殊な力があるという言い伝えがあります」

天狗倒しは、正体不明の山の怪音であり、天狗礫は、どこからともなく小石が降って来ること、天狗のゆさぶりは、ひどく家屋が揺れる現象だと言われている。

「これらは全て科学的に説明のつく現象で、科学に疎《うと》い昔の人が、わけの分からない現象を無理やり納得するために天狗のせいにしたのだと現代人は説明していますが——今から、やってみせましょうか」

は、と久乃が顔をしかめるのとほぼ同時に、谷村が両手を叩いた。

パンッ、と。

途端、家が震えるような、地響きのような轟音が、その場に響き渡った。

「これが、天狗倒し」

次いで、指を鳴らす。

「これが、天狗礫」

今度は部屋の四方八方から、銃撃でも受けているかのような、ガガガガガ——と、凄まじい音が鳴り響く。

「そして、これが天狗のゆさぶり」

だん、と谷村が一歩、足を踏み込むと、それだけで、立っていられないほどにぐらぐらと家が揺れ始めた。

本棚から本が落ち、吊り下げられた照明が、危なっかしく揺れている。

たまらず久乃がソファの背もたれへと縋《すが》り付いた時、もう一度、谷村が両手を叩いた。

次の瞬間、音も揺れも、ぴたりと収まった。

——唖然として顔を向けると、谷村は、にっこりとこちらに笑いかけた。

「さあ、どう思われます。天狗倒しは、たまたま近くに隕石が落ちたのかもしれない。天狗礫は、たまたま雹《ひょう》が降ったのかもしれない。天狗のゆさぶりは、たまたま局地的な地震が起きたのかもしれない」

少なくとも、現代ではそう説明されている。

「実際、ひとつひとつは、科学で説明出来ないものじゃない。もし、天狗であるという自覚がない俺がここにいたら、今の現象も、偶然、隕石と雹と地震が重なっただけだと言い張っていたかもしれませんね」

にこにこして気の良さそうに見えていた男が、久乃は急にそら恐ろしくなった。

「ね。俺を天狗たらしめているのは、自分が大天狗であるという、自覚だけなんですよ」

声が出ない久乃を心配したのか、奈月彦が、コップに水を注いでやって来た。

「どうぞ」

何も言えないまま受け取ったが、さっきの今でも、奈月彦は何事もなかったかのように平然としている。

「今のは極端ですが、先程言った怨霊のせいとされた災いも、もとは病や落雷です。偶然と言えばそれまでだ。我々、人ならざる者が人間界に存在するにあたり、一番大事なのが自覚。そして、二番目に大事なのが『他者《にんげん》から何と認識されるか』であると言って良いでしょう」

何も言わない久乃に、奈月彦が谷村を指さした。

「さっき見せた、天狗の力が良い例です。それを彼がやったのだとあなたが認識した時点で、谷村潤はあなたにとって、人外の『天狗』になった」

「そして『天狗の力』は、俺自身が『天狗である』と自覚し、あなたに表明しない限り、ただの自然現象だったはずです。お分かりですか。神秘は、誰かの認識がなければ、そもそも存在しない。自然そのものは、自身の身の内にある現象を『神秘』だなんて思わないんだから」

人ならざる者は、人なくして存在し得ない。

だから、一番大事なのが自覚で、二番目が他者《にんげん》からの認識なのだと、谷村は教師が生徒を教える時のような口調になって繰り返した。

「それは、神もまた同じです。人間がいなければ、神は存在し得ない。この山は、そういうシステムがことさら顕著だ。今時、こんなにしっかりした異界が山の中に存在している場所なんて、日本中探してもここくらいですよ！」

谷村潤は立ち上がると、気安げに奈月彦の肩を叩いた。

「俺達は、人間によって解体されていない認識と、科学の間《はざま》に生きる存在です」

力のある神秘だから科学のメスが届かないのか。

科学によって解体出来ない存在だから、神秘なのか。

それを考えるのは、卵が先か、鶏が先かを問うのと同じで、意味がないと天狗は笑う。

「確かなのは、ここに、卵と鶏が存在しているという事実だけだ」

だから、自身は山神の母であるという自覚を持ち、周囲の者にもそう認識されるようになった志帆は、実際に神の母になってしまったのだと、谷村は——大天狗は言い切った。

「では、どうやったら、志帆を取り戻すことが出来るのです」

悲鳴を上げるように言った久乃に、打つ手はあります、と大天狗は真摯に声をかける。

「意志によって神の眷属《けんぞく》になったのならば、その逆もまた、しかり。自分は人間で、ただの女子高生なんだと自覚することが出来れば、山の呪縛は解けるはずです。あなたはただ、お孫さんに、帰りたいと思わせればいい」

「あの子に、帰りたいと思わせる……」

「あなたになら出来る。いや、きっとあなたにしか、出来ないことだ」

ふと、奈月彦が顔を曇らせて大天狗を見た。

「……まさか、直接会わせるつもりか？」

「ああ。久乃さんに、志帆ちゃんを説得してもらおう」

それを聞いた奈月彦は、一気に表情を険しくした。

「待て！　今の神域の状況を見るに、それが最善策とはとても思えない」

「おいおい。お前、つい一月前に自分がしようとしていたことを忘れたのか」

お前も山の影響を受けちまっているのかねえ、と大天狗が眉を吊り上げる。

「志帆ちゃんを逃して、山神と猿を倒すつもりだと言っていたのはお前だろう。志帆ちゃんに助けてと言わせることさえ出来れば、頼りないお前に代わってあいつがそれをやってくれるんだ」

万々歳じゃないか、と悪い顔で笑われて、奈月彦はどこか苦しげだった。

「しかし、山神を殺してどうなるかも分からないのに」

「少なくとも、どうなるのか分からないお前より、あいつに任せた方が正道に則っているのは確かだ」

大天狗の言い方に、奈月彦はゆっくりと瞬いた。

「……お前は、あいつを何だと考えているんだ？」

それに、大天狗はあくまで淡々と答える。

「さっき言いかけたことだが、古今東西の生贄譚には、一種の定型が存在している。日本において生贄を欲する化け物は、多くの場合、蛇神か猿神とされるんだが、そのほとんどは助けを求められた異人――外部から来た僧や猟師などの、犬を連れて来た英雄によって、倒されている」

いよいよこの山にも、人喰いの化け物を止めるための存在が現れたってことだ、と大天狗は皮肉っぽく言う。

「あいつは、山神を倒すためにやって来た、『英雄《えいゆう》』だ」

奈月彦は蒼白になった。

「『英雄』は、化け物を倒した後は救ったコミュニティの新しいトップとして君臨し、その地に秩序を取り戻すのが常だ。山神を倒した後は、あいつが新しい山神になる可能性が高い」

もともと、お前がやろうとしていたことだろうと言って、大天狗は苦笑した。

「……もう、分かるだろう？　ここで『英雄』に、俺達まで化け物の協力者だと思われたら困るんだ。今のうちに、違うってことを態度で示しといた方がいい」

　お前も覚悟を決めろと言って、大天狗はどこか慰めるように、奈月彦の背を叩いたのだった。

＊　　＊　　＊

「シホさん、ちょっと」

　料理場として使っている岩屋で夕食の支度をしていた志帆は、片言交じりに呼び止められて振り返った。

「ますほさん。何、どうしたの？」

「ちょっと」

　例の一件以来、奈月彦の従妹は、志帆の身の回りの世話を引き受けるようになっていた。今も、頼んで手伝ってもらっていたのだが、どうにも様子がおかしい。

　ちょっと、と何度も繰り返し、困った顔で志帆の袖を引くのである。

「志帆に何の用だ？」

　食材置き場に、野菜を取りに行っていた椿《つばき》が戻って来た。怪訝そうな椿に一瞬息を呑んでから、ますほは気まずそうに視線を彷徨《さまよ》わせた。

「何か――女同士、秘密のこと？」

　女同士、のところで自分とますほを指させば、何となく意味が通じたのか、彼女はこくこくと頷く。

「分かった。ちょっと行ってくるから、椿、あんた、ご飯とお鍋を見てて」

「わたしも行く！」

「わがまま言わないの。すぐ戻って来るから、吹きこぼれないようにお願いね」

お味噌は火から下ろしてからよ、ときつめに言ってお玉を押し付けると、椿は渋々それを受け取った。

ますほは、こっちこっち、と岩屋を出て、泉の方に向かい始めた。

「どうしたの、ますほさん」

こっちの方に来るなんて珍しいと思っていると、泉の傍も通り抜け、ここしばらくの間、志帆が近寄りもしなかった所にまでやって来た。

「ますほさん……？」

ここは、神域の外へと繋がる洞穴だ。

「ねえ、ますほさん、待って」

前を行く彼女は、ほとんど駆け足になっている。

「志帆殿」

「――奈月彦さん？」

洞穴の中で、こちらに駆けて来る奈月彦と行き逢った。

暗くて表情はよく見えなかったが、その声はかつてないほどに緊張している。

「何かあったの」

「足止めと見張りは我々が引き受けますが、あまり、長くは持ちません。本当は――もっと時と場を、選びたかったのだが」

どこか苦さを感じさせる声で呟いた後、ため息交じりに言う。

「一歩神域を出たら、言い逃れが出来なくなる。今日のところは、どうか思い止まって下さい」

「何の話……？」

「どうか、猿にお気を付けて」

軽く肩を叩いて、奈月彦は走って行く。何が何やら分からぬまま、ますほに急かされて洞穴を抜けると、急に目の前が開けた。

しばらく、木々と岩に囲まれた場所で暮らしていたせいか、ちょっとした空地《くうち》が、やけに広く感じられる。

鮮やかな夕焼けだった。

薄墨を流したような雲は西日を浴びて金色に滲み、群青色の空の中で輝いて見える。

それを背景にした鳥居のシルエットは色濃く、その下の二つの人影を、額縁のように黒々と囲っていた。

それが誰かを悟り、志帆はひゅっと自分の喉が鳴るのを聞いた。

「おばあちゃん……？」

「志帆！　無事で良かった」

ばあちゃんと一緒に帰ろう、と涙ぐんだ祖母がこちらに駆け寄って来そうになったのを、その隣にいた大天狗が慌てて引き止める。

「それ以上は駄目です！　神域に入ったら、山神に気付かれてしまう」

「そんなの、知ったことですか！」

今にも大天狗を振り払いそうな勢いである。

志帆は混乱した。

「どうして……どうしておばあちゃんが、ここにいるの」

「お前を連れ戻すために決まっているだろう」

今の状況を理解するに従って、すうっと血の気が引いていくのが分かった。

――この場で、手に手を取って一歩足を踏み出した英子と男が、どうなったか。

祖母と再び会えたことの喜びや安堵よりも、既視感のある状態に、むしろ、恐怖と焦りしか覚えなかった。

「……帰って」

「志帆？」

「おばあちゃんは、ここに来たらいけないの。椿や猿達に見つからないうちに、早く帰って」

「お前は、家に帰りたくないのかい」

「そういう問題じゃないの！　おばあちゃん、お願いだから、今は言うことを聞いて」

「嫌だよ。私は、お前を必ず連れて帰ると決めてここまで来たんだ」

お前は今、こんな怖いことがあって冷静じゃないんだよ、と、祖母は志帆に言い聞かせるような口調になった。

「お前は何も分かっちゃいない。ばあちゃんがお前を守ってやるから、もう何も心配はいらないよ」

「何も分かっていないのはおばあちゃんの方だよ！」

恒例の、説教じみた言い回しに、志帆は絶望的な気分になった。

「こんなところを椿に見られたら、今までやって来たことが全部無駄になっちゃう！」

「ちょ、志帆ちゃん……！」

声が大きい、と大天狗が焦ったように言うが、志帆は止まらなかった。

「お願い。いつかは帰るから、もうちょっとだけ待って」

「待てないね。お前は、今すぐおばあちゃんと一緒に帰るんだ」

「私、帰らないなんて言ってない！　少し待ってってお願いしているだけなのに、どうして言うことを聞いてくれないの」

「お前の言う通りにしていたら、いつまで経っても帰って来やしないからだよ。学校だってあるっていうのに」

「今は、学校よりも大事なことがあるの」

「それが、化け物を育てることだって言うのかい」

「椿を化け物なんて呼ばないで！　私の大事な息子だもん」

「何が息子だ！　お前は今、まともじゃない。とにかく、家に帰るんだよ」

会話になっていなかった。

祖母が、思い込んだら梃子《てこ》でも動かないのは、志帆が一番よく分かっていた。

いつもだったら自分が折れるところであるが、今は折れるわけにはいかなかった。何より、一緒に暮らしているときに我慢していた分の鬱憤《うっぷん》が、今になってこみ上げて来ていた。

「……ねえ、どうしておばあちゃんは、いっつも私の言うことを信じてくれないの。今回だけじゃないよね。いつも、いつも、いつもそう！　私だって、私なりに考えてるのに、どうして分かってくれないの」

「その、お前の考え方じゃ、まともに生きていけないから言っているんだ。私には親の代わりに、お前を立派に育て上げる義務がある」

「お母さんだったら、きっと分かってくれた！」

「裕美子だったら、私どころじゃなく怒っているよ」

「そんなことない」

「ばあちゃんはお前が心配だから、お前のことを思って言っているんだよ」

「私のためを思うなら帰ってよ！　心配なんかいらない。おばあちゃんが、余計なことさえしなければ」

つと、祖母の顔が歪んだ。

「――どうして、お前はこんな自分勝手な子に育っちゃったんだろうね。おばあちゃんは情けないよ」

「……自分の息子を見捨てた人に、まさかそんなことを言われるとは思わなかった」

売り言葉に買い言葉だった。

祖母は顔を強ばらせたが、志帆の口から飛び出る言葉を留める手段はなかった。

「今、椿を育てているから余計にそう思う。よく、十歳の子を残して出て行けたよね。どんな言い訳があるか知らないけど、私だったら、何があっても椿を見捨てたりしない」

「お前こそ、理想の母親ごっこで子育てを分かった気になってんじゃないよ。化け物なんかを息子と呼んで、ままごと遊びと何が違う」

そう言った祖母の表情に、志帆はとうとう、今まで目を背け、認めようとしていなかったことを認めざるを得なくなった。

――この人とは、おそらくは一生、分かり合えない。

今まで育ててもらった恩があるから、何とか、良い人だと思いたかった。物言いこそきついけれど、ちゃんと、自分を愛してくれているのだと。

そこまで考えて、いや、と思い直す。

いや、きっと悪い人ではないのだろうし、この人なりに、自分を愛してくれてはいるのだろう。だが同時に――もしかすると、本人さえも気付かない根っこのところで――志帆のことを、どうしようもない愚かな人間だと思っているのもまた、逃れようのない事実なのだ。

仕方ない。きっと、それが普通だ。でもこの人は、肉親の情があって、愛してはくれても、永遠に、志帆の理解者になることはない人間だった。

すとんと、それまで高揚していた気分が嘘のように落ち着いた。

「志帆……？」

急に黙った志帆に、祖母は不審そうな表情になった。

もう、腹は立たなかった。

「――今まで、大変お世話になりました」

「志帆」

「いつかそちらに戻ったら、必ず恩はお返しします。ですがそれまで、どうか私は死んだと思って下さい」

「何を馬鹿なことを言っているんだ」

「さようなら。今までありがとう。でももう、ここには来ないで」

深々と一礼した志帆は、祖母を一瞥《いちべつ》もせずに踵を返した。

「志帆、待ちなさい」

久乃さん、と祖母を呼ぶ、大天狗の声が聞こえる。

「お待ち――待つんだ、志帆」

祖母の声色が変わったが、振り返るつもりはなかった。

「志帆。言い過ぎたよ。ばあちゃんが悪かったから、戻っておいで。ばあちゃんと一緒に帰ろう」

　一旦出直しましょう、と大天狗が言うのが聞こえたが、祖母の声はますます焦っていった。

「戻っておいで、志帆。戻っておいで」

　最後は悲痛とも言える叫びになったが、志帆は結局、洞穴に入るまで、一度も祖母を振り返らなかった。

　洞穴を出ると、志帆を待ち構えていたらしいますほが、おろおろと泉の方を窺っていた。見れば、こちらに向かって来ようとする椿と、それを押し留める奈月彦が、何やら言い争っている。

　つくづく、神域の境にいる姿を見られずに済んで良かったと思いながら、志帆は笑顔になった。

「椿！　遅くなっちゃってごめんね」

　その言葉に、奈月彦は弾かれたようにこちらを見て、椿も目を丸くした。

「志帆……？」

「お味噌、入れてくれた？」

「いや、ああ、うん」

　どこか茫洋《ぼうよう》とした眼差しに、なぁに、その返事、と志帆は首を傾げる。

「お味噌を入れたか入れてないか、どっちなの」

「あの、そのまま置いて来てしまったから、どうなっているか……」

「やだ！　火から下ろしもしなかったの」

急いで戻らないと、と駆けだすと、椿も後ろについて来た。

「――もう、戻らないかと思った」

走りながら、ぽつりと呟かれた言葉に、志帆は苦笑した。

「戻るに決まっているでしょ」

ただいま椿、と呟くと、椿が背後で、「うん」と言って、小さく笑う気配がした。

戻って来て良かった、と思った志帆の頭からは、もう、祖母のことはすっかり消えていた。

＊　＊　＊

「久乃さん。そう、気を落とさないで……」

おずおずと大天狗に言われたが、久乃はそれに返答することが出来なかった。

山道を、ほとんど抱きかかえるようにして連れ戻された久乃は、力なく大天狗の家のソファに身を沈めていた。

いけないと分かっていたのに、つい、頭に血が上ってしまった。

あの子の、頑固なところは自分譲りなのだ。頭ごなしに命令したところで、絶対に従わないことは、誰よりも分かっていたはずだったのに。

――だが、こうなってしまったのは、自分のせいばかりではないだろう。

志帆の方も、やはり普通ではなかったように思う。大天狗達の言葉を信じるならば、あれがあの山に囚われている、ということなのだろうか。

「すみません。それについては、俺の見通しが甘かったようです」

大天狗は悔しそうに言って、自分の顎を撫でさすった。

「こちらの都合でつい焦ってしまったが――まさか志帆ちゃんが、あんなに自分を見失っているとは思わなかった」

あれではもう、洗脳されているのと変わらない。

久乃は、暗くなっている窓の外を見た。

こうしている今も、志帆は化け物たちと共に、家族ごっこをしているのだろうか。

――許せない、と思った。

志帆は、本当に優しくて、良い子なのだ。普通の生活を送っていたら、きっと、良い人を見つけて結婚し、幸せな一生を送れるはず。

間違っても、優しさに付けこまれて、他人のために人生を食いつぶされて良いわけがなかった。

第五章　神名

「志帆《しほ》ちゃんを助けるのを諦めるって？」

大天狗《おおてんぐ》の素っ頓狂な声に、奈月彦《なづきひこ》はすぐさま否定を返した。

「そうは言っていない。ただ、昨日のようなやり方では、志帆殿を取り戻すことは不可能だろうと言っているのだ」

大天狗の家である。

志帆と、志帆の祖母が神域の境界で会ってから、ほぼ一日が経過していた。

昨晩は大天狗の家の客室に泊まったという久乃《ひさの》も、奈月彦の言葉に悲痛な面持ちとなった。

「そんなことはありません。何度も通い続ければ、きっと志帆も自分を取り戻します」

必死に訴える久乃の顔色は、昨日よりもずっと悪い。どこかすがるような調子の久乃を内心で案じつつ、奈月彦は首を横に振った。

「何度も通ったら、志帆殿が気持ちを変える以前に、猿や山神《やまがみ》に見つかってしまいます。それに――あれから少しだけ、志帆殿と話をしたのですが」

あの調子で久乃が何を言ったところで、志帆の意志は変えられないだろうと、奈月彦は悟っていた。

＊　＊　＊

「祖母君が、とても心配しておられました」

夕食の席についた志帆は、祖母と久方ぶりの再会を果たしたことなどおくびにも出さずに、椿《つばき》と楽しそうにしていた。いつも通りに食事を終え、片付けをし、山神から離れたところを見計らって声をかけると、志帆は一瞬だけその瞳を揺らした。

「そうね……来てくれたのはありがたいし、心配をかけて、悪いとは思っているの……」

下を向いた志帆は、しかし、すぐに顔を上げた。

「でも、今、椿の傍を離れるわけにはいかないから」

お願いだから、そういう話をあの子には聞かせないでねと、志帆は早口になった。

「私が帰りたがっているなんて耳にしたら、あの子、きっと話を聞いてくれなくなる」

志帆はちょうど、手洗い場から山神のいる居室へと戻るところであった。

居室とここはかなり離れているというのに、志帆はどこかで、山神が聞き耳を立てているかもしれないと用心しているかのようだった。怯えるとはいかないまでも、普段の彼女とは少し異なる様子に、奈月彦はわずかに首をひねった。

「思いとどまって欲しいと言ったのは他でもない、この私だ。あえて、人間界に帰れと言うつもりはないが……」

　神域の状況を伝聞でしか知らない大天狗とは異なり、もともと奈月彦は、志帆がそう簡単に人間界に戻ると言うとは思っていなかった。それに、山神と八咫烏《やたがらす》の関係が改善に向かい始めていることもあり、志帆が戻って来てくれたことに内心で安堵していたのだった。

　しかし、あれほど自信満々にふるまっていた志帆が、今更山神の怒りを恐れているかのような言動をとるのが、いまひとつ釈然としなかった。

「山神は、今は落ち着いているように見えますが、何をそんなに恐れているのですか」

「それは、私が傍にいるからよ」

　少し失敗したの、と志帆は後悔するように呟いた。

「うっかり、私がいれば大丈夫なんて思っちゃったせいで、前よりもずっと依存が酷くなってる。だから――もうしばらく待って欲しいって、おばあちゃんに伝えてくれる？」

　もうしばらく、という部分を強調して、志帆は祈るように両手を組み合わせた。

「このままじゃ駄目だと分かっているけれど、これはそう、長くは続かないはずよ。今はあの子にとって、それが必要な時期なんだと思う。愛されている自信がないから、不安なの。何があっても、私が離れて行かない。もしくは、離れても関係がないくらい愛されていると思えれば、そういう話になっても冷静でいられると思う」

　志帆の話を聞いていると、彼女は、本当に育児に全身全霊を傾ける母親のようであった。

その姿は、ここに連れて来られたばかりの時とは、まるで別人のようである。

――一体、どこまでが志帆の意志で、どこからが山の意志なのだろう。

以前の志帆よりも今の志帆の方が好ましいと感じている分、少しでも本人の心が反映されていれば良いのにと思う反面、久乃から聞かされた話を思い出すと、そう単純に望むのも憚られる気がした。

「あなたは、稀有な方だ。私の立場から言えることではないが、利他的に過ぎるのではないかと、少し心配になる」

きょとんと目を丸くした志帆は、一拍おいて「ああ」と呟いた。

「なるほど……。おばあちゃんから、何か言われたのね」

あの人いつもそうなの、と志帆は苦い顔になり、不意に祖母を真似るように口調を変えた。

「『お前は考えなしだ。お人好しも大概にしろ。そのままだといずれ、痛い目を見るぞ』……もう、聞き飽きちゃった」

そう言う志帆の声は、ひどく静かである。

「だがそれは、あなたの身を心配してのことではないのか？」

多分そうなんでしょうね、と、同意した志帆の口調は、あまりにそっけなかった。

「死んじゃったお父さんにも、しょっちゅう同じことを言われたの。自分の身を守れ、もっと合理的に考えろって。でもそれって、結局は私が考えなしだって思っているのと同じじゃない」

私だって色々と考えているのに、と志帆は悔しそうに唇を噛んだ。

「自分から損をしに行くなんて、なんて馬鹿なんだって言われるの。別に理解されなくたって構わないけれど、馬鹿にされた挙句、他人の価値観を押し付けられて素直に従う方が、よっぽど考えなしだと思わない？」

少なくともお母さんは、私を馬鹿にはしなかった、と。

ふてくされたように言う志帆に、奈月彦は、喉まで出掛かった言葉を飲み込んだ。

――母親が、そんな志帆を案じて久乃に相談していたことを、本人は知らないのだ。

「とにかく、私はちゃんと考えてここにいると決めたんだから、あれくらいのことで帰ろうなんて思わないわ」

「……あくまで祖母君の言うことを、あなたは無視なさるおつもりなのだな？」

「心配をかけて、悪いとは思うけどね」

しかし、そう言い切った志帆の口調に、さしたる良心の呵責は見えなかった。

少なくとも志帆自身は、自分の意志で戻って来たのだと、信じて疑っていない。

ここまで久乃に冷淡なところを見ると、やはりこれはもともとの志帆の姿ではないのだろうが、本人がこう言っている以上、奈月彦に出来ることは何もなかった。

＊　　＊　　＊

「――そういうわけで、志帆殿には、今の山神を残して家に帰るつもりはさらさらないようでした。こればかりは、久乃さんが何を言っても変わらないかと。志帆殿の説得は、諦めた方が良い」

話を聞き終えても、久乃は厳しい面持ちのまま、何も言おうとはしなかった。

そんな久乃を慮りながら、大天狗は冷静な眼差しを奈月彦に向けて来た。

「だが、お前がこう言ったってことは、説得する以外で、何か考えがあるのだろう？」

「ああ。だが、その前に……」

深く息を吸い、はっきりと呼びかける。

「化け物退治の『英雄《えいゆう》』とやら。今、この声が聞こえているのなら、出て来てくれ」

話がしたい、と続ける前に「何の用だ」と返答があった。

久乃は、どこからともなく現れた少年にぎょっとしていたが、奈月彦と大天狗は、違うところで驚いていた。

大天狗のデスクにもたれるようにして立つ少年は、つい先日よりも、明らかに成長していたのだ。

見た目だけならば、十五歳前後といったところか。身に着けているものは幾分上等になっており、不健康そうだった肌の色も、特徴的な髪の色艶も、随分と良くなっている。

しかし、好調そうな身体《からだ》の様子とは裏腹に、表情は不機嫌そのものであった。

「ろくに志帆を説得しようともせず、よくも大きな顔で俺を呼び出せたものだな」

じろりと睨まれて、ひたすらに頭を下げる。

「面目ない」

「分かっているんだぞ。お前、俺の言うことに最初から乗り気ではなかっただろう」

「それは否定しないが、志帆殿が、我々が口で言って心変わりするような状態でないのは本当だ」

「へえ?」

少年は、どうだか、とでも言いたそうだった。

「志帆の説得が叶わんとして、ではどうするつもりだ。このまま、山神と共倒れする覚悟でも決めたのか」

大天狗がごくりと唾を飲むのが分かったが、奈月彦は怯まなかった。

「私が訊きたかったのは、まさにそこだ」

奈月彦は真正面から銀髪の少年を見据えた。

「そちらは『こうなったら手遅れだ』と口にしていたが、だとしたら何故、志帆殿が助けを請うのを待っている?」

それを聞いた少年は、途端に苦虫を嚙み潰したような顔になった。

「……生贄に助けを求められたら、俺はそれに応える。そういう、段取りになっているからだ」

あやふやな言い方の奥に隠された意味を目ざとく見つけ、奈月彦は勢い込んだ。

「では、やはりまだ山神は、完全な化け物になり果てたわけではないのだな？」

少年は答えなかった。

それでようやく奈月彦は、山神に仕えるようになってから考えていたことに、ひとつの確信を得たのだった。

「待て。どういうことだ？」

戸惑う大天狗と久乃に、奈月彦は視線を少年からそらさないまま答えた。

「ずっと前から、おかしいと思っていたのだ。普通、生贄として連れて来られた女達に、山神を産ませ、育てさせようなどと考えるか？　これから食べるものに母親役をやらせるなんて、不自然だろう。もともとゴクは生贄などではなかったし、山神も、生贄を喰うのは本来の形ではなかったのではないか？」

無言の少年に代わり、なるほど、と感心したような声を上げたのは大天狗だった。

「人身御供伝説の多くの原形は、神に嫁す巫女《みこ》の物語だ……。巫女さんは神の妻であると同時に、御子神《みこがみ》の母にもなり得る。お前は、今のゴクさんと山神の関係も、同じように変遷した結果じゃないかと考えているんだな？」

「その通りだ」

神は、十分に祀られなければ祟るのが本質である。巫女は、荒ぶる神をなだめることによって、ただの人間から神の奉仕者へとなるのであり、祭祀を疎かにした巫女は、巫女ではなくなってしまう。

もし、山神を育てるという役目を疎かにした女が、巫女としての資格を失い、その罰として喰われることになったとしたら。

「形骸化した巫女は、生贄として認識される。そして、巫女によって祀られることなく、祟るばかりとなった山神は、ただの人喰いの化け物になってしまったのではないだろうか」

「それならば、志帆ちゃんが常人にない力を得たのにも、もっともらしい説明がつくな。巫女が行うはずだった役目を果たしたことで、逆に、神の奉仕者としての力を持つようになったわけだ」

「そして、生贄が巫女へと戻ることで、化け物もまた、本来の神としての姿を取り戻し始めている……」

奈月彦は言って、少年を見据えた。

「そうだとすると、化け物退治のために呼ばれた『英雄』は困っただろう。倒すべき化け物が化け物でなくなってしまえば、『英雄』は存在する意味がなくなってしまう」

少年はじっと動かない。

「だから、あなたはなんとかして、志帆殿に助けを求めさせようとしているのではないか？　そうすれば、再び巫女は生贄ということになり、山神も化け物ということが確定する。あなたは大手を振って、『英雄』として動けるようになる」

違うか、と尋ねると、無表情のままに聞いていた少年は苦笑した。

「……おおむね、間違ってはいないようだ。確かに、あの山神は以前、生贄を欲するような性《さが》はなかったのだろうよ」

やはりと思ったが、「だが、その全てが真実でもないぞ」と少年は付け加える。

「俺は別に、山神を無理に化け物として確定させようとしているわけではない。多少改善したところで、山神が完全にもとの姿に戻ることはないと思っているから、急かしているんだ」

不安定な山神を放置しておけば、いつ化け物としての姿を取り戻し、志帆に危害を加えるか分からない。本当に手遅れになる前に、ただ志帆を救い出したいだけなのだ、と少年の姿をした『英雄』は主張する。

「あやふやな希望なんかは捨てて、さっさと志帆を救うべきだ」

冷然とした物言いに、しかし奈月彦は食いついた。

「しかし、現に今、山神は化け物ではなくなりつつあるではないか。あなたが手出し出来ていないというのがその証拠だ。諦めるのは、まだ早い」

志帆殿もきっと同じことを言うだろうと告げると、『英雄』は片目を細めた。

「……志帆が？」

「ああ、そうだ。山神を化け物として確定するのではなく、もとの姿に戻したいと言うに決まっている」

「山に洗脳された、まともではない状態でか」

「何であれ、今の彼女が、山神を息子として慈しんでいるのは事実だ。今の状態で助けを求めるなんてことは思いもしないだろうし、無理やりに山神を倒せば、ひどく傷つけてしまうだろう。それで、彼女を救ったと言えるのか？　あなたが大事なのは、新たな山神の地位を得ることか、志帆殿を救うことか、どちらだ」

「もちろん、俺にとって一番大事なのは、志帆だよ」

憎々しげに言ってから、『英雄』は大きなため息をついた。

「ああ、もう、分かったよ。そんなに言うのならば、やるだけやってみればいい」

がしがしと頭を掻いてから、恨みがましい目で奈月彦を見上げる。

「だが、時間がない。この山には、俺達には手の出しようのないものも動いている。それが今後、どう作用するかは分からないんだ」

やみくもに動いても事態は解決しないぞ、と『英雄』はテーブルの天板を指先で叩いた。

「どうしても山神をもとの姿に戻したいと思うのならば、お前たちは、山神のもとの名前を探し出せ」

大天狗が、目を見開いた。

「もとの名前？　山神の、『山神』以外の名称か」

「ああ。生贄を喰らうようになる前、奴だって、ちゃんとした名前を持っていたはずだ」

そして、神の名とは、神の存在そのものだ、と少年は高らかにのたまった。

「いいか。この山の神は、名前によってラベリングされた容れ物を乗り換えて生き続ける、記憶を伴った一つの自我だ」

腕組みをした『英雄』は、鋭い目で奈月彦を射抜いた。

「当然、名前を忘れてしまえば、器《うつわ》を見失った記憶は体から零れ落ち、肝心の自我は完全な形を保てなくなる。自分が何者だか分かっていないから、儀式の本質も見失って、おかしなことになっているのだ」

身に覚えのある話に、思わず奈月彦は身を強張らせた。

「待ってくれ。私も、もともとは歴代の族長の記憶を持って生まれてくるはずだった。それが出来ていないというのは」

「お前も、神としての名前を忘れているということだろう」

――それは逆に言うと、それさえ思い出すことが出来れば、もとの記憶を取り戻せるということだ。

「まあ――失われた名前を取り戻すなんてこと、そうそう出来るわけがないがな」

気が済むまで悪あがきするがいいと皮肉っぽく言って、『英雄』は煙のように姿をくらました。

消えた、と呟いて、完全に蚊帳の外に置かれていた久乃が呆けたように問う。

「その……つまりこれは、何をすればいいということなのです……？」

緊張の糸が切れてソファへと体を沈めた大天狗は、眼鏡を外して目元をもんだ。

「……つまりですね、我々は、生贄を食べるようになる前、山神がなんと呼ばれていたのかを調べなければならない、ということです」

名前を見つけ出し、祟り神でない山神としての自我を取り戻すことが出来れば、理論上は志帆が生贄にされることもなくなるはずだ。

「それに、この山で志帆ちゃんに与えられた仕事は、赤ん坊を立派な山神に育てることです。本当の名前を探し出して、なおかつ志帆ちゃんが巫女として、あの山神をもとの姿にまで育て上げることが出来れば……」

大天狗の言葉の先を引き取って、奈月彦は粛然と告げた。

「役目を果たした志帆殿を、山神が解放する可能性は、十分にあります」

＊　＊　＊

神域に奈月彦が戻ると、山神の居室は、色鮮やかな布に覆われていた。

畳を敷いた床に広げられているのは、さまざまな刺繍がされた、桃色や山吹色の袿《うちき》だ。その上には、最近、山神が着けるようになったものによく似た翡翠《ひすい》や瑪瑙《めのう》の首飾りがざらりと放り出されている。黒漆の道具箱からは、飾り櫛や瑠璃《るり》の玉を連ねた宝冠なども飛び出していた。

「これは一体……」

「奈月彦さん！」

呆気にとられた奈月彦に気付き、志帆がほとほと困り果てた様子で駆け寄って来た。

これまで、着替えには簡素な白い小袖を渡していたのだが、今、志帆がまとっているのは、光沢のある紺地に、白菊と赤い檜扇《ひおうぎ》の意匠がちりばめられた逸品である。

「どうしたのですか」

「わたしが、ますほに言って持って来させたのだ」

志帆が口を開く前に堂々と言い放ったのは、山神だ。

「いつまでも、母上に粗末な衣を着せておくわけにはいくまい」

「奈月彦さんからも言ってやって。私、こんなにいらないって言っているのに、この子ったら聞かないの」

「衣は嫌か？　何か他に、欲しいものがあれば申してみよ」

嬉しそうな山神に志帆は頭を抱え、部屋の隅で苦笑する襅《ちはや》をまとったますほに目をやった。

「あのね、椿。確かに前は不足を感じることもあったけど、ますほさんが来てくれるようになってから、そういうことはなくなったの。これ以上はただの贅沢になっちゃう。ねえ、奈月彦さんもそう思うでしょ？」

奈月彦は、従妹の困ったような眼差しと、山神と志帆を見比べ、無難に返すことに決めた。

「……少しくらいなら、よろしいのでは」

お似合いですよ、と褒めると、「そうだろう、そうだろう」と山神は満足げに頷いた。

「おい、烏。これからもどんどん持って来させろ」

「駄目駄目。着物はもう、ここにあるだけで十分！　当分はいらないから」

装飾品は持って帰ってちょうだい、とますほに言う志帆が、山神には不思議そうだった。

「何故だ。玉《ぎょく》も嫌いか」

「綺麗なものは大好きだけど、自分を着飾りたいと思うかどうかはまた別問題なの」

あんな簪《かんざし》を付けていたら満足に掃除も出来ないじゃない、と志帆が嫌そうに言う。

「ますほがいるのだから、掃除などせずとも良いではないか」

「まさかあんた、ここの掃除を、全部彼女にやらせるつもり?」

「一人が大変だと言うのなら、烏か猿か、もっと人手を増やそうか」

「自分の部屋の掃除くらい、自分でしないでどうするの。そんなんじゃ、あんたいつまで経っても独り立ち出来ないわよ」

志帆がそう言った途端、山神は急に不安げな表情になった。

「志帆は、わたしが大人になったら、ここを出て行くつもりなのか」

わたしを見捨てるつもりなのか、と低い声で続けられた言葉に、空気がぴりりと帯電する。

志帆はきゅっと唇をかみしめると、椿の頭を優しく叩いた。

「……馬鹿ね。見捨てるなんて、そんなことするはずがないでしょう」

「母上!」

甘えるように志帆に抱きついた山神は、もう、十歳をとうに過ぎた大きさになっている。

「欲しいものがあるなら、何でも言え。そなたが望むのなら、わたしは何だってしてやろう」

だから、ずっとずっとここに居ろ、と。

志帆がそれに答える前に、「山神さま」と奈月彦は声を上げた。

「ひとつ、お尋ねしたいことがございます」

志帆に抱きついたまま、山神は顔だけをこちらに向けた。

「何だ？　改まって」

「あなたさまが、何と呼ばれていたか――その、かつてのお名前を知りたいのですが」

山神と志帆は、揃って目を丸くした。

「そんなものを知って、どうするんだ？」

さして気分を害された風でもなく、山神は首をかしげる。

「いえ、どうしても気になりまして……ご不快でしたでしょうか」

「それは別に構わないが、教えてやるのは無理だぞ」

そんな昔のことなど忘れてしまった、と山神は平然として答える。

――やはり『英雄』の言った通り、山神は己の名前を失っているのだ。

おかしな質問をして申し訳ない、と部屋を辞したところで、「待って！」と高い声に呼び止められた。

「志帆殿」

「さっきの、あの質問は何？　何か、椿について調べているの？」

事情を説明すべきかどうか、迷ったのは一瞬だけだ。志帆の真剣な様子に、ここは素直に話をしておいたほうが良いだろうと考え直した。

「あの子の、もとの姿……？」

目を丸くした志帆に、奈月彦は頷く。

「以前の彼は、生贄を喰らうような神ではなかったはずだ。もとの姿、もとの名前が分かれば、山神を救うことにもつながるかと思ったのだが」

直感でも構わない。何か、気付いたことはないだろうかと尋ねると、志帆は少し考えたのち、いかにも自信がなさそうに眉尻を下げた。

「あのね。実はこの山に来てから、時々変な夢みたいなものを見ることがあって……本当に、ただの夢かもしれないから、何の手がかりにもならないと思うんだけど」

「そんなことはない。今のあなたが見た夢なら、ただの夢ということはないでしょう」

力強く否定すれば、そうかしら、と志帆は困ったように笑う。

「じゃあ言うけれど、あなた達の言う通り、椿はもともと、ゴクさんを食べたりしていなかったし、ゴクさんも、生贄なんかじゃなかったと思う」

そんな風になったのには切っ掛けがあったのよ、と志帆は大真面目に言う。

「最初の頃のゴクさんは、少なくとも山神の母親になれることが嬉しかった。でも、段々そういうありがたさというか、ゴクさんになる喜びみたいなものがなくなっていって……ある時、他に好きな人がいたゴクさんが、嫌々ここに連れて来られたの」

――そして、逃げようとしたところを、猿に殺されてしまった。

奈月彦は唾を呑んだ。

「それが、ゴクが、生贄になった契機だと？」

「多分……。正確には、分からないけれど」

それから、こと細かに語られる志帆の逃亡を手助けしようとした女の話や、その時に見た夢の内容などを、奈月彦は一言も聞き漏らすまいとした。

「それにね、私を逃がしてくれようとした人も、代々のゴクさんも、タマヨリヒメと呼ばれていたみたいよ」

「タマヨリヒメ?」

「そう。玉、依、姫――多分、こういう字を書くと思うんだけど」

空中に指で書いてみせた志帆に、奈月彦は首肯した。

「……分かりました。話を中断させてしまい申し訳ない。続けて下さい」

「ううん。私が話せることは、これくらい。こっちに戻って来てから、そういう夢も見なくなっちゃったしね」

何か参考になったかな、と上目遣いになった志帆に、奈月彦は深々と頷いた。

「ええ。とても」

＊　＊　＊

「タマヨリヒメ?　それはまさか、玉依姫尊《たまよりひめのみこと》のことか」

前回、何か進展があるまで、各自で調べてみようと示し合わせた三人は、大天狗の家のリビングで顔を突き合わせていた。

大天狗の興奮に反して、久乃は怪訝そうだった。

「それは誰ですか？」

「初代天皇とされる、神武《じんむ》天皇のお母さんですよ。今の天皇家の、先祖に当たる神さまです」

待てよ待てよ、と早口で呟き、大天狗は自分の口元に手をやった。

「だとするならば、八咫烏とも繋がりがあるな。八咫烏は、神武天皇の御先《みさき》を務めただろう」

目を輝かせた天狗に、しかし、奈月彦は首を横に振った。

「早まるな。問題は、玉依姫は一人ではないということだ」

奈月彦が言った途端、「ああ、そうか、そうなっちまうか……」と急に大天狗の勢いが落ちた。

かつて人間界に出て来た奈月彦は、人間と八咫烏の関わりについて調べたことがあった。そのため、志帆が玉依姫の名前を出した時、咄嗟に、八咫烏と関係のあるいくつかの玉依姫が思い浮かんだのである。

「同じ名前の神が、他にもいるということですか」

久乃の質問に、奈月彦は真面目くさって答える。

「それこそ、星の数ほど」

「は……？」

「玉依姫という名は、神霊《みたま》の依《よ》り憑《つ》く女性――つまりは、神に仕える巫女、全般のことを指すといわれているのです」

神に愛された女。神の母であり、妻であり、娘にもなりうる巫女神である。

よって、玉依姫の名を冠す神は数多《あまた》存在しているし、玉依姫を祀る神社は、全国に無数に存在している。

「玉依姫と聞いて、私が思い浮かべた有名な玉依姫は、三柱いました。まずは、先程から名前の挙がっている、神武天皇の母の玉依姫尊」

かの姫神は、海神の娘であるとされている。

姉の豊玉姫《とよたまひめ》は、天皇家の祖である天津《あまつ》神《かみ》との婚姻で子をもうけたが、出産の姿を見るなという約束を夫に破られ、出産直後の子を残して海へと帰らざるを得なくなる。姉の代わりにその子を育てることになったのが妹の玉依姫であり、後に、自分の育てた子と婚姻し、神武天皇を生むことになった。

「そして、大物主神《おおものぬしのかみ》の妻、活玉依姫《いくたまよりひめ》」

これも、三輪《みわ》山伝説《やまでんせつ》や大神神話《おおみわしんわ》として知られた物語である。

活玉依姫は美しい女だったが、ある時、彼女のもとに正体不明の男が通って来るようになる。何者かと訝《いぶか》しみ、男の着物にこっそり糸を通した針をつけたところ、その糸は大和の三輪山へと繋がっていたため、男の正体が三輪山の大物主神だと分かった。

「最後に、賀茂別雷神《かもわけいかずちのかみ》の母、賀茂の玉依姫」

こちらはこちらで、丹《に》塗矢《ぬりや》伝説《でんせつ》としてよく知られている。

川で水浴びをしていた玉依姫は、赤い矢を拾い、枕元に置いておいた。すると自然と妊娠し、子どもが生まれた。父親が誰かを知るために、祖父が子どもに酒を持たせ、「父親に呑ませるように」と言ったところ、子どもは屋根を突き破り、空へと昇って行ってしまった。父神は、火雷神《ほのいかずちのかみ》とも、大山咋神《おおやまくいのかみ》ともいわれている。

神武天皇は八咫烏と関わりの深い神であるが、その妻の母親は活玉依姫であるとされる場合があり、また、賀茂の玉依姫の父親は、神武天皇の道案内をした八咫烏自身であるとも伝えられているのだ。

「私は、これらの神話に関係する神の分霊《ぶんれい》が、山神の正体なのではないかと考えています」

尋ねてばかりで恐縮ですが、と久乃がおずおずと手を挙げた。

「その、分霊というのは何なのでしょう。分祀《ぶんし》というのはたまに聞きますが」

これには、大天狗が説明を買って出た。

「神道的な考え方からすると、神さまは、無限に分裂出来ることになっているんです」

分祀というのは、神を分裂させ、祀ること。分裂した神は分霊、それを祀る神社を分社といい、一方で、もととなった神さまは本霊《ほんれい》、本霊を祀る神社を本社や本宮といった言い方をする。

「よく、神社のお祭りなんかで神降ろしの儀式をやったりするでしょう？　あれを見ると、じゃあ普段、神さまは神社にいないのかと思ったりするんだが、実はそうじゃない。神社にも、ちゃんと本霊が常にいるということになっているんです。神が分裂可能というのは、そういう理屈です」

説明を受け、久乃はようやく納得したようだった。

「では、さっきの三柱の女神のいずれかが、志帆の言う玉依姫と同じ神さまだとおっしゃりたいのですか？」

「簡単に言ってしまえば、そうなります」

奈月彦は頷いた。

「でも、ここからが問題なのです。一見、先ほどの三つの神話は別々の話のように見えますが、この辺りは三輪氏と賀茂氏、それに秦氏《はた》とも関わりがあるといわれていて、相互に深く入り組んでいるのです。関係する神話や伝説は、探せばいくらでも出て来るでしょう」

「それに、神さまってのは厄介でしてね。同じ神さまでも、魂の性質にそれぞれ名前がついて、違う神さまとして分けられたりもするんです」

神や人の持つ魂は、その性質によって、大きく荒魂《あらみたま》、和魂《にぎみたま》の二つに分けられるとされている。

「簡単に言ってしまえば、和魂は穏やかな部分で、荒魂は、荒々しくおっかない部分です。さっき名前が挙がった三輪の大物主神も、書物によっては大国主神という神さまの和魂だとされています」

まあ、これらの神はもとから同じ神だったと言い切れない部分もあるのですが、と大天狗はちらりと本棚に目を向けた。

「和魂、荒魂で、別の神として祀られているような場合がたくさんあるくらいですから、まあ、さっきの情報だけで山神の正体を断定するのは、到底無理でしょうね」

苦笑した大天狗に、しかし、がっかりした様子はなかった。

「そこまでは想定内です。こっちには、こっちの手がかりがある」

まずは文献資料からだ、と大天狗は、紙袋に入れていたファイルを取り出した。

「俺達、天狗の持っている八咫烏との取引の記録を調べたところ、天明四年——一七八四年のものが最古だった」

「今から、二百十一年前か」

「おう。それ以来の商業取引の記録はしっかり残っているが、当時、八咫烏と何を話したとか、山神についてなんと言われていたかとかは、全く残っていなかった。ろくな参考にはならねぇな」

商売上手の天狗らしいとひそかに奈月彦が思っていると、今度は久乃が、リュックから手書きのノートを取り出した。

「私は、難しい神話のことなどよく分かりませんので、郷土資料館と県立図書館に行って来ました。一応、戦後すぐに出版された、この地方の伝承を収録した本がありましたけれど、村で伝わっている話以上のものは出て来ませんでした。龍ヶ沼の人身御供伝説と、烏と猿の昔話だけです」

「烏と、猿の昔話……？」

何ですかそれはと奈月彦が尋ねると、逆に久乃の方がびっくりした顔になった。

「ご存知ないのですか？」

ある時、長雨が続いて、田畑の作物が駄目になってしまったことがあった。

——何とか、太陽に出て来て欲しいものだ。

そう言って村人が困っていると、それを聞きつけた烏が話しかけて来た。

——もし、私に食べ物をくれるのなら、山神さまにお願いして、晴れにしてやろう。

言われた通りにすると晴れたので、それから晴れにして欲しい時は、山神の使いの烏に頼むようになった。だが、しばらくすると烏は太り過ぎて上手く飛べなくなり、うっかり龍ヶ沼に落ちてしまった。

それを見ていた猿は、大笑いした。

——烏ではなく私に食べ物をくれるなら、山神さまにお願いして、晴れにしてやろう。

やはり言われた通りにすると晴れたので、今度は、山神の使いの猿に頼むようになった。しかし、また猿も太り過ぎて、木から落ちてしまった。

それを見ていた烏は、大笑いした。

烏と猿は、欲張るのは良くないことだ、と共に反省し、お互いに役目を半々に引き受けることを誓った。それ以来、晴れにして欲しい時は必ず、烏と猿に、それぞれ半分ずつお供え物をするようになったということだ。


「と、そういう話です」

これを聞いた大天狗が「え、それで終わりですか?」と拍子抜けしたように言った。

「なんか、えらく近代的というか、昔話にしては毒のないストーリーだな」

「山神の使いが、烏と猿だということを示しているのではないのか？」

現に今、山神に仕えているのは八咫烏と猿なのである。大天狗は腑に落ちないようだったが、奈月彦は彼が何に引っかかっているのか、分からなかった。

「神使が、猿と烏ねぇ……」

呟いて宙を睨んでいた大天狗が、ふと、顔をしかめた。

「おい……そういや、玉依姫と関係する神さまで、猿が神使の神社がなかったか……？」

「探せばあるかもしれないが、私は咄嗟に思い浮かばないな」

「いや。さっき名前の挙がった神に、関係のある神社だったはずだ」

「何？」

「ちょっと待ってくれ」

ソファから立ち上がった大天狗は、本棚から分厚い本を取り出し、手早くめくり始めた。

「神使が猿……猿……あった、これだ！」

肩越しにページを覗き込んだ久乃が、老眼鏡をつまみながら眉根を寄せた。

「滋賀県の、日吉大社《ひよしたいしや》？」

「日吉大社の神使は、神猿《まさる》と呼ばれる猿だ」

西と東に二つの本宮が存在しているが、このうち、西本宮に祀られている大己貴神《おおなむちのかみ》――別名大国主神は、三輪山の大神《おおみわ》神社から勧請したものとされている。

「活玉依姫の伝説を持つ、三輪山か」

「ああ。だが問題は、そっちよりも先に祀られている東本宮の主だ」

「何者だ」

「その名前は、大山咋神《おおやまくいのかみ》」

八咫烏を父に持つ賀茂の玉依姫との間に、神婚譚を持っている神だ。

つながった、と思った。

＊　＊　＊

奈月彦が「山神と話がしたい」と申し入れたのは、志帆と椿が朝食を取り、その片付けを終えた後のことだった。

晴れの日である。日差しの強さに比例して緑陰は濃く、清らかな泉の傍には涼しい空気が流れている。

いつもと同じように遊びに行こうとしていたモモは、ついて来ない山神に不思議そうな顔をしていたが、志帆が「ちょっと待っていてね」と声をかけると、戻って来てその場にお座りした。

志帆が木陰を選んで石の上に腰を下ろすと、山神は志帆の背後から抱きつくようにして立った。

「それで、話とは何だ」

何やら外で色々と動いていたようだが、と試すように言われ、奈月彦は軽くお辞儀をした。

「あなたさまの、かつての名前を探さんとしておりました」

「前にも言っていたな。それほど気になるか」

「はい。今、あなたさまは本来の神としての名前をお忘れになっている。僭越《せんえつ》ながら――だからこそ、そのお力も不安定なのではないかと推察し、少しでもお力になればと考えたのです」

口を噤《つぐ》んだ山神を見て、志帆は軽く隣の岩を叩いた。

「椿。大切なお話みたいだから、ちゃんとこちらにお座りなさいな」

「はい、母上」

山神は素直に志帆の言うことを聞き、奈月彦の前に腰かけた。

「聞こうか」

「では、端的に申し上げます。山神さま。あなたはかつて、賀茂別雷神《かもわけいかずちのかみ》と呼ばれていたのではありませんか？」

「かも、わけいかずち……」

その名を聞いても、山神の反応はいまいちはっきりとしなかった。

ぼんやりとしている山神を見て、志帆は奈月彦へと顔を向ける。

「そう言うのには、何か理由があるんですよね？」

「はい。八咫烏と猿を、神使として同時に従えることの出来る山神――そして、玉依姫の名を冠した母を持つ神を探した結果、賀茂別雷神に行きつきました」

大天狗との話し合いの結果、この山にある信仰は、日吉大社の祭祀がもとになったのではないかという結論に至ったのだ。

「日吉大社の大山咋神《おおやまくいのかみ》は、賀茂の玉依姫と結婚したとされています」

賀茂の玉依姫は、川遊びの最中に丹塗りの矢を拾い、御子神を身ごもった神話を持つ神である。一説には、この丹塗矢の正体こそが、大山咋神であると言われている。

「ですから日吉大社の中には、妻である賀茂の玉依姫と、神婚によって生まれたその息子、玉依姫の父親の三柱が祀られているのですが、この息子の名前こそが、賀茂別雷神《かもわけいかずちのかみ》なのです」

そして、賀茂の玉依姫の父親は、八咫烏の祖であるとされる、その神《ひと》なのである。

「まとめますと、こうです」

何らかの契機があって、日吉大社に祀られていた賀茂別雷神は、この地に分社を構えるべく、西の方からやって来た。

その時、お供として付き従っていたのは、祖父の眷属である八咫烏と、父親の神使である猿。無事に分社を構えると、今度は神に捧げられた巫女として、この土地の娘が神事を執り行うようになった。すると、巫女は神話にあるように賀茂別雷神《かもわけいかずちのかみ》をその身に宿し、玉依姫としての役割をも持つようになったのだ。

その巫女こそが御供《ゴク》の原型だとすれば、筋は通るはずだった。

奈月彦の説明を黙ったまま聞いていた山神は、表情を変えずに確認した。

「なるほど。だからそなたは、日吉大社の賀茂別雷神こそが、かつてのわたしではないかと考えたのだな」

「はい」

奈月彦が反応を窺うと、山神は一つ大きなため息をつき――呆れたように、苦笑した。

「だから、何だ?」

「は……」

「わたしがかつて何と呼ばれていたかなど、関係がなかろう。今は椿という、母上にもらった立派な名前があるのだからな」

にこりと志帆に笑いかけ、山神は跳ねるように岩から飛び降りた。

「話がそれだけなら、もう行くぞ。ますほと、沢蟹をつかまえる約束をしているのだ」

行こう、と志帆の手を取った山神を、奈月彦は慌てて呼び止めた。

「お待ちを! 実は、猿に関しても一つ、申し上げたきことがございます」

「……猿についてだと?」

動きを止めた山神は、ふと、視線を鋭くする。

ひとまず聞いてくれる姿勢を見せた山神の前に、奈月彦は膝をついた。

「私はずっと、猿が、あなた様と我々、八咫烏の仲を険悪にしようとしているとしか思えませんでした。心より、あなたさまにお仕えする神使同士であったなら、そんなことをしても何も利はないはずです」

猿は何が狙いなのかと、ずっと考えていたのだ。それが、大天狗の話を聞いて、ようやく分かった気がした。

「先の推論が真実であるなら、我々八咫烏は神の直接の眷属ですが、猿は、ただの使いとしてこちらに連れて来られたということになります。ここには、猿が仕える相手である大山咋神が存在しませんし……。大猿は、己の主が不在の中、ただの神使として使われることを不満に思っていたのかもしれません」

山神さま、と奈月彦は、決死の思いで呼びかけた。

「無礼を承知で申し上げます。あなたさまは、志帆殿がいらっしゃるまで、ただの化け物になりかけておられた」

山神は、その言葉にも怒りを見せなかった。

黙したまま続きを促され、奈月彦の口調は自然と急いたものになる。

「古今東西の猿神には、人間を喰らう伝説がございます。あなたさまは、かつて人を喰らうような神ではなかったのに、巫女を、御供《ごくう》として喰らうようになってしまった」

それは、大猿に唆《そそのか》されたからではないのですか、と奈月彦は矢継ぎ早に続ける。

「大猿は、我々を不仲にすることで共倒れを目論み、自らが新たな山神として、君臨するつもりだったのではないでしょうか」

志帆は困惑したように山神に視線を向けたが、当の山神に、動揺した様子は全く見られなかった。

「……言いたいことは、それだけか？」

平淡な口調には、志帆の手をとってはしゃいでいた無邪気さは微塵も窺えない。

「はい」

奈月彦が頭を垂れると、山神は重々しく頷いた。

「そなたの言わんとしていること、よく分かった。確かにわたしは志帆が来るまで、正体を失くし、人喰いの化け物となり果てていたのだろう。大猿に唆されて、というのも、言われてみればそうやもしれぬ」

だが。

「そなたら、八咫烏がわたしの傍を離れていたこの百有余年、絶えず仕え続けたのもまた、大猿である」

威厳のある物言いだった。

「そなた、ここ数月ばかり戻って来ただけで、わたしの一の臣を気取るつもりか？」

――それは、以前の癇癪とは明らかに異なる、芯を持った山神の怒りであった。

山神は決して声を荒げているわけではないのに、空気が一気に重くなったような心地がする。

「何より、わたしが女どもを殺したのは、あちらに罪があってのこと。誰に勧められたかは関係なく、このわたし自らの意志によって、そうすることを決めたのだ」

さしでがましい真似をするでない、と、奈月彦を見下ろす、山神の表情は冷たかった。

「山神さま――」

「それにだ。全く同じことを、大猿が言うておったぞ。烏は、わたしを弑《しい》し、わたしに取って代わるつもりなのだとな」

心当たりがないわけではなかろう、と山神は、自嘲するように口元を歪めた。

「そなたら自身に、わたしに取って代わろうという考えがない限り、猿が、そういった考えを持っていると邪推することもないだろうに……」

「お待ち下さい」

思わず、悲鳴に似た声が出た。

「違います。そのようなことは、決して」

「人喰いの化け物であったわたしを、そのような目で見ていたのは間違いあるまい」

「以前は、確かにそうでした。ですが今、我々は、あなたさまにそのような叛意《はんい》を持ってなどおりません」

「おぬしの言い分を聞いた猿もまた、同じように言うであろう」

奈月彦は絶句した。

「わたしにとっては、どちらも同じだ。讒言《ざんげん》も大概にせよ」

「しかし――」

「少なくとも、そなたが化け物であると言い切ったわたしを、変わらず支えたのは大猿だ。今は志帆がいるゆえ、傍を離れているが、そなたらがわたしの傍を離れていたのは、一体どれほどの間だったかな」

返答のしようがなかった。

山神の、八咫烏に対しての不信の念は、到底、拭いきれたものではなかったのだ。

「椿」

何も言えなくなった奈月彦をどう思ったのか、志帆がなだめるように袖を引っ張ると、山神の鋭さが和らいだ。

「……とはいえ、わたしがそなたらにとって、良い主でなかったのもまた事実だ。今日のところは不問にするが、よくよく、己を顧みることだ」

奈月彦は項垂《うなだ》れたまま、苦しく「はい」と答える他にない。

「行きましょう、母上」

一瞬前の冷たさが嘘のように、山神は表情を子どもらしくして、志帆を外へ連れ出そうとした。それを見て、モモも尻尾を振って立ち上がる。

志帆は、山神の手をやんわりと押し留め、奈月彦を振り返った。

「奈月彦さん。何か、色々と調べてくれてありがとう」

それが、私達のためになると思ってやってくれたんだよね、と、志帆は眉を八の字にして笑う。

「でも、私は正直、この子がかつて何と呼ばれていたかが、それほど重要だとは思えないの。椿は椿だし……いくら昔の名前がこうだ、とか考えても、ここにいる椿の心を無視していては、何も解決しないんじゃないかな」

頭を撫でると、山神は嬉しそうに志帆へとすり寄った。

「志帆の言う通りだ。烏よ、わたしは何も、そなたらを憎いと思いたいわけではない。自分のことを棚に上げた戯言《ざれごと》に、耳を貸すつもりはないというだけで」

「……は」

奈月彦はただ、地面を見つめることしか出来なかった。

＊　＊　＊

モモと共に沢ではしゃいでいた椿は、夕飯を食べてすぐに両目をこすり始め、いつもよりも早く床へと入ってしまった。

最近では、眠る時は寝室奥の御帳台《みちょうだい》に、枕を並べるようになっていた。横になった背中を、志帆自身も寝そべりながら優しく叩いてやっていると、椿はすぐに安らかな寝息を立て始めた。

見回してみると、ここも、随分と物が増えたものだ。

月が出ているせいで窓辺は明るく、椿と共に活けた、鬼百合の丸まった花びらの形がはっきりと浮かび上がっていた。

部屋のあちこちには、ますほが持って来てくれた毬《まり》や独楽《こま》、モモが咥《くわ》えて来た木の枝などが転がっている。モモは、今は足元で大人しく眠っているが、何かを噛みたい年頃らしく、一緒になってじゃれているうちに、着物がボロボロにされてしまうのが常となっていた。

ふと、モモが起きて、顔を上げる気配がした。

「山神さまは、すでにお休みか」

岩屋の入り口に、久しぶりに見る影があった。

大猿である。

志帆は、あどけない顔で眠る椿の背をさすりながら、小さな声でそれに答えた。

「急ぎの用だったら、起こすけど」

「いや。そのままで構わない」

大猿はこちらに歩み寄って来たが、モモが耳をぴんと立てると、その場で足を止めた。

「やっぱり、モモが苦手なのね」

「犬猿の仲というものだ。これぱかりはどうしようもない」

しかし、大猿は他の小柄な猿と比べて、モモをそれほど怖がっているようには見えなかった。

しばしの沈黙が落ちる。

そう言えば、こうして大猿と二人だけの状況で話し合うのは、初めてのことだと思い至る。

大猿がかつて何をしたのかも、朝、奈月彦に言われたことも忘れたわけではなかったが、薄闇の中で椿を見下ろす大猿の表情は、存外に穏やかだった。

「あなたは、この山が欲しくて、椿を追い落とそうと思っているの？」

志帆の言葉に息を呑んだ大猿は、次の瞬間、盛大にため息をついた。

「……それを、直接わしに訊くのか」

「まだるっこしいのは苦手なの」

「そなたには、鳥どもが頭を痛めておるだろうな。早々に引き上げて正解だったわ」

呆れたような物言いだが、やはり、大猿は落ち着いている。

普通に会話が出来ている状況に驚きつつも、もしかしたら大猿は、もともとこんな風だったのかもしれないと志帆は思った。

「実際、どうなの。あなたは、山神になりたいの？」

「そなたがそう思うのならば、そうなのではないのか」

大猿のこだわりのない言い方に、志帆は目を瞬いた。

「否定しないんだ」

「どこを否定しろと？　この山がわしらのものになれば良いと、願っているのは事実だ」

「山が誰のものかが、そんなに大事？」

「ああ、大事さ。少なくとも、わしにとっては」

だが勘違いするなよ、と大猿は急に強い口調となった。

「わしは神使となると約束した後、直接にこの方を害したことなどないし、今もそうするつもりはない。女どもが死んだのは自業自得であり、その肉を口にすることを決めたのは、あくまで本神《ほんにん》の意志だ」

志帆は思わず、山神を庇うようにその背中に手を当てた。

「――でもこの子は、彼女達を殺してやりたいと思っていたわけではなかった」

「いいや。そなたが知らぬだけで、この方にそうさせるだけの契機《けいき》があったのだ」

志帆は、少しばかり口を閉ざした。前から、薄々感じていたことである。

「やっぱり、過去に何か――この子にそうさせるだけの、何かがあったのね？」

「だったとしても、お前の知ったことではない」

突き放すもの言いに明らかな拒絶を感じ、志帆は山神の背に当てた手を、再び動かし始めた。

「……もし、私が椿を説得して、山神の地位をあなたに譲ると言ったら、どうする？」

それを聞いた瞬間、大猿は噴き出した。

「相変わらず、面白いことを申すものよ！」

「この子は、今は山神であることにこだわっているけれど、私は、椿が椿であるなら、別に山神でなくてもいいと思っているの。山神の地位をめぐっていざこざがあるならば、手放してしまった方が、よっぽどこの子のためにはいいのかもしれないって」

大猿はふと、笑いを収めた。

「そうさな……。欲をかいて、得することなど何もない」

全く、そなたの言う通りだと大猿は静かに言う。

「――だが、それが出来るかどうかは、また別の問題だ」

それだけ言い残すと、急に興味を失ったように踵を返し、大猿は出て行ってしまった。

大猿の背中が消えるのを見届けて、モモは再び床に伏せ、目を閉じる。

視線を落とせば、志帆の腕の中で安心しきっているのか、椿は安らかな顔で眠り続けていた。

頬に貼りついた髪を一筋取ってやると、椿は寝ぼけ眼のまま、「サヨ?」と呟いた。

「さよ……?」

小さな声で聞き返すと、完全に目を覚ましたらしい。椿はハッと目を見開いて志帆を見つめると、表情を強張らせて志帆の胸もとにすり寄った。

「なんでもない。志帆、忘れてくれ」

何も言わずに手を伸ばして来た椿を抱きしめながら、志帆は、猿が言っていたこの子が変わってしまった契機とは何だったのかと思いをめぐらせた。

突然、尊い神から人喰いの化け物になるはずがない。

少なくとも、自分が夢に見た山神は、ゴクの肉を食べようなどとは、露ほどにも思っていないようだった。

――この子の過去に、一体、何があったと言うのだろう?

＊　＊　＊

「これで、志帆は戻って来られるはずではなかったのですか」

話が違う、と悲嘆に暮れる久乃の前で、大天狗は頭を抱えていた。

結果を伝えに来た奈月彦も、白い顔で黙り込んでいる。

おかしい。こんなはずではなかった。

「なあ奈月彦。山神は、本当に何も思い出した様子はなかったのか」

「思い出すどころか、だから何だ、とまで言われる始末だ。挙句の果てに、猿の件を讒言だと思われてしまった」

「そんな……」

いきなり志帆を解放するとまではいかなくても、過去の自分について、はっきりと認識さえすれば意識も変わると思っていた。それなのに、ここまで歯牙にもかけないとなると、そもそも、賀茂別雷神という名前自体が間違っていた可能性が出て来た。

俺達は、どこで何を間違ってしまったのだろうと、大天狗が親指の爪を噛んだ時だ。

「残念だったな」

出た、と大天狗は凍り付いた。

またもや何の前触れもなく、目の前に、十六、七歳ほどにまで成長した銀髪の少年が姿を現した。

――以前よりも彼は、明らかに大きくなっている。

「あんた……」

「お前たちのやり方では、所詮、文字として残された神の名前にしかたどり着けまい」

どういう意味か問おうと口を開きかけ、大天狗はそれに思い至り、ぎくりと体を震わせた。

「今更気付いたか。たとえ、文献に残っていないとしても、神のいない土地なんて、存在しないんだよ」

少年は、それに思い至らなかった大天狗たちに、どこか失望したようだった。

「よしんば、賀茂別雷が山神のもとになった姿のひとつではあったとしても、そいつが来る以前、この地に何の神も存在していなかったとは思えない」

神は無限に分裂が可能な上、時に、性質の異なる信仰を、その身に取り込むことも可能なのだ。

「外からやって来た神が土地神と習合し、新たな信仰を得た時点で、すでに違う名で呼ばれるようになっていたということだ」

だから言ったんだ、とどこか寂しい目をして『英雄』は言う。

「失われた名前を見つけるなんて、出来っこないってな」

あおん、と、低く太い犬の鳴き声がした。

ぎょっとして振り返ると、ガラス窓の向こうから、こちらを窺う犬の姿があった。

大きい。

こんな巨大な犬を、大天狗は見たことがなかった。

ふさふさとした体毛に覆われたその体躯は、ただの犬とは比べ物にならない迫力である。

「もう、こいつも育ちきってしまった。志帆だけは助けてやりたいが、もう、手遅れだ」

この先、どう転がっても恨むなよという囁きだけを残して、『英雄』は姿を消してしまった。

「くそ！　本当に、俺達に出来るのはここまでなのか」

大天狗は頭を抱えたが、奈月彦は切羽詰った顔で久乃を振り返った。

「久乃さん。村のことで、何か思い出すことはありませんか」

「お、思い出すこと？」

「何でも構いません。山神は、山神以外の名で呼ばれていたことはありませんでしたか」

久乃は、必死で考えた。

「龍ヶ沼に住んでいるのだから、山神は龍の姿をしているのだろう、とは言われていました。龍になって、稲刈り前に山から沼へと降りてくるのだと」

「潤天《じゅんてん》、どうだ」

「龍神は雨、雷に通じ、水の神、農耕の神として全国で信仰を集めている。固有名詞とはとても言えない。せめて何か、村に古い文献でも残っていれば」

「古い、文献……」

大天狗の言葉に、久乃の中で唐突に閃くものがあった。

「――手引き書ではどうでしょう」

「手引き書？」

「ええ。儀式を行う『頭屋《とうや》』の家には、祭りの手順が書かれた、古い本が存在していたのです」

「それだ！」

ソファに沈んでいた大天狗が、ばね仕掛けの人形のように飛び起きる。

「そこに、祝詞は書かれていませんでしたか！」

「分かりません。隣家に渡されるのをちらりとしか見ませんでしたから。でも、代々受け継がれていた、古いものでした」

大天狗と奈月彦が、生気を取り戻した目を見交わした。

「──内容を確認しない限り断言は出来ないが、可能性はある」

「問題は、正攻法で見せてくれと言ったところで、まず間違いなく断られるってことだな」

苦い顔でそう言う大天狗は、一度、フィールドワークと称して村人から祭祀のことを聞き出そうとして、失敗した経験があるらしい。茶の一杯もふるまわれるどころか、ほとんど蹴り出されるようにして山内村《さんだいむら》から追い払われたという。

しかし今は、自分がいる。久乃は奮い立った。

「この時期なら、修一の家に置いてあるはずです。今しかありません。私が取って来ます」

「取って来るって……まさか、盗むつもりですか？」

奈月彦は目を剝いたが、久乃は本気だった。

「致し方ありません。私は、名前探しではほとんど役に立ちませんでしたから、これくらいはやらせて下さい」

大天狗はしばし考えた後、分かりました、と手を打った。

「ではせめて、俺も一緒に行かせてください」

「あなたが？」

「これでも、天狗ですからね。普通の人間よか、身軽なつもりですよ。夜に何度か侵入して探せば、何とか見つけ出せるでしょう」

しかしこれに、久乃は首を横に振った。

「手引き書を置くとするならば、二階の角部屋と繋がっている、屋根裏だと思います。祭りに使う祭壇やら何やら、大きな道具一式もまとめて置くようにしていたので、改築でもしない限り、そうそう移動はしていないかと」

そしてその部屋は今、どうやら修一の息子、修吾の自室となっているらしい。

「夜は駄目か……」

「今は夏休みで子ども達も家にいますし。修一自身も、家で仕事をしているようです」

家に誰もいなくなるタイミングが、なかなかつかみにくい。留守を狙うのは得策ではない。

「でも、あなたが協力して下さると言うのなら、話は簡単です。私が家の外に家の者を連れ出しますから、その間に部屋に入ってください」

「と、言いますと?」

「この前は、喧嘩腰で行ったから追い返されてしまいましたが――冷静に話し合いを申し出れば、むこうも無視は出来ないでしょう」

奈月彦は真顔になり、心配そうに問いかけた。

「……大丈夫なのですか。その、そう簡単に行くとは思えないのですが」

「駄目だった時は根気よく、家の者が留守にするのを待つことにします」

久乃の本気を見て取って、大天狗は「やりましょう」と力強く言い切った。

「現状では、それ以上にまともな策はない。あの『英雄』が何か仕出かす前に、こちらから仕掛けるべきだ」

このままでは、山神をかばって、志帆が巻き込まれてしまうかもしれない。

何があっても、志帆だけは、絶対に取り返さなければならないと久乃は思った。

＊　＊　＊

「あんた、何しに来たんだ」

何度も言うが、志帆の行方なら知らんぞ、と修一はすました顔で言う。

——よくもまあ、いけしゃあしゃあと。

久乃は、罵《のの》ってやりたい気持ちをぐっとこらえ、修一を睨んだ。

こうしてみると、生意気だがそれなりに可愛かった息子も、すっかりただのおじさんになってしまった。

今更、志帆に言われたことを気にするわけでもなかったが、切なさとも、虚しさともつかない感慨があった。

「……今回は、別件だよ。この前は、いきなり押しかけて悪かったね」

本音を押し殺して殊勝に言えば、修一の表情が訝しそうに変わった。

そんな修一の背後には、嫁が硬い表情で立っていたし、奥の襖から、彩香と思しき少女のスカートがはみ出ているのも確認した。

肝心の修吾は、どこにいるのか。

どうやって家に侵入するつもりなのかは聞かなかったが、大天狗が、修吾の部屋を外から窺っているはずである。

「実は、あんた達と一回、きちんと話がしたいと思ってね。修吾や彩香の分も含めて、食事処に予約を入れたんだが、もし大丈夫そうなら、出て来てもらえないかね」

「志帆に逃げられたからって、今更他の孫のご機嫌伺いか？」

「そんなんじゃない。そりゃ、二人と仲良くなれたらとは思うがね。一番、話さなきゃならないのはお前だと思っているよ」

「そっちは話したいことがあるだろうが、こっちは何もない。言い訳なんて聞きたくもないし、金をせびろうと思っているのなら、他を当たってくれ」

「言い訳をするつもりはないし、金なんざ一銭もいらないよ。ただ――そうだね。ただ、あんたがこの三十七年、何を思って過ごして来たかを聞いてみたいと思っただけだ」

それを言った瞬間、修一の顔が歪んだ。

しばらく、無言で何事かを考えているらしい修一を、久乃は内心で意外に思った。

今回の訪問は、駄目でもともとだったのだ。いきなりこんな声を掛けても、問答無用で玄関を閉じられることも覚悟していたのだが、そうはならなかった。

「あなた」

焦《じ》れたのは、久乃よりも嫁の方が先だった。

久乃には一瞥もくれないで、どこか非難するような口調で呼びかけられ、修一は迷いを断ち切ったようだった。

「……やはり、あんたと話すことは何もない。もう、二度とここには来ないでくれ」

――もう、ここには来ないで。

言い捨てるわけではない、静かに、自らに言い聞かせるような修一の口調は、あろうことか、先日の志帆の言い方とよく似ていた。

やはり、この男と志帆は血がつながっているのだ。

そしてそれは、目の前のもうすぐ五十路の男が、紛れもなく自分の息子なのだということを、今になって衝撃とともに久乃に思い知らせたのだった。

「修一」

「帰ってくれ」

「待って」

「頼むから」

修一が、どこか苦しそうな顔で戸を引こうとするのを見て、久乃は演技ではなく、今ここで、息子と話さなければならないと思った。

「修一――お前には、可哀想なことをした」

寂しい思いをさせて悪かったね、と、自然と言葉が飛び出た。それを聞いてぴたりと動きを止めた修一は、一拍の後、閉じようとしていた扉を、ガン、と勢いよく押し開いた。

「今更、何だ！」

吼《ほ》えるような叫びだった。

「あんた、何も分かっちゃいない。十歳のガキにだって、ちゃんと心はあるんだ。俺はこの家が好きだったし、家族が好きだった。何の説明もなしに『黙ってついて来い』と言われて、あっさり頷けるわけがないだろうが！」

「修一」

「それなのに、裕美子だけ連れて出て行って――一度だって、こっちに連絡もしないで！　見捨てられた俺が、一体、どんな思いでここまで……」

「修一。悪かった。お母さんが悪かったから」

「……今更だ、本当に」

今更だ、と修一はがっくりと俯《うつむ》いた。

その目に涙は見えないが、幼い頃と同じようにへの字に曲がった口元を見て、確かに、この子は泣いているのだと久乃は思った。

しゅういち、と、からからになった喉から、声を振り絞ろうとした瞬間だった。

ふわりと、目の前を、白い何かが横切ったような気がした。

それが何かを認識する前に、唐突に、どくん、と胸が不自然に波打った。

何が起こったか分からなかった。

まるで、誰かの手によって、心臓が握りつぶされているかのような感覚だった。

「――母さん？」

何か、おかしいと気付いたらしい。修一が無防備な顔をしている。せっかく母さんと呼んでくれたのに、答えたくても、答えてやることが出来なかった。

「母さん」

息が出来ない。胸が苦しい。手足が、末端から急激に冷たくなって、視界が黒く染まっていく。

「久乃さん、しっかりしろ！」

鋭い物言いは、大天狗のものだろうか。

誰かが駆け寄って来るのが分かったが、その手が届く前に、全身から力が抜けて、久乃は倒れ込んでしまった。

なんだ、わたしの身に、なにがおこっている。

救急車を、はやく、と頭上で怒声が交わされる中、久乃が最期に見たもの。

それは、庭先で鮮やかに咲き誇る、オシロイバナの紅《あか》であった。

第六章　落花

清々しい木々の香りがする、夏らしい晴れの日だった。

志帆《しほ》は、椿《つばき》やモモと一緒になって遊んでいた。

鋭い日差しは、青々とした緑葉《みどりば》に遮られてあふれるような木漏れ日に変わり、跳ね上がった飛沫をきらきらと光らせていた。深くても、ひざ下ほどまでしかない沢の水は澄んで、裸足で水底を蹴ると、細かな砂や泥が巻き上がるのがはっきりと見える。

水から上がった岩の上では、乾いた布や着替えを持ったますほが、微笑ましげにこちらを見つめていた。

不意に、石の間に顔を突っ込んでいたモモが、尻尾を振りながら吼えた。

「見つけたか」

椿が、モモの吼えた場所の石をごろりと動かすと、慌てたように一匹の沢蟹が飛び出した。

「よし、よくやった」

「椿、こっち、こっちに追い込んで」

沢蟹はすばしっこく逃げ回っているが、これをつかまえれば、ますほがおやつとして素揚げにしてくれるのだ。たくしあげた着物までびしょ濡れにして、夢中で蟹を追いかける。

「とれたぞ！」

嬉しそうに声を上げ、椿が沢蟹をつかまえた。

「見て、母上」

持ち上げられた蟹を見て、志帆は笑顔で手を叩いた。

「すごい。これ、今までで一番大きいんじゃない？」

「これは母上にあげる」

「あら、優しい。でも、あんたがとったんだから、自分で食べなさいよ」

「わたしは、もっともっと大きいのを見つけるからいいのだ」

次も頼むぞ、と頬を赤くして、椿は上機嫌にモモへと声をかけた。

しかし、白い仔犬はピンと耳を立て、あらぬ方向に鼻先を向けている。

——ますほがいる場所とは、沢を挟んで反対側。斜面の上から、大猿《おおざる》がこちらを見下ろしていた。

「猿」

椿が、ふと、声色を変えた。

久しぶりに見る大猿は、なんとも不可思議な表情をしていた。口元と眉間の当たりには、わずかに憐れみのようなものが見て取れたが、その目は、喜びを押し隠せずに輝いている。

「ご機嫌いかがですかな、山神《やまがみ》さま」

「久方ぶりだな。わざわざ、何の用だ」

「実はあなたさまのお母上に、ご報告があって参りました」

「私に？」

志帆が目を瞬くと、突如として強い風が起こった。

バサバサという羽音と共に影が差し、頭上に、信じられないくらい大きな鳥が現れる。

枝葉をへし折る勢いで急降下した大烏は、目の前の沢に飛び込んで来た。

水面に伏せるようにして黒い翼が広がった後、まるで、濡れた黒い布を引き上げるように、するりとそれが人の形を取る。

「奈月彦《なづきひこ》さん！」

水の中で立ち上がった八咫烏《やたがらす》の青年は、大猿から庇う体《てい》で志帆と山神の前に立った。

「志帆殿。こいつに一体、何を言われました」

「あの、まだ何も」

「――そうですか」

ふっと小さく息を吐き、すぐに顔を引き締める。

「後でお話が。今は一旦、お戻りください」

息を荒くしている奈月彦に、大猿がひょいと片眉を吊り上げる。

「邪魔をするでない、烏」

「黙れ、猿」

「隠しても、いつかは知れること。黙っている方が問題であろう」

「何だ？　何かあったのか」

椿の鋭い視線を受けた奈月彦が、唇を噛んだ。

「いえ……」

志帆の目から見ても、奈月彦の表情は明らかに固い。彼らしくもなく、何かを口にすることを躊躇《ためら》っているようでもあった。

「誤魔化すな。はっきり申せ」

焦れたように椿が呼ぶと、奈月彦はちらりと志帆の方へ目を向けた。

やはり、自分に関わりがあることなのだろうかと、志帆が口を開きかけた瞬間だった。

「お前の祖母が死んだぞ」

「よせ！」

奈月彦が叫んだが、大猿に言われたことの意味が、志帆はすぐには理解出来なかった。

「私の祖母って」

「来ていただろう、村に」

――すうっと、全身の血が凍りついていくのを感じた。

「嘘でしょ……？」

助けを求めるように奈月彦を見ると、両目を瞑《つむ》り、その肩からはがっくりと力が抜けている。

「そんな――嘘よ。そうやって、私を連れ戻すつもりなのね？」

嘘だ嘘だと繰り返しているうちに、どう考えても、祖母が死んだはずがないと思った。あんなに激しく言い争いをしたのは、ついこの間のことだったのに。

私は信じないから、と頑なに言い切る志帆を、奈月彦は辛そうな顔で見つめていた。

「落ち着いて聞いてください。祖母君は、伯父上の家に行って口論になり、倒れたのです。病院に運ばれたのは確かですが、まだ、亡くなったとは限りません」

それを、大猿は鼻で笑った。

「気休めを言うでない。倒れるのを見ていたが、あれはもう駄目だ」

「適当なことを申すな！　いいですか。救急車が来るまで、大天狗が応急処置をしていました。まだ、助かる可能性はあります」

ざわりと、生温かい風に梢が鳴っている。

もうすぐ夕立が来るのかもしれないと、現実逃避を始めた頭が囁く。

「じゃあ……本当に、おばあちゃんは倒れたの……？」

病気一つしたことがなかったのに、どうして、と呟けば、奈月彦が言いにくそうにしながらも、それに答えた。

「おそらくは、心筋梗塞《こうそく》ではないかと」

「心臓」

今になって、全身に震えが来た。

まともに、ものが考えられない。

「今、おばあちゃんは」

「町の病院に搬送されました」

「ここからどれくらいかかる？」

奈月彦の逡巡は、ほんの一瞬だった。

「急げば、三十分ほどで着きます」

「椿」

志帆が振り返ると、椿は無表情で、視線を足元に落としていた。

「外に行くことを許して」

椿は黙ったまま、答えない。

「私の大切な人が危ないの。一言、許すと言ってちょうだい」

懇願するように志帆が言っても、椿は虚空を睨みつけるばかりである。

黙ったままの椿に焦れた志帆は、それ以上の対話を諦めた。

「分かった。今は時間がないわ。必ず戻って来るから、後で、ゆっくり話しましょう」

奈月彦さん、連れて行ってくださいと、志帆が水から上がろうとした時だった。

「――許さん」

背後から響いた静かな声に、全身の産毛が逆立つのを感じた。

先ほどとは違った意味で、体が冷たくなっていく。

「椿……？」

振り返って目に飛び込んで来たのは、久しく志帆が目にしていなかった――言い換えれば、少し前までは、毎日のように見ていた椿の顔だった。

そこに浮かんでいるのは、あからさまな憎悪だ。

背後で、ますほが息を吞む気配がした。

ざわざわと、不穏な風に木々が揺れている。

モモは志帆に駆け寄ると、つい今しがたまで尻尾を振っていた椿に向かい、低く唸り声を上げ始めた。

「椿」

「許さん。絶対に許すものか。貴様の大切な人とやらがどうなろうが、わたしの知ったことではない」

志帆は、目の前が真っ暗になったような気がした。

「お願い。必ず戻って来るから！」

「嘘をつけ」

カッと目を見開き、椿は声を荒げた。

「そんなことを言って、二度と戻って来ないつもりだろう。もう二度と騙されんぞ、人間はいつもそうだ。薄汚い卑怯者どもめ！」

「私が」

深く考える前に、志帆は我を忘れて叫んでいた。

「私が、あなたを騙したことがあった？　我儘《わがまま》もいいかげんにしなさいよ。さっさとそこを退《ど》きなさい！」

「許さん」

「ね、いい子だから」

「駄目だ」

志帆は言葉を無くし、唇を噛んだ。

今まで必死になって築き上げてきた信頼関係が、音を立てて崩れていくのが目に見えるようだった。

「……私は退きなさいと言っているの、椿」

「誰に向かって命令をしている。わたしは山神だぞ」

椿はねっとりと、志帆をなぶるような口調になった。

「言うことを聞かぬ奴など必要ない。あまりに反抗するのなら、貴様なんぞ――喰ろうてやるわ」

その黒い瞳に一切の光は見えず、ミルクのように白く生え揃っていたはずの歯が、今は牙のように尖っていた。ほんのついさっきまで、滑らかで桃色に紅潮していた顔には醜い皺も刻まれ、白雪のように光っていたはずの髪が、縮れて薄汚い灰色となっていく。

苛立ちのままに吐き捨てた山神は、背中を丸めながら、ひねくれた上目遣いで猿を見た。

「猿。この女を、一歩たりとも山から出すな。閉じ込めておけ」

「おおせのままに」

大仰《おおぎょう》にお辞儀した大猿と椿を見比べ、志帆は喘《あえ》いだ。

「椿……！　あんた、自分が何を言っているか、分かっているの」

「山神さま。どうか落ち着かれてください！」

「うるさい、うるさい。貴様らの顔なんぞ、見たくもない」

奈月彦が焦ったように声を上げたが、山神は耳を塞ぎ、いやいやと首を横に振る。

「何をぐずぐずしている。わたしの命令だ、さっさと下がらぬか！」

唖然とした奈月彦を怒鳴りつけ、山神は志帆から顔を背けた。


――その夜、閉じ込められた岩屋の中で、志帆は己の祖母の臨終を知らされたのだった。

＊　＊　＊

ごろごろと、雷が鳴っている。

時折閃く雷光によって照らされた室内は、志帆が来る前と同じように荒れていた。

真新しい壁代《かべしろ》は怒りに任せて引きちぎられ、花活けは床に転がり、鬼百合が無残にも踏みにじられている。

崩れかけた御帳台の奥には、敷布に顔を埋めるようにして蹲《うずくま》る、山神の姿があった。

以前だったら、決して声をかけようなどとは思わなかっただろうが、ここで逃げを打っても何も変わらないと、今では奈月彦にも分かっている。

「山神さま」

静かに呼びかければ、もぞりと、小山のように丸まっていた影が動く。

「……烏か」

「はい。私です」

山神の口調は気怠《けだる》く、雷光に浮かび上がるその瞳の奥は、真っ黒な空洞だった。

「志帆は、どうしている」

「あなたさまのご命令通り、岩屋にいます――祖母君の訃報を知って、泣いておられました」

ぐう、と、獣のような呻き声がした。

その次に返って来た声は、先ほどよりも頼りなく、わずかに残っていた覇気も消えてしまったようだった。

「……志帆の祖母が死んだというのは、嘘ではないのか」

「はい」

残念ながら、本当だった。

知らせを受けた時はまさかと思ったし、奈月彦自身も信じられなかった。だが、他に身よりがないということで、志帆の伯父が喪主として葬式を執り行うと聞き、こっそり村まで見に行ったのだ。

病院から運ばれた久乃《ひさの》の遺体が、家の中で安置されているのを窓越しに確認すれば、もはや、疑う余地はどこにも残されていなかった。

敷布から上げた山神の顔は、もう、化け物には見えない。

いつしか、空気の中の怒気も消えていた。

「そなたの名に誓って、嘘ではないと言えるか……？」

「八咫烏の長《おさ》の名に誓って、嘘ではございません」

しばしの沈黙が落ちる。

「志帆は、泣いていたのか」

「はい」

「閉じ込めた上に、また、喰ろうてやるなどと言ってしまった」

「ええ」

「……もう、わたしが嫌いになっただろうか」

「志帆殿がそうはおっしゃらないだろうことは、私よりも、あなたさまの方がご存じなのでは？」

それに息を呑んだ山神は、消え入りそうな声で「そうだな」と呟いた。

「確かに、お前よりも、わたしの方がよく知っている」

山神は深く嘆息した。

「――このままではいかんな」

そう言って音もなく立ち上がった山神の姿は、見慣れた少年のそれではなくなっていた。

自分とそう変わらない目の高さに、奈月彦は瞬く。

「いつのまにか、そんなにも大きくなられていたのですね」

「まだまだ、志帆に甘えていたかったのだが……」

子どもの姿では様《さま》になるまい、と、そう言って歩み寄って来た山神に、奈月彦は内心で驚いていた。

年のころは、十七、八ばかりに見える。

眉間と眉のあたりに意志の強さが表れた、たいそうな美丈夫であった。

背は奈月彦よりもわずかに低いが、広い肩と真っ直ぐな背筋からは、伸び盛りのしなやかさが感じられる。

「それが、本来のお姿ですか」

「どうであろうな。まだ、完全ではない気もするが、よく分からん」

志帆が来る前を考えれば、冷静に言葉を交わしている現状が信じられなかったが、言うなら今しかないと思った。

「――山神さま。あなたはかつてこの山で、山神以外の名前で呼ばれていたはずです。それを思い出すことさえ出来れば、完全な神に戻れるのではありませんか？」

「前にも言ったはずだ。かつての姿に、興味はないと」

志帆がいてくれればそれでいい、と言った山神の目は、据わっている。

いつの間にか遠ざかった雷が、雲の向こうで不機嫌に転がる音がした。

「本当に、そうお考えなのか」

むしろ志帆に依存している限り、この神は完璧ではないだろうというのに、山神は頑なだった。

一体、何が彼をこんな風にしているのだろう。

志帆は、そうなってしまったのには、何か理由があるはずだと言った。山神がひとりでにそうなったのではなく、八咫烏にも何か関わりがあるのではないか、と。

「我々はあなたに、何をしてしまったのでしょう……」

山神の無感動な瞳に見つめられ、「言い訳じみて聞こえるでしょうが、覚えていないのです」と奈月彦は言い募った。

「かつての八咫烏の長が、あなたから逃げたことは、かろうじて覚えています。でも、どうしてあなたをあそこまで怒らせてしまったのか、どうしても分かりません」

真顔で奈月彦の話を聞いていた山神が、ふと、苦笑を漏らした。

「たとえ覚えていたとしても、そなたに理由は分からなかっただろう。わたしがこんな風になった直接の原因は、お前達ではなかったのだから」

奈月彦は声を失った。

「当時、那律彦《なりつひこ》には山内《やまうち》の守護を任せていた。わたしの傍に、そなたは常に仕えてはいなかったのだ」

山神の言葉を耳にした瞬間――奈月彦の脳裏に、鮮烈な声が蘇った。

『それでもあなたは、この山の主なのか！』

『黙れ那律彦！　お前に、私の苦しみが分かって堪《たま》るか』

覚えず、足もとがふらついた。

かつてここで、山神は苦悩するように体を丸め、縦横無尽にほとばしる雷光の中、絶叫していたのではなかったか。

轟音とともに渦を巻く閃光に、命を削るような痛み。

何事かを叫びながら、自分を支えようとする配下の八咫烏の悲鳴がする。

荒い息と、乱れる足音にまぎれてしまいそうな声は、かつての自分のものだ。

『もう、あれは駄目だ。山神としての本分を失っている。このままでは恵みどころか、山内全体を蹂躙《じゅうりん》しかねない』

ではどうするのです、と問われ、答えた。

『私の手には負えない。捨てるほか、あるまい』

なんとか禁門までたどり着いたものの、生き残ったのは自分と、目の前にいる一人だけだ。

こいつだけでも、逃がさねばならないと必死だった。

『この門は私が閉ざす。ここは私に任せ、そなたはとく逃げよ！』

そんなこと出来ません、どうか一緒に帰ってくださいと、悲痛に取りすがる配下に向けて、一言。

『我が一族を、頼んだぞ』

——目のくらむような記憶だった。


我に返ると、山神が、静かな目でこちらを見つめている。

「何か、思い出したようだな」

ああぁ、と、苦しい息が漏れた。

「山神さま……私は、我々は！」

どうして、あんなことを忘れていられたのかが分からない。

暴走する山神から逃げ出し、仲間の八咫烏達を守ろうとした瞬間が、かつて、確かにあったのだ。それ以前、自分達は、本当にこの神に仕える存在であったのだと、ようやく実感として捉えることが出来た。

「我々は、あなたに仕えるためにここに来たのに、それを忘れて——お傍を離れてしまった！」

だが、堪らずに平伏した奈月彦を、山神は苦笑ひとつで留めたのだった。

「それ以上は、申さずとも良い。暴挙をいさめた八咫烏の長に対し、わたしが、酷いことをしたのだ。そなたらが、わたしを見限ったのも仕方ないと、今ならそう思える」

ふと、視界の端で、人の影が動いた。

突然大きくなった山神に面食らったのだろう。志帆についていたはずの従妹が、部屋の入り口からこちらを窺い、驚いた顔をしている。

「ますほか。何用だ」

なめらかな八咫烏の言葉で声をかけられ、一瞬だけ身を震わせた彼女は、すぐに洗練された動作でお辞儀を返した。

「志帆さまが、岩屋でお休みになられました」

「そうか……。では、わたしが行かねばならんようだな」

呟いた山神は、八咫烏の女と入れ違うようにして、そのまま、寝室を出て行ったのだった。

「大丈夫ですか。一体、何があったのです」

それを見送ったますほ――一族の間で、真赭《ま　すほ》の薄《すすき》と呼ばれる女は、心配そうな顔でこちらに駆け寄って来た。

「思い出したぞ。過去に、何があったのか。我々が、どうして山内に住まうようになったのか……」

奈月彦は真赭の薄の手を借りてよろよろと立ち上がった。いきなり色々と思い出したせいか、頭が割れるように痛かったが、それに構ってなどいられなかった。

「山内は、山神さまのための荘園だったのだ」

「荘園……？」

ぱちぱちと目を瞬く真赭の薄を前に、奈月彦は額をこする。

「この山にやって来る前、山神さまは、今よりもずっと大きな社殿を持つ、偉大な神だった。祭祀には膨大な供物が捧げられるのが普通で、日の本のいたるところに、供物を用意するための膨大な社領を有していた」

そして当然、そこを管理するために、多くの神人《じにん》を擁していたのである。

「だが、事情あって、かの神はほぼ身一つの状態で、この山に来ることになってしまった。そうなれば当然、供物の供給はなくなる」

祭祀も、それまでと同様に行うことは出来なくなってしまった。

本来なら、その土地に合ったそこそこの祭り、そこそこの供物で諦めるところであるが、山神は、そうはしなかった。供物の不足を補うため、山の中に異界を創り、新しい荘園としたのだ。

「それが、山内だ」

そして次に必要となるのは、荘園たる異界において田畑を耕し、狩猟を行い、布を織るなどして、供物を調達する神人である。

「だからこそ、神使としてこの山について来た八咫烏《われわれ》は、人の姿を山神から与えられたのだ」

――外界における、神人の代わりとなるために。

話を聞いていた真赭の薄は、青い顔で囁いた。

「山神さまがこの地にご光来ましました時、山の峰からは水が溢れ、たちまち木々は花を付け、稲穂は重く頭を垂れた……？」

それは、八咫烏達の間に残る、山内と八咫烏の長、金烏《きんう》の一族の始まりについての伝承であった。

豊かな山内を見た山神は、自らに代わり、山内を整えることを金烏に命じ、金烏は四人の子ども達に、山内を四つに分けて与えたという。

一番目の子どもには花咲く東の地を。

二番目の子どもには果実稔る南の地を。

三番目の子どもには稲穂垂れる西の地を。

四番目の子どもには水湧き躍る北の地を。

現在、山内で四領《よんりょう》と称される東西南北の各地でとれた名産品は、極上品のみが中央へと集められることになっていた。

禁門を閉ざしてからは、八咫烏の長と近しい者達がそれらを消費していたが、もともとは、神域の山神に捧げるためのものだったのかもしれない。

「言われてみると、役割分担にも納得がいくものだな……」

楽人が多いとされる東領《とうりょう》は神楽《かぐら》を担当し、綿花や養蚕の生産が盛んな南領《なんりょう》、織工などの職人を抱える西領《さいりょう》は幣帛《へいはく》を用意する。残された北領《ほくりょう》は有数の酒どころとされているから、神酒を用意するための場所だったのだろう。

元来、山内は山神のための荘園であり、八咫烏達は、山神のための供物――神饌《しんせん》や神酒、幣帛を捧げ、神楽を奉じるために、人の姿をとれるようになった存在だったのだ。

そうだとすれば、荘園を逃げ出そうとした烏が人の姿を取れなくなるのも道理である。山内から勝手に出ようとした時点で、神人としての役目を放棄したと見なされ、その力を没収されるのだ。

長く抱えていた疑問は氷解したものの、気持ちは晴れやかとはとても言えなかった。

百年前、かつての八咫烏の長は、自分の眷属《けんぞく》大事さにその役目を放り出し、山内と神域をつなぐ禁門を閉ざしてしまった。

奈月彦は過去の過《あやま》ちを思い、両手で自身の顔を覆ったのだった。

＊　　＊　　＊

奈月彦と別れた椿が洞穴へと入ると、猿がたむろする岩屋の奥に、志帆はいた。

閉じ込めておけと命じたのは自分だが、神域にこんな場所があったのだと初めて知った。

逃げられないように、出入り口には格子がはめられており、上からは水が落ち、空気は濡れた土のにおいがする。

志帆が来る前、自分の寝所も似たようなものであったことをようよう思い出す。

「志帆……？」

濡れた岩に肩を預けたまま、志帆はこちらに背を向けて、ぴくりとも動かない。その傍らには、猿を志帆から遠ざけるようにモモが座っていた。

モモは椿と目が合っても吼えなかったが、尻尾を振ることもしない。

こちらの出方を窺っているのだと、すぐに分かった。

「何もせんよ」

言いながら格子戸を開けて中に入ると、モモは黒々とした目を瞬かせた後、緩やかな動作で立ち上がり、志帆の前から退いた。

志帆の顔を覗き込めば、その目は赤く腫れていた。

途端に、名状しがたい罪悪感が湧き上がる。

椿は志帆を抱え上げると、そのまま洞穴を出たのだった。


嵐は、すっかり通り過ぎていた。

葉先から、雨のしずくが絶え間なく滴り落ちている。

つい半刻前まで吹き荒れていた風はぴたりと止んでいるが、上空には勢いよく雲が流れ、その合間からは月も覗いていた。

泉脇の岩の上に腰を下ろし、志帆を膝の上に抱え直す。

軽い足音を立ててついて来たモモが、真正面に座った。こちらを見張っているような様子に、ふと気付く。

「そうか。お前は、志帆を守っているのだな」

話しかけても、モモは耳をぱたりと震わせ、首を傾げただけであった。その仕草が妙に幼くて、吐息だけで笑う。

「図体は少しばかり大きくなったが、中身は仔犬のままか」

「――あんたもね」

返って来るとは思っていなかった言葉に、椿はしばし、息を忘れた。

「いつの間に、こんなに大きくなっちゃったんだか」

溜息と同時に、腕の中で志帆が目を覚ました。

「おはよう、椿。もう夜だけど」

「……おはようございます、母上」

何事もなかったかのように挨拶をした志帆に、椿も極力、平静を保って返した。

志帆は体を起こすと、じっと自分を見つめるモモの頭を撫でた。モモは嬉しそうにあくびをする。

「変な姿勢で寝ていたから、あちこち固まってるわ」

ああぁ、と涙声を誤魔化すように背筋を伸ばし、立ち上がって体を動かす。

そんな志帆の後ろ姿を見つめながら、椿は覚悟を決めた。

「母上――志帆」

「うん？」

振り返らない志帆に向けて、椿は口を開く。

「すまなかった」

志帆は返事をしなかった。

ただ、ぴたりと動きを止めて、どこか、遠くを見ているようだった。

志帆の顔を見上げていたモモの尻尾が、再び止まる。

ぱたぱたという水音の他に、何も聞こえなかった。

「もう、いいわ」

か細い声で言ってから、志帆はゆっくりと振り返った。

その目は優しかったが、隠しきれない涙で潤んでいた。

「結局、恩を返すどころか、自分勝手なことばかりして、きちんと謝ることも出来なかったけれど――それは決して、あんたのせいじゃない」

私のせいなの、と言って、志帆はぼんやり瞳を彷徨《さまよ》わせた。

「ここに戻って来た時から、こうなる可能性は常にあった。それを分かっていて、ここに残ると決めたの」

私のせいなの、と、再び呟いた志帆の体は、以前よりもずっと小さく感じた。

「志帆」

「私、ちっとも良い孫じゃなかった……。自分はちゃんと育ててもらったのに、取り返しのつかない、ひどいことを言っちゃった。本当に馬鹿だった。孫娘にあんなことを言われて、おばあちゃん、どれだけ傷ついたか」

それなのに、もう、謝ることは永遠に叶わないのだ。

「……おばあちゃん、だから死んじゃったのかな」

歩み寄った山神は、力なくしゃくりあげる志帆の頭を抱き寄せた。

「そなたのせいではない。決して、そなたのせいではない」

志帆は椿の肩に顔をうずめ、しばらくの間、声もなく泣き続けた。

「そなたがいてくれたおかげで、わたしは神として踏みとどまることが出来た。どうか、ここに戻って来ると決断した自分を責めたりしないでくれ。恨むべきは、あんなにわたしを愛してくれたのに、そなたを信じ切れなかった、このわたしだ」

椿は、やわらかな志帆の髪を撫でながら、この百年の間、押し殺していた本音をこぼした。

「自分から戻って来たそなたが、わたしを裏切るはずがないと分かっていた。それでも、前に全く同じことがあって――帰って来なかった者がいたのだ」

それで、どうしても信じ切ることが出来なかったと、椿は懺悔《ざんげ》するように呟いた。

「だからと言って、許してくれと言うつもりは毛頭ない。そなたにも、そなたの祖母にも、本当に悪いことをしてしまった」

「……その、帰って来なかった子っていうのは、『サヨ』？」

覚えず、ぎくりと体が強張った。

一度、寝ぼけて口にしたきりの名を、志帆はきちんと覚えていたのだ。

「椿」

顔を上げた志帆の瞳には、強い光が戻って来ていた。

「教えて。過去に、『サヨ』と何があったの」

＊　＊　＊

「あたしと、ほとんど同じ年くらいに見えるのにね」

お母さんなんて、おかしな感じ、と。

聞こえて来たのは、ひどくあどけない声だった。

敷布から顔を上げて目に飛び込んで来たのは、まだ十歳にも満たない少女であった。

「……彼女が？」

英子《ひでこ》の一件で憔悴していた山神は、あまりの落差に呆気に取られた。興味津々といったようにこちらを窺う姿は無邪気で、自分の今の姿よりも幼いくらいだ。

「少々若いかもしれませんが――まあ、あんなことがあった後では、仕方ありますまい」

那律彦《なりつひこ》も、新しい玉依姫《たまよりひめ》に満足したとはとても言えないようだったが、それでも、いないよりはずっと良いと思ったらしい。

この時、まだ、山神は大人となっていなかった。

少なくとも、きちんと山神としての力が確定し、己だけで山を下りられるようになるまでは、人間の女によって育ててもらわねばならないのだが、果たしてこの少女にその役が務まるのだろうか。

疑念のままに視線を向けると、ぱっちりと目が合ってしまった。

少女は照れたように微笑み、もじもじと襅《ちはや》の裾を握りしめる。

「あのね、あたしはサヨだよ」

よろしくね、と、彼女ははにかみながら微笑んだのだった。

――これまでの玉依姫と異なり、サヨは、山神を生んだわけではない。

母親役と言ってもぴんとこないのは当然で、ともに暮らすようになってみると、むしろ、山神がサヨの面倒を見ているような具合になることもしばしばだった。

おっとりとして、可愛らしいサヨと過ごすのは楽しかった。

しばらくサヨと過ごすうちに山神にも笑顔が戻ったのを確認し、那律彦は胸をなでおろした。

「私は山内に戻りますが、何かあれば、またいつでもお呼び下さい」

そう言って、自分の一族の住まうところへと戻って行った。

この頃、那律彦は問題が起こったとかで、山内に長居することが多くなっていた。

神域に残されたのは、山神とサヨの身の回りの世話をする八咫烏の女達と、下働きや周囲の護衛として働く、猿達だけである。

まるで幼馴染のように育つ玉依姫というのは、長らく受け継いで来た記憶の中でも初めての経験だったが、満ち足りた、幸せな日々だった。

山神は、ことさらにサヨを愛しく思っていたし、サヨも、全身全霊で、山神を愛してくれていたように思う。

そこに異変があったのは、サヨが、すっかり大人の女になり——これまで、歴代の玉依姫達に抱いていた思いとは、明らかに異なる感情を、青年となった山神が持てあますようになった矢先のことであった。

「——母が倒れた？」

常に村を監視していた猿が、サヨの家族の知らせを持って来たのだった。

それを聞いたサヨは、真っ青になった。

「そんなに悪いの？」

「あれは、長くは持ちますまい」

別れを告げるなら今しかないだろうと、大猿は平時と変わらぬ調子でサヨへと告げたのだった。

「山神さま」

切羽詰った声で、サヨは山神の前に伏した。

「お願いします。どうか、母に最後のお別れをさせて下さい」

玉依姫は、ただの巫女ではない。里帰りなど、本来ならば許されたことではないはずであった。それを重々承知していたはずのサヨが、どうかどうかと、何度も山神に頭を下げて来たのである。

山神は、サヨにほだされた。

サヨがこのように必死に頼み込むのは珍しかったので、聞いてやりたいという思いがあった。どういたします、と大猿に訊かれた山神の答えは、一つしかなかったのである。

「行かせてやれ」

「山神さま！」

それを聞いた瞬間、サヨは顔を輝かせ、飛び上がるようにして山神に抱き着いた。

「ありがとうございます。本当に、ありがとう」

必ず帰って来ますと言って、サヨは、栄養のある食べ物と、金と翡翠で出来た簪《かんざし》を土産に、村へと戻って行ったのだった。

その後ろ姿が、山神がサヨを見た最後となった。

もともと、里帰りは一日だけという約束だった。

長くはない母親に最後の挨拶を交わし、もし必要ならば、薬代に替えるための簪を置いて戻って来ると、そういう取り決めの後、送り出したのだ。

だが、約束した日暮れを迎えても、彼女は姿を見せなかった。

――サヨが、帰って来ない。

「サヨはどうした。まだ、村で母親と過ごしているのか」

最初は里心がついたかと、咎めずに待とうと思っていた山神も、その翌日になっても帰って来る気配のないサヨに、痺《しび》れを切らした。

「山神さま」

訊かれた猿が、静かに言う。

「サヨは、村にいいません」

言われたことの意味が、にわかには信じられなかった。

「何だと……？」

それはどういうことだ、と焦った山神は語気を強めた。

「母親は？　サヨの母親はどうした」

「まだ、村にいます」

「それなのに、サヨだけがいないだと？　そんな馬鹿な！」

じわじわと、胸に黒い影が広がっていく。まさか、サヨに限ってと思いながら洞穴を出て、鳥居から村を望むも、そこに、サヨの気配は感じられなかった。

「サヨはどこにいる。どうして――どこに消えた！」

「分かりません。ただ、村にいないことだけは確かです」

――やられた。

鮮やかな記憶として蘇ったのは、数年前、まさにこの場所で、男と手に手を取って逃げ出した英子の姿だった。頭がくらくらした。悪い夢でも見ているかのようだ。信じられないのに、現実は厳然としてそこに横たわっていた。

「サヨは逃げたんだな。私から。本当は、ずっと逃げる機会を窺っていたのか」

猿は、何も答えなかった。異変に気付いてやって来た八咫烏の女達が、尋常でない主の様子に、怯えたように後退《あとずさ》り始めた。

また嘘をつかれた。裏切られた。信じていたのに！

サヨは、笑顔の下に、どんな顔を隠していたというのか。

「必ず帰って来ると言ったのに――どうして、私を裏切った！」

――山神の慟哭《どうこく》に応えて、天は荒れ、大地は鳴動した。

猿や鳥が、悲鳴を上げて逃げていく。

異常を察知して飛んで来たのは、ずっと姿を見せていなかった、那律彦だった。

「山神さま！　一体、何があったのです」

「また裏切られた……みんなみんな、嘘つきだ……」

事情を悟った那律彦は、愕然とした顔になった。

「まさか、それが理由で、こんなことになっているのですか」

那律彦の口調にはむしろ、山神を叱りつけるような勢いがあった。

「自分から逃げたのであれば、サヨはもう玉依姫ではありません。ただの女ひとり相手に、あなたともあろう方が取り乱されるなんて」

しっかりなさいませ、と那律彦が叫んだ。

「こんなことで動揺して、いかがなさる」

「こ、こんなことだと」

那律彦に目を向けると、失言を悟ったのか、那律彦がぎくりと身を竦《すく》ませた。

「山神さま」

「お前は私のそばにいなかったのに、よくも分かったような口をきけたものだ。また、女を連れて来れば良いだと？　そしてまた、嘘をつかれて逃げられるのか！」

もう、何もかもうんざりだった。

叫んだ瞬間、いいかげんになさいませ、と鞭《むち》を振るうかのように鋭い声が返った。

「それでもあなたは、この山の主なのか！」

「黙れ那律彦！　お前に、私の苦しみが分かって堪るか」

那律彦は、こちらを睨んでいた。いや、睨んでいるのではない。蔑《さげす》んでいるのだ。

――思えば、こいつらはいつもそうだった。

神としての義務と責任にばかり口うるさくて、一度だって、わたしの気持ちを考えてくれたことなどなかった。

こいつは最初から、わたしの味方などではなかったのだ。

「そんな目で、わたしを見るな！」

怒りのままに力を振るい、それきり、我を失った。

――気が付いた時、山神の周囲には、誰も残っていなかった。

茫然としていると、たったひとつだけ、こちらに歩み寄って来る影があった。

「お可哀想に……なんとひどい烏に、女達でしょう」

大猿だった。

「あなたは何も、悪くない」

囁くように言って、大猿は山神を慰めたのだった。

＊　＊　＊

「それ以来、八咫烏は姿を見せなくなったし、何人もの女が来たが、誰も、心からわたしに仕えてくれることはなかった」

そなたが来るまではな、と言って、椿は話を結んだ。

「辛かったね」

これが、この子の「裏切られた」の真相か。

「わたしが化け物だから、逃げたのだ……」

「どうしてそんなこと言うの」

「でないと、説明がつかない。志帆が来てくれたのは嬉しいが、この山の玉依姫は死んだのだ。もう、現れることはないだろう」

「……そう決めつけるのは、ちょっと早いんじゃない？」

志帆には、話を聞いてすぐに、あの女《ひと》だ、と思い当るものがあった。

――最初に志帆を逃がそうとしてくれた、玉依姫。

彼女は、確かに戻りたがっていた。死んでしまった後になっても、山神のことを心から心配していたのに、こんな風に切り捨てられてしまっては、あまりに悲しいと思った。

「ねえ、椿。サヨにも、何か理由があったのかもしれないよ。帰れなくなってしまうような何かが」

「どうしてそう思う」

不審そうな椿に、志帆は、なんと言えば分かってもらえるか、必死になって考えた。

「だって――サヨが裏切ったという、証拠がないもの。あんたは可哀想だったけど、それで自暴自棄になったらいけなかったんだよ。あなたと、烏とサヨのためにも。もし、何か勘違いがあったのなら、一番可哀想なのはサヨでしょ？」

しかし、椿は苦しく笑って、首を横に振った。

「気休めはいい。志帆が来てくれたのは嬉しいが、わたしはもう、それで十分なのだ」

志帆はそれ以上、何と言ったら良いものか分からなかった。

気付けば、空が白み始めていた。

「祖母の弔いは、村で行われるそうだな」

沈黙の後、山神が感情を窺わせない声で言う。

「そう……なの？」

「烏が言っていた。そなたの伯父が、亡骸《なきがら》を引き取ったと」

知らなかった。

だが、祖母の家族は志帆しかいないのだから、その自分がここにいる以上、伯父は祖母を引き取らざるを得なかったのかもしれない。村の者には決して良く思われていないだろうに、その中で葬られる祖母を思うと切なかった。

「行きたいか」

別れの挨拶に、と言われ、志帆は深く息を吸った。

「行きたい……もう遅いのは分かってるけど、でも」

「では、行くが良い」

椿は立ち上がり、穏やかな――しかし、どこか不安そうな眼差しのまま、志帆を送り出そうとした。

「帰って来てくれるのなら、わたしはそなたを信じて、ここで待つことが出来る」

行って来い。そして、もう一度戻って来てくれ、と。

「――ありがとう、椿。私は、必ず帰って来るわ」

椿を一度抱きしめると、志帆はその足で、神域の外へと向かったのだった。

＊　＊　＊

奈月彦が山内から神域に戻って来ると、そこに志帆とますほの姿はなく、山神だけがぽつねんと座っていた。

「では、志帆殿が、一人で村に?」

「いや。モモと、ますほもついて行ったようだ。ますほは鳥に姿を変えていたから、志帆は気付いていないかもしれないが……何かあれば、すぐに分かるだろう」

泉の脇で頬杖をついていた山神は、ひどく物憂げだった。

それほどに心配ならば一緒について行けば良いのにと思いかけて、そういうことではないのだと気付く。誰かに見張られているわけでも、強制されたわけでもなく、志帆に、自らの意志で帰って来て欲しいと思っているのだ。

だから、不安を隠してひたすらに志帆を待っているのかと思えば、滑稽なようでも、憐れなようでもあった。

「神域の境から、村の様子を見る分にはよろしいのでは？」

それくらいなら構わないだろうと進言すれば、少しだけ逡巡した後、山神は躊躇《ためら》いながらも立ち上がった。

「……あくまで、遠目で見るだけだ」

「分かっていますよ」

山神と連れ立って洞穴を抜けた奈月彦は、しかし、鳥居の向こうに立つ人影に気付き、一気に緊張した。

そこには、小岩ほどもある大きな犬を従えた、十代後半とみられる銀髪の若者が立っていた。

「何者だ」

鳥居から距離をおいて立ち止まった山神が、警戒心も顕わに問いかける。

「私は、お前の愚かさを知る者だ」

高らかに答えた若者は、両目をすっと細めた。

「何故、むざむざ志帆を行かせたんだ。つくづく、お前にはがっかりだ」

「……何を言っている？」

「百年前、どうしてサヨが戻って来なかったのか、お前に分かるか」

山神は、その言葉に小さく震えた。

「貴様――」

「お前は、鳥が自分達の世界に引きこもったことを非難していたが、引きこもっていたのは鳥だけじゃない。お前も同じだ」

神域の内側から一歩も出ないで、何が見えていたと言うのかと、あからさまに若者は嘆いた。

「サヨの身に起こったのと同じことが、志帆の身に起こるとは思わないのか？」

「何だ……お前は、何を言っている？」

「サヨは逃げてなんかいない」

断言した後、若者は痛みを堪えるように顔をしかめた。

「今でも――骸《むくろ》は、沼の底にある」

＊　＊　＊

「遠回りでも、谷村さんの家の方から行けば良かったかな……」

実に、三カ月ぶりの外である。

志帆は、はやる気持ちを抑えながら、龍ヶ沼の岸に沿って村へと向かっていた。

山を下りてから最短の道を通って来たつもりだが、途中で、水際はどうにも歩けなくなってしまった。仕方なく、雑木の中を通って村へと回り道することになったが、そうすると村の入り口ではなく、直接伯父の家の前に出る計算となる。

こちらで合っているだろうかと、不安に思いながら歩くうちに、木立の向こうに鯨幕が見えた。

同時に、黒いワンピースを着た少女が、家の裏手でオシロイバナを摘んでいるのが目に入る。

それは、彩香だった。

おそらく、祖母に花束を作ろうとしてくれているのだろう。疎遠であったとしても、彼女だって自分と同じく、久乃《ひさの》の孫なのだ。

もっと、違う形で会えていたら、仲良くだってなれたかもしれないのに。

やるせない気持ちになりながら、志帆は、「彩香ちゃん」と呼びかけた。

志帆に気付いた彩香が、大きく目を見開く。そして、ぼろぼろと手に持っていた花を落とし

――次の瞬間、金切り声で叫びだした。

「ゴクだ！　ゴクが戻って来た！」

何故、こんな反応をされたのか分からず、しばし志帆は呆けた。

その間に、彩香は脱兎のごとく逃げ出した。尋常ではない声を聞きつけた修吾が、こちらに駆け寄って来た。

「このやろう……！」

待って、と、呼びかける暇もない。

低い声と共に、志帆は渾身の力でもって、修吾に顔を殴り飛ばされた。

志帆を庇おうと、モモが勇敢にも飛びかかって行ったが、成長したとはいえ、まだ仔犬である。怒りのままに修吾に蹴られて、ギャウン、と高い声を上げて転がって行った。

モモちゃん、と手を伸ばしたかったのに、修吾は、まるで自分に飛びかかって来るとでも思っているかのように、執拗に志帆を殴打した。

「ちくしょう、ちくしょう。何で戻って来やがった――次は、彩香の番なのに！」

彩香に呼ばれて来たらしい、通夜のために集まっていた大人達が、次々に駆け付けて来た。

「おめえ、何でこんなとこに」

「おっちゃん。こいつ、逃げ帰ってきやがった！」

吼えるように叫んで、修吾は志帆の背中を何度も蹴る。倒れ込んだまま動けない志帆を、心配してくれる者は誰もいなかった。

「まずい。まずいぞ。これが一番よくない……」

朦朧《もうろう》とする中で、喪服姿の大人達が盛んに話し合っているのを聞く。

「神さまにきちんと召してもらわなきゃいけないのに」

「これじゃ、ゴクを捧げたことになんねえぞ」

「最悪だ。じいさんの頃もゴクが逃げて、大変なことになったんに」

「大変なこと？」

「山津波が起こって、何十人も死んだんだ」

しばし、痛いような沈黙が落ちた。

「……このままにしてはおけん」

「どうにかせんと……」

「でも、どうするよ」

「村の人間の本意じゃねえってことを、山神さんに分かってもらわねば」

「わしらが匿《かくま》ったわけじゃねえって、はっきり示さにゃならん」

天啓を受けたかのように、一人の男が手を打った。

「じゃあ、ゴクさんを、神さまに返せばいいべ」

「でも、お社に置いておいても、迎えは来ないよ。お祭りじゃねえんだもの」

「荒山《あれやま》に届けりゃいいのか」

「禁足地に勝手に入ったら、それこそ祟られちまわぁ。それで、何人も神隠しにあってんのに」

「いや、待て」

まだ稲刈り前だ、と誰かが言った。

「今の時期なら、神さまは荒山から、龍ヶ沼に降りて来ているはずだろう」

「そうだ――そうだった。前もそうしたと聞いている！」

「じゃあ」

男達は、一斉に顔を見合わせた。

「沼に返せば、大丈夫だ」


村人達は、とても正気ではなかった。

「待って、待って」

志帆を引きずる間もひっきりなしに怒号が飛び交い、その目は常軌を逸していた。

怒っているのではない。山神の報復に怯えているのだ。

「逃げて来たんじゃない、椿も知っているの！　ちゃんと帰るって、約束したの」

悲鳴を上げるように叫んでも、誰も志帆の言うことに耳を貸さなかった。

「お願い、話を聞いて」

伯父に髪をつかまれたまま、橋を渡って浮島にまでやって来た。

社の中から引き出された唐櫃《からびつ》の中に押し込められる。

「やめて！」

沼に唐櫃ごと落とされる瞬間、志帆は、サヨがどうして帰って来なかったのかを悟ったのだった。

＊　　＊　　＊

「サヨは殺されたんだ。保身に走った村人の、ささいな勘違いによって」

「嘘だ」

信じられるはずがなかった。

息もろくに出来ない。頭が、胸が、どろどろに融けてしまっているかのように痛い。

全てが性質《たち》の悪い嘘であれば良かったのに、「嘘なものかよ」と目の前の男は容赦なく吐き捨てる。

「サヨは言い分も聞いてもらえず、唐櫃に閉じ込められたまま、龍ヶ沼に沈められたんだ。今の志帆みたいに」

頭が真っ白になった時、村の方から、一羽の烏が飛んでくるのが見えた。

神域の鳥居を越えるや否や、その姿を人へと変える。

「ますほ殿！　一体、何があった」

奈月彦に呼びかけられ、志帆についていったはずの八咫烏は、蒼白になった顔を上げる。

「志帆さまが、志帆さまが村の者に！」

指さされた沼の方では、蟻のような黒い人影が、いくつも蠢《うごめ》いている。

「しほ」

掠《かす》れ声で呟いた山神の背後で、いつの間に来ていたのやら、大猿が低い笑声を漏らした。

「可哀想に。だが、もう遅い」

＊　＊　＊
「もう遅い」

大猿の声が響いた次の瞬間、山神のいた所に、光の柱が立った。

轟音が鳴り響き、目がくらむ。

奈月彦が見上げると、稲妻を纏《まと》った一匹の龍がその体をうねらせ、天に向かって飛び立っていくところであった。

その体を受け止めた空は、真っ暗になっている。

龍はしかし、志帆を助けに島に向かうのではなく、一直線に村の方へと飛んで行った。

何故、と思いかけ、ハッとする。

――かつてのように、怒りで、己を見失っているのだ。

「山神さま、いけません！」

奈月彦はその場で大烏へと姿を変え、山神を追うように空へと飛び立った。

上空は暴風が吹き荒れ、黒雲が渦を巻いていた。

四方八方に稲妻が迸《ほとばし》り、空気はぴりりと痛く、耳はすでに役に立っていない。風切羽を掠めるようにして奔《はし》った稲妻に一瞬、肝を冷やしたが、それは奈月彦ではなく村の人家へと落ちて行った。

これは、ただの落雷ではない。山神の怒りそのものだ。

奈月彦は稲光の残像を縫うようにして、浮島へと向かった。

波紋の残る水面を見つけて、空中で姿を人に変えると、勢いのままに水の中へと飛び込む。

硬い岩の上に叩きつけられたような衝撃の後、むりやりに目を開くと、白く湧き上がる泡の間――自分の遥か下に、沈みゆく唐櫃を捉えた。

見つけた！

浮き上がりそうになる中、体勢を立て直し、両腕を掻いて潜水する。

唐櫃の中には、まだ空気が入っているのだろう。隙間からは泡が漏れ、沈んでいく速度は遅い。永遠にも思えるほんの十数秒の後、なんとか追いつくことが出来た。

櫃の蓋を押さえているのは、ただの麻縄だ。力に任せて引きちぎって蓋を開くと、白い着物が視界を覆った。手探りで志帆の腹を抱え、水面を目指す。

やっとのことで水の上に顔を出しても、志帆はぐったりとして動かなかった。

「志帆！　しっかりしろ」

焦って名前を呼び、ともかくは陸に上がらなければと周囲を見回し、奈月彦は息を呑んだ。

そこにはまるで、地獄のような光景が広がっていた。

岸に立ち並んでいたはずの建物からは一つ残らず火柱が上がり、その光景が、湖の水面にはっきりと映り込んでいる。

まだ朝のはずだが陽光は一切見えず、夜のように暗いのに、轟音と同時に降りしきる雷と炎のせいで、周囲は赤と白の光で不気味に照らし出されていた。

その中を、体に火の移った人間が、水を求めて走り回っている。

それも、一人や二人ではない。

家を飛び出す者、道路にのたうち回っている者、自ら湖の中に飛び込む者。

母親を呼んでいるのか、少女が泣き叫んでいるのが目に入ったが、落雷の音に紛れて、その声は一切聞こえなかった。

炎に包まれる村の上、雲の合間からは、うねる蛇体が覗いている。

あまりの大きさに、全貌は見えない。ただ、その腹には銀の鱗がまばゆく輝いていた。

――山神だ。

絶えず落雷があるせいで、まるで、龍の体から金色の木の根が飛び出し、地面へと繋がっているかのように見える。

何とか志帆を岸の上に引き上げたものの、自分の配下を失ったあの夜と同じ匂いに、奈月彦は頭の奥が痺《しび》れるような心地がした。

唐突に志帆が咳き込み、うつ伏せになって水を吐き出す。

「志帆殿、大丈夫か」

呼びかけて、背中を叩いてやる。

しばし朦朧としていた志帆は、しかしすぐに、目の前の光景に気付いて色を失った。

「何があったの」

「山神が、あなたが沼に沈められたことを知ったのです」

まだ水の中にいるかのように、自分の声すらも遠く聞こえる。

何とか奈月彦の言葉を聞き取ったらしい志帆は、頭上の雲間に見える鱗の生えた体を見て、ひゅう、と喉を鳴らした。

「まさか、まさかあれ、椿なの……」

見ている間にも、また一つ、目の前の社に雷が落とされる。

そこで気が付いた。

村人は散り散りになっているが、志帆の伯父だけは腰を抜かして、燃え盛る村を見つめている。

その真上――泥のような雲の中から現れた金色の目が、へたり込む志帆の伯父を捉えた。

「椿……駄目！」

飛び出そうとする志帆に、奈月彦は叫んだ。

「いけません！」

咄嗟につかんだ志帆の小袿《こうちぎ》は、しかし、ずるりと脱ぎ捨てられた。

真っ直ぐに、志帆の伯父に向かって雷が落ちる。

一際、大きな稲妻だった。

咄嗟に目をつぶったはずなのに、刹那、視界が青白く染まる。

それは、音というよりも衝撃そのもので、立っていられないほどの地響きと熱が奈月彦を襲った。

地面に倒れこみ、しばらくは何も出来なかった。

――ふと気付くと、何も、聞こえなくなっていた。

恐る恐る目を開くと、さっきまでの様子が、嘘のようだった。

静けさが、耳を聾《ろう》している。

今も家屋から火は上がっているが、雷は一つ残らずなくなり、あの黒雲も、龍も姿を消していた。

灰色の、普通の雨雲の下――一人の、乱れ髪の青年が立ち竦んでいる。

「志帆……？」

人の姿に戻った山神の前には、折り重なるように二人の人間が倒れていた。

下に倒れている方が大柄だったが、それを庇うように倒れた小さな体のほうが、いっそう酷い有様だった。

黒く焼け爛《ただ》れ、うっすらと白い煙も上がっている。

人の肉の焦げる香りがした。

「志帆ォ！」

山神が絶叫した。

彼女が、息子と愛した神の言葉にも、その女《ひと》は答えない。

今になって、ようやく雨が降り始めた。

＊　＊　＊

「志帆ちゃんは？」

息せき切って病院へと駆け込んで来た大天狗は、久乃の葬儀のために喪服を纏っていた。久乃が亡くなったと聞いて動揺していたことが、随分と昔のように思える。

奈月彦は、弱々しく首を横に振った。

志帆の運び込まれた部屋には、今も何人もの医者やナースが慌ただしく出入りしている。

「助かるのか」

「分からん。頭部通電による呼吸停止、酷い火傷によるショック症状――深部臓器にも障害が見られるそうだ」

それに、人間が出来る範囲での外科的な処置が済んだとしても、志帆が負ったのは、ただの火傷ではない。

「雷を落としたのは山神だが、その山神自身に癒しの力はない。あの傷を治せるのは、志帆殿だけだったのに……」

当人が、その火傷によって、生死の境を彷徨《さまよ》っている。

「じゃあ、志帆ちゃんは」

言いかけて、大天狗はつと口を噤《つぐ》んだ。

夕立だと思われた雨は、ますます激しくなるばかりで、ちっとも止む気配がなかった。

＊　　＊　　＊

志帆の体に繋がった機械からは、単調な電子音がしている。

ベッド脇に跪《ひざまず》き、椿は志帆の顔を見つめていた。

包帯の隙間から見える焼け爛れた皮膚の色が、嫌でも目につく。何も出来ない自分に打ちひしがれたまま、椿は志帆の手を額に押し戴いた。

「ごめんなさい」

「……何に謝っているの？」

ひどくかすれた吐息まじりの声が、そっと椿の耳を打った。弾かれたように顔を上げると、腕と同じく顔に巻かれた包帯の奥に、明るく、澄んだ瞳が現れた。

「志帆！」

「私なら、大丈夫だから」

やせ我慢なのは明らかだった。

返事が無いのをどのように解釈してか、志帆はかすかに身じろぎした。

「別に、伯父さんを助けようとか、考えたわけじゃなかったの。ただ、あんたを止めようと必死で……」

しかし、結果として志帆は、伯父のもとへ行くはずだった怒りの雷を、そっくりその身に受けることになったのだ。

「だから、私なら、大丈夫」

志帆の声は穏やかだったが、むしろ椿の胸の方が、引き裂かれたように痛んだ。

「何が大丈夫なものか！」

「そんなの、あんたが一番よく、分かっているでしょう」

どこか笑い含みにも思われる声には、志帆の確かな自信が感じられた。

「あんたは最初から、伯父さんを殺すつもりなんか、なかったんだから」

だから、私は大丈夫、と。

「心配しなくても、きっと、すぐに良くなるわ」

ね、と、優しい声で言われて、椿は顔を歪ませた。

「ごめんなさい……」

「そんな風に謝らないで」

自分が生き残ったのは決して奇跡などではないと、志帆には全て、分かっているのだ。

「嬉しかったの」

志帆の声はほとんどが息で、聞き取ることは困難だったが、椿は一言も聞き漏らすまいとした。

「少し前だったら、きっとあんたは伯父さんを殺そうとしていた。でも、今回、そうしようとはしなかった。あんた、変わったわ。成長した。それが、とても嬉しかった」

留めようもなく、椿の目から涙がこぼれた。

「……最初は、殺してやる、と、思ったのだ」

一目見て、あの男が全ての元凶だというのは分かった。志帆を追い詰め、自分に仇なすものである、と。

「だから、殺してやると、思ったのに……」

「あんたは、そうしなかったのね」

雷を打ち下ろす直前になって、急に、志帆の笑顔が目の前に閃いたのだ。

考える暇などなかった。

ただ、己を取り戻したと自覚した瞬間、どうしても、雷に込める殺意は鈍った。

――それが、辛うじて志帆の命を拾い上げることになるとも知らずに。

「どうしてだろう。いつの間にか、こんな奴は死んで当然だと、そんな風には、思えなくなっていた」

「なら、良かった」

そう言って、志帆は苦しそうに息をついた。

「その言葉だけで、私は、神域に自分の足で戻ったことを、後悔しないで済むもの」

だからね、これだけは言わせてと、志帆は椿に微笑んだ。

「ありがとう」

「志帆！」

どこまでも優しく温かな笑みを残して、志帆は再びゆっくりとした眠りについた。

寝顔は安らかだった。

彼女が、助かることは分かっている。

それでも、志帆の臨終を目の当たりにしたような心地になって、椿は堪らなかった。

「礼を言うのはこちらの方だ……」

涙が止まらなかった。

志帆は、今の自分には、残酷なまでに優し過ぎた。

「ありがとう、志帆」

神を人の世に降臨させ、神と心を通じさせることの出来る巫女。

神を愛し、また神に愛される彼女達は、神霊《みたま》の依りつく姫——玉依姫と称される。

「そなたのおかげで、わたしは、どれだけ救われたか分からない」

本当にありがとう、わたしの玉依姫。

「だからこそ、もう——さようならだ」

＊　＊　＊

病院の屋上は、水溜まりだらけとなっていた。

ぽつぽつと明かりのついた家やビルは、重い雨の中に沈んで、よどんだ水底にも似た有様である。

椿が赴くと、大きな犬を従えた銀髪の青年が、フェンス越しに山の方を見つめていた。

でこぼことおもちゃの積み木でも並べたような家屋の向こう、白い靄《もや》に覆われた青い山々の上部は形もおぼろで、荒山がどこにあるのかも判然としなかった。

「こうして見ると、あの山もちっぽけなもんだ」

ああして山の中に閉じこもっていたことが馬鹿らしくはならないか、とこちらを振り返り、そのままフェンスへともたれかかる。

薄闇の中で、炎を秘めたような瞳だけが、ぎらぎらと輝いていた。

「――あれだけ派手に村を焼いてもらえば、もう、助けを乞う声を待つまでもない」

歌うような調子で男は言う。

「お前は、正真正銘、人間に害をなす邪神となってしまった。後はもう、分かるな」

燃えるような眼差しで射抜かれて、椿はぼんやりと瞬いた。

「そうか……」

やっとのことで出した声はかすれて、ほとんど音になっていなかった。

「お前は、わたしを救うために、来てくれたのだな」

椿が苦く笑った時、背後の扉を勢いよく開き、八咫烏が飛び込んで来た。

「山神さま！　志帆殿のバイタルが安定しました。これならば、ひとまずは――」

言い終わる前に、そこに立つ人影に気付いてぎょっと息を呑む。身構えそうになった彼を、しかし椿は押し留めた。

「よせ、奈月彦」

初めて名前を呼ばれ、八咫烏の長は驚いたように口を噤む。

「こいつは、わたしに決着をもたらすために、ここにやって来たのだ。わたしの凶行を、止めるために」

青年は薄く笑い、その先を促すように首をかしげるのみである。

足元に、どこからやって来たのだか、モモが擦り寄って来た。

びしょぬれになった仔犬は小さく震えながら、濡れた瞳でこちらを見上げる。椿はかがみ込み、その頭をぐしゃぐしゃと撫でまわした。

「……わたしが今まで屠《ほふ》って来たのは、言うことを聞かない役立たずなどではなかった。わたしに仕えてくれるはずだった大切な神使《しんし》達と、誰よりも大切だった、玉依姫だ」

それを忘れ、殺戮《さつりく》を繰り返した自分は、もはや言い訳のしようもなく、化け物であった。

――化け物になってしまった自分を、ようやく、認めることが出来た。

「人に仇なす化け物は、ひとつの例外なく、倒されねばならぬ」

奈月彦は、何も言わなかった。

ただ、その表情に乏しい顔に、悔しさを滲ませたのみである。

椿と奈月彦のやりとりを眺めていた『英雄《えいゆう》』は、ため息をついた。

「そういう役割になってしまった」

残念だ、と静かに告げる彼に、椿は首を横に振った。

「いや、もう、志帆をわたしから解放してやらねばならぬ。これ以上、女達を犠牲にするわけにはいかない」

椿は、自分のせいで犠牲になった女の、一人一人の顔を思い出して俯いた。

「サヨにも……可哀想なことをしてしまった」

こうなったのは全てわたしのせいだ、と、ぽつりと呟いた瞬間だった。

「それは、違います！」

魂《たまぎ》消るような悲鳴が響いた。

驚いて顔を上げた時、コンクリートと雨雲によって灰色に塗りたくられたような光景の中に、ひどく懐かしい姿を見た。

野の花のような慎ましさと、その重さが身に堪えるような大輪の白百合の存在感を、見事に併せ持った女。

「そなた」

見間違えるはずがない。

鼻のあたりにういたそばかすも、微笑めば花びらのようになる唇も、無邪気に自分を慕ってくれた瞳も、全て、自分の記憶にあるままだった。

「サヨ……？」

信じられずに呟いた山神の前で、彼女は鋭く息を呑んだ。

「わ、わたくしが見えるのですね」

「ああ、見えるとも。どうしてそなたがここに」

百年もの間、姿を見せなかった玉依姫は、大きな目いっぱいに涙を溜め、倒れるように泣き崩れた。

「今まで、巫女達をたぶらかし、神域から逃げるように唆《そそのか》していたのは――わたくしでございます」

「そなた、一体、何を言っている……？」

頭が、彼女の言わんとしていることを理解するのを拒んでいた。

水溜まりの中に伏しながら、わたくしは帰りたかったのです、と、サヨは叫ぶ。

「叫んでも届かない想いに、どんなに喉を嗄《か》らしたことか！」

だが、どうすることも出来なかった。自分の体は、沼の底に沈められてしまった。愛する神への執念だけが、山へと戻って来てしまった。

「わたくしは、ずっとあなたのお傍にいたのです。でも、あなたは今になるまで、全くわたくしに気付いてはくれなかった。気付くのは、いつだってあなたではなく、かつてのわたくしと同じ立場になった、女達だけでした」

「では、どうして彼女達を通して、それを私に伝えなかった！」

自分の罪を理解しながらも、山神は叫ばずにはいられなかった。

「それを聞けば、私はそなたの言い分を信じただろう。ずっと、そなたを信じたいと思っていたのに」

嫉妬したのです、と、泣きながらサヨは懺悔する。

「誤解がとけたら、きっとあなたはまた、新しい玉依姫を愛するようになるでしょう。でも、誰よりも、誰よりもあなたを愛していたのは、このわたくしです。わたくしがあなたの、一番の玉依姫だった。それなのに」

むせびながら息を吸い込んだサヨの周囲の空気が、どろりと汚濁し、淀むのを感じた。

「それなのに、あなたのことをろくに知りもせず、嫌がりながら神域にやって来た女が玉依姫と呼ばれるなんて――許せなかった」

逃げたい、と思っている彼女達に、それを唆すのは簡単だった。

「だって、あまりに理不尽ではありませんか」

あなたの玉依姫となるのはわたくしのはずだったのに、と、彼女は絶叫する。

いつの間にか、サヨの目からは涙ではなく、黒い泥のようなものがこぼれ落ちていた。その瞳は炯々《けいけい》と輝き、噛みしめた唇からは、つうっと、血が一筋流れ落ちる。

——彼女は、もはやただの死者の霊魂ではなかった。

その強い怨みによって、とっくに、怨霊となり果てていたのだ。

黙する椿に何を感じ取ったのか、かつてサヨだったものは、痙攣《けいれん》するように震え出した。

「ええ、ええ。分かっています。わたくしは、もはや、あなたの玉依姫ではない。志帆が来た時から、そんなことは、分かっていました」

これまでの女と同じように神域から追い出したのに、あろうことか志帆は、自分の意志で、神域に戻って来てしまった。

「そうしたら、もう、わたくしにはどうしようもなかった。神域に帰って来てからは、わたくしの言葉も、志帆には届かなくなっていた」

悔しい。志帆が憎い。殺してしまいたい。でも——自分は彼女に、敵わない。

「山神さま」

ふと、不気味なほどに穏やかな声になって、真っ黒なままに、サヨは笑った。

「志帆の祖母の心臓を握りつぶしたのは、このわたくしです」

山神は、何も言うことが出来なかった。

「認めるのは悔しかったけれど、もう、わたくしはあなたの玉依姫ではなく、志帆こそが玉依姫だった」

ならばせめて、どうして自分が山神のもとに帰れなかったのかを、知って欲しいと思ったのだ。そのためには志帆の祖母を殺し、かつてと同じ状況を作り上げるしかなかった。

「全部……全部、わたくしがやったことです」

絞り出すように、サヨだった怨霊が言うと、しばしの間、雨音だけがその場を支配した。

空を見上げれば、降りしきる雨粒が、まるで天頂を中心として咲き誇る合歓《ねむ》の花のようだった。

世界は朧《おぼろ》に歪んで、全てが泡のように、儚《はかな》く感じられた。

今までの自分の愚かさも、女達への恨みも、サヨの告白も、全てが悪夢であれば良かったのに。

だが、夢ではない。現実なのだ。

もうこれ以上、逃げるわけにはいかなかった。

「――サヨではない」

思いのほか、しっかりとした声が出た。

サヨは、伏せていた顔を上げる。

「何をおっしゃるのです……？」

「そなたは、サヨではないと言っている」

それを聞いた怨霊は身もだえして、耳障りな悲鳴を上げた。

「わたくしはサヨです、今になっても、まだ目を背けるのですか。こんなに酷い女が、あなたさまを愛していたのです。分かっています。もう、どうあっても、あなたさまに愛されることはあり得ないのだと。わたくしはあなたさまを愛するあまり、あなたさまが愛して下さった自分を、捨ててしまった――」

「違う！」

山神は先程より強く断言し、サヨに向かって手を伸ばした。

「もう愛されないなどと言うな。私は今でも、サヨを愛しているよ」

「こんなに醜くなった、わたくしでも？」

立ち竦む黒い影を前に、山神は――サヨの愛した神は、寂しく微笑んだ。

「今のそなたがサヨであるなら、私はどんなにか嬉しかっただろう。私だって、サヨを愛している。彼女が戻って来るのだったら、どんなことだってしてやっただろう」

山神は、辛抱強く語りかけた。

「だが、死んだ者は、二度と帰っては来ない。どんなに、それを切望しようとも」

分からないか、と、ぼんやりとした薄墨をまとう女に、山神は首を傾けた。

「そなたは確かに、もともと、サヨの一部であったかもしれない。しかし、体を失い、繋ぎ止められていた魂魄《こんぱく》を四散させてしまった今となっては、もう、サヨ自身ではあり得ないのだ。

だって、サヨは」

　それを認めるのには、勇気がいった。

　ごくりと唾を飲み、胸につかえていた言葉を吐き出す。

「サヨは、私のせいで、死んだのだから……」

　やわらかく抱き締められて、ようやく彼女は、山神の真意に気が付いたようだった。

「山神さま」

「勘違いするな。生ける者だって、恨みや怒りは常に抱えている。ただし、それを行動に移すには体が必要で、その体は理性を持ち、恨みや怒りを超えるほどの優しさや思いやりも、同時に抱え込むことが出来るというだけだ」

　だが、サヨの体は――魂の器は、壊れてしまった。

　もともと持っていたはずのあたたかな感情は零れ落ち、不幸にも、本質とはほど遠かったはずの部分だけが、この世に引っかかっている。

「私のせいで死に至り、飛散した魂の一かけらを、どうしてサヨそのものだと思えよう」

　信じられない、といった様子で、それは、唇を震わせた。

「許して頂けるのですか」

　山神はそれには答えずに、しかし確かに肯定してみせた。

「言ったはずだ。そなたが何をしようが関係ない。私はサヨを愛している。これから先、同じような者が現れても、この気持ちは変わらない」

一緒に過ごした時間は、決してなくなりはしないのだから、と。

「だから、そなたは——サヨではない」

彼女の目から、真珠のような涙が転がり落ちた。山神は、それを手のひらですくい上げる。

「むしろ、サヨに許しを乞うのは私の方だ。信じてやれなくて、すまなかった。ひとりで水底に沈められて、さぞや苦しく、さみしかったであろう」

しゃくりあげる彼女の体からは、すっかり、ほの暗い闇は消えていた。

「私を許してくれるか」

涙に声を詰まらせて、彼女は頷いた。

「許します」

その言葉と同時に、サヨの未練が、ほどけて消えて行くのを感じた。

——その姿はまるで、一輪の椿が地面に落ちて、ほろりと砕ける姿に似ていた。

山神の腕の中で深く息を吐き出すと、女の体からは力が抜け、首をそらせるように仰向いた。

どこからともなく、温かな風が吹いた。

やわらかな髪が宙を舞い、白い袖が翻り、花弁を散らせるようにして体が朧になっていく。

サヨの断片はさっぱりとした笑みだけを残し、その場から永久に消え去ったのだった。

＊　＊　＊

奈月彦は息を凝らして、かつての巫女の残骸と、山神のやり取りを見守っていた。

山神は、サヨを抱きかかえていた姿勢のまま、立ち尽くしている。何一つ痕跡を残さず消えていった彼女を名残惜しむように、じっと己の両手を見つめていた。

「もう、良いか？」

それまで、痛ましげな表情でサヨが消えるのを待っていた『英雄』は、フェンスから背中を離して直立した。

コンクリートの上に腹ばいになっていた大犬も、それにつられて立ち上がる。

その時になって奈月彦は、『英雄』の腰に、見事な太刀が吊るされていることに気が付いた。

力なく『英雄』のほうを向いた山神は頷きかけて、ふと、山の方を見た。

「猿のことは、どうなる」

すると、『英雄』はなんとも言えない表情となり、大げさに両肩を竦めてみせた。

「あれももう、駄目だろう。後のことは、こちらに任せておけ」

「そうか……」

ならばもう、わたしにできることは何もない、と凪《な》いだ口調で山神は言う。

「奈月彦」

名を呼ばれて進み出て、すっと背筋を伸ばす。

「は」

「そなた達にも、ひどいことをしてしまったな」

すまなかった、と深々と頭を下げる姿は、人喰いの化け物と蔑まれるには、あまりに透明だった。

本当に、山神が自分に謝る日が来るなんて、全く、思いもしていなかった。

いつか志帆が言っていたことを思い出し、奈月彦は唇を噛み締めた。

ええ、志帆殿。あなたの息子は、あなたが勝ち取ったチャンスを、決して無駄にはしませんでしたよ。

「わたくしどもこそ――至らずに、申し訳ありませんでした」

搾り出すように言って、その場に平伏する。そんな奈月彦に、山神は――椿は軽く、首を横に振った。

「いや。そなた達は、よく仕えてくれた。今までありがとう」

奈月彦の隣に座ったモモが耳を伏せ、きゅうん、と一声だけ鼻を鳴らした。

「さらばだ」

椿は小さくモモに笑いかけると、男の方へと踵を返し、歩き出した。

そうして真正面に向かい合った化け物殺しの『英雄』と椿の背格好は、ほぼ同じだった。

ただ、淡い笑みを浮かべる椿は、それだけで疲れた老人のようで、重ねて身につけた首飾りですら、ひどく重たそうだった。一方、山神に相対する『英雄』は、太刀以外に身を飾るような品はないというのに、若々しさだけで輝くように美しく、力に満ち溢れていた。

山神は恐れを見せなかった。

「志帆を頼む」

静かな最期の言葉に、『英雄』は頷く。

「言われなくとも」

椿が、安心したようにまぶたを閉じると、『英雄』は「行け」と一言、大犬に命令した。

大犬は、一瞬だけ寂しそうな目をし――しかし一拍の後、容赦なく牙を剝いて、山神に飛びかかっていった。

終章　帰還

「こんにちは。お世話さまです」

挨拶をすれば、あら、谷村さん、とナースステーションのあちこちから声が上がった。

「これ、差し入れです。良かったらどうぞ」

「いつもすみませんねえ」

「いいえ。志帆《しほ》ちゃんは今、話せますかね」

「大丈夫だと思いますよ。調子が良いみたいですし、そろそろ、退院も出来るかもしれません」

「本当ですか！」

それは良かったと谷村が言うと、しかし、集まってきたナース達は顔を曇らせた。

「でも、女の子があんな、大火傷なんて……」

「体の調子は良くても、問題なのは気持ちの方ですよ」

「こっちに心配かけまいと、あの子、すごく元気そうにふるまうんです。あたし、泣きそうになっちゃった」

「しかも、ご家族がいないんでしょう?」

暗い顔のナースに、谷村は快活に笑いかける。

「大丈夫。あの子は、強い子ですから。それに、妻と相談しましてね。本人がいいと言ってくれたら、しばらく、ウチに来てもらおうかと話をしているんです」

「まあ!」

谷村さんのところなら安心ね、とナース達の顔色が一気に明るくなる。説得に協力してほしいと言えば、みんな、快く引き受けてくれた。

ではまた後でと言い残し、その足で病室へと向かう。

「志帆ちゃん。具合はどうだい」

「谷村さん」

また来てくれたんですか、と、横になってテレビを見ていたらしい志帆は、ゆっくりと体を起こした。その動きはぎこちなく、顔にも、はっきりとしたケロイドが残っている。

「楽な姿勢でいいよ」

「いえ、大丈夫です。今日は、とっても調子がいいから」

今は笑っているが、こうしてちゃんと話が出来るようになったのは、最近になってからのことである。

最初の頃、鼓膜が破れていたせいで、志帆は人の声に全く反応を示さなかった。その上、喉の火傷のせいでしゃべることも叶わず、しばらくは誰とも会話が出来なかったのだ。

喉と耳が治りつつある今もぼうっとしていることが多く、主治医からは、落雷が脳に後遺症を残しているかもしれないと言われていた。

「そういえば、伯父に代わって、祖母の弔いをして下さったそうですね。ありがとうございます」

ナースの言う通り、今日はちゃんと話せるようだ。志帆が回復したことを嬉しく思いながら、谷村はベッド脇のパイプ椅子へと腰を下ろした。

「志帆ちゃんがいないうちに済ませてしまうのもどうかと思ったんだけどね。勝手してごめんよ」

「いえ。気になっていたので、助かりました」

「菩提寺は、東京かな」

「祖母の実家はこっちにあったはずなんですが、よく分からなくて……」

「じゃあ、それもおいおい調べておこう。見つからなかったとしても、俺と知り合いの寺があるから、そこにお願いすればいいよ」

「何から何まですみません」

「気にしないで。でも――志帆ちゃん自身は、これからどうするつもりなんだい」

志帆は首を傾げた。

「どう、と言いますと？」

「一応、久乃さんが休学の手続きをしてくれていたようだけど、高校には戻るんだろう？」

「そうか、学校かぁ……。まだ一年も経っていないのに、ずっと昔のことみたい……」

遠い目をして、志帆は窓の外を見やった。志帆の横顔は、どこか、まだ夢から覚めきれていないような雰囲気をまとっている。

谷村はその表情に、うっすらと不穏なものを感じた。

病み上がりなのだから、本当はすぐに引き上げるつもりだったのだが、なぜか、ここで放っておいてはいけないような気がしてならなかった。

「志帆ちゃん」

「はい？」

どことなく儚い笑みで振り返られ、ますますその思いを強くした谷村は、もっと後にしようと考えていたことを、ここで話すことに決めたのだった。

「奈月彦《なづきひこ》から聞いたよ。山神《やまがみ》さまと百年前の巫女さんとの間に、何があったのか」

でも、と谷村は口調を変えた。

「俺は、山神があんな風になっちゃったのには、他にも原因があったと思っているんだ」

「他の、原因ですか……？」

「そうだよ。一番大きな原因はそれで、結局のところ、サヨという巫女さんも山神も、運が悪くって、それに巻き込まれただけなんじゃないかと考えている」

それは何ですか、と、志帆は首をかしげた。

「それはね、志帆ちゃん。時代だよ」

八百万《やおよろず》の神々への信仰の多くは、人間にはどうしようもない力、自然に対する畏怖から生まれるものだ。

時代が下るにつれ、山神の力がなくとも稲作や農耕の収穫が安定するようになると、全国的に農耕を司る神への信仰は薄れていった。

「農耕神だけじゃない。時代の流れにそぐわなくなった多くの神が、人間からの信仰を得られずに、次々と神としての名前を失っていった。しかもこの山の場合、神使に、生贄制度によって力が得られることを知る猿がいたのも悪かった」

人間からの信仰を失いつつあった山神は大猿《おおざる》に影響され、生贄を欲する邪神として、純粋な信仰に代わり、村人からの畏怖を得るようになってしまった。

「でも、生贄譚っていうのはね、必ず、過去のこととして語られるものなんだ」

時代にそぐわなくなったとはいえ、かつて自分達が崇《あが》めていた神を放逐するのには罪悪感が伴う。そのため、時代に合った新しい神さまを受け入れる過程において、『昔はこんなに悪い神がいたが、新しい神さまが来てくれたおかげで幸せになった』という正当化が求められたのだ。

「だから、人喰いと成り果てた化け物は、必ず、新しい神となる『英雄《えいゆう》』によって、倒される運命にある」

志帆は、そっと目を閉じた。

「じゃあ、椿《つばき》は……」

消え入りそうな声に、谷村は静かに応えた。

「ごめん。椿は大猿もろとも、猿神退治の『英雄』によって、倒されたよ」

薄々、何があったのかを察していたのだろう。

志帆は、「そうなの……」と力なく呟くのみであった。

しばしの沈黙が落ちたが、谷村は、ここで黙っているわけにはいかなかった。

「でもね、志帆ちゃん。時代の流ればかりは、どうしようもない。こういうことになっちまったのは、誰が悪かったわけでもなく、仕方のないことだったんだよ」

「仕方のないこと、ですか」

視線を手元に落とし、ぼんやりと繰り返す志帆に、谷村はきっぱりと頷いた。

「ああ。でも、本来だったら、ただの化け物として退治されるだけだったが——椿には、最後の最後に、救いがあったじゃないか」

「……救い？」

「そうだよ。彼には、君がいた」

はたと顔を上げた志帆に、谷村は、心からの微笑を浮かべた。

「分かるかい？　志帆ちゃんは、化け物になってしまった彼に、神としての自我を取り戻させたんだ」

これは、とても難しくて、すごいことなんだよ！　と声を弾ませる。

「結果的には手遅れだったかもしれないけれど、椿の最期は、とても立派だったそうだ。化け物として無残に殺されるのではなく、神として、自分の幕引きに臨んだんだから」

谷村は、志帆の目を見つめながら告げた。

「椿は、君に感謝していた。そして、君に人間界に戻って幸せになって欲しいと、望んでいたはずだよ」

志帆は無言のまま、谷村を見上げる。

「椿も、君のおばあちゃんも、君を愛するひとは、全員それを望んでいる。みんなが、志帆ちゃんに幸せになって欲しいと思っているんだよ。だから、心置きなく、人間の世界に戻っておいで」

「谷村さん……」

その瞳は、憑《つ》き物が落ちたように澄んでいた。

「学費や、生活費のことは心配しなくていい。我々の都合で、君を大変な目に遭わせてしまったのは確かなんだ。どうか、援助させてほしい」

志帆の唯一の肉親と言えば伯父だが、彼は、動けるようになってすぐに転院してしまった。少しは金をむしり取ってやった方がいいのではないかとも思ったが、志帆にそんなつもりはさらさらないようだった。

――結局、あの落雷によって、死者は一人も出なかった。

生贄の儀式までしておいてお咎めなしというのも考えものだったが、村人は家を焼かれたことで、そのほとんどが山内村《さんだいむら》を出るという決断を下し、土地も売りに出そうとしているらしい。

これで、山の祭祀も続けることは出来なくなった。

もう、そういう時代ではないのだと思いながらも、大天狗《おおてんぐ》はこれからの山と八咫烏《やたがらす》達の行く末を思い、暗澹《あんたん》たる気持ちになった。

その八つ当たりというわけではないが、谷村は天狗の伝手を使って、志帆の伯父や、村出身の者達からことごとく金を巻き上げる算段を立てていた。もとより、山神の加護がなければ傾くような会社ばかりだ。やりようはいくらでもある。

「でも、そこまで甘えるわけには」

「甘えてもらわなきゃ困るんだよ。これからのことは、何も気にしなくていいから」

しかしそれを聞いた志帆は、困ったように笑うだけであった。

「……ごめんなさい、谷村さん。ちょっと、考えさせてください」

「勿論だ。ゆっくり考えてね」

ちょっと休憩にしよう、と言って谷村は立ち上がる。

「売店に行って来るけれど、何か食べたいものとかないかい？」

なんでもおごっちゃうよ、とおどけて言うと、志帆は小さく笑った。

「ありがとうございます。実は、ずっと蜜柑ゼリーが食べたくて」

「看護婦さんには言いづらいよね。じゃあ、買って来るよ」

「わざわざすみません。お願いします」

病室を出て、谷村はほっと息をつく。

どうなることかと思っていたが、この分なら、志帆は大丈夫そうだ。

先程説明したことの全てが真実というわけではなかったが、人間界に戻る彼女にとって、それはさして重要な問題ではない。

――志帆がただの人に戻るために、納得しさえすれば、それで良いのだ。

「お待たせ」

売店で買い物を済ませて帰って来た谷村は、病室に足を一歩踏み入れて、言葉を失った。

外の雪雲を映した白い窓辺はかすかに開き、吹き込んだ風によって、カーテンが軽やかに舞っている。

その脇のベッドに、志帆の姿はなかった。

＊　＊　＊

「お嬢ちゃん、大丈夫かい」

祖母の遺品として渡された財布の中を漁っていると、タクシーの運転手が声を掛けて来た。

「天気予報だとこれから雪らしいし、お家の前まで行ってあげようか」

フードで火傷は隠したつもりだったのだが、こちらが健康とは言えない状態であると気付いているらしい。きっちり小銭を支払ってから、志帆は明るく笑った。

「平気よ、私の家はすぐそこだから。心配してくれてありがとう」

「そうかい？　じゃあ、くれぐれも気を付けてね」

発進したタクシーを軽く手を振って見送ると、さて、と志帆は振り返った。

ゴールデンウィークに初めてやって来た時と比べると、村の様子は一変していた。

かつて水が張られていた田んぼは、稲刈り前に焼き尽くされたせいで、今も真っ黒になっている。道の両脇に立ち並んでいた豪邸はことごとく崩れ果て、その脇を通ると今でも焦げ臭さを感じた。

焼けてしまった村には、人っ子一人いない。

タクシーから下ろしてもらった所から、目的地までは一直線である。

転ばないように気を付けて、廃墟の間の道を、一歩ずつ進んでいく。

あちこちが焼け焦げてはいるものの、浮島へと続く橋はまだ通れるようだった。

おぼつかない足取りで時間をかけて進み、村の家屋と同様に焼けてしまった社の前へとやって来た。

深く息を吸い、呼びかける。

「いるんでしょう？」

分かっているから出て来てと、言い終わるか、終わらないかの時だった。

「――そんな体で、よくここまで来たなぁ」

振り返ったそこには、呆れた表情の青年が立っていた。

象牙のような色をした肌に、つやつやとした白銀の髪。

きりりとつり上がった眉と、勝気そうなその目元。

少しばかり成長していたとしても、見間違うはずがない。志帆が心から慈しみ、息子として育てた椿の体が、少しも損なわれずにそこに存在していた。

しかし、志帆は動かなかった。

体は確かに、椿のものだが――その瞳の奥にあるものだけが、明らかに以前とは異なっていた。

「悪かったな、志帆」

言って、青年は憐れむような眼差しで志帆を見つめた。

「あんたの可愛い息子は、俺が殺してしまったよ」

志帆は、じっと青年を見つめ返した。

かつて苦悩の色を湛え、暗く空洞のようだった瞳が、今は金色の炎のような輝きを得て、爛々とした光を点している。

「あなたが……椿を殺したという、『英雄』さん？」

「ああ、そうだ。あんたが椿と呼んだ男の自我は、俺に、山神の体を開け渡した」

彼が首肯すると、どこからともなく大きな獣が現れた。

育ち過ぎた犬にも見えるが、鬣《たてがみ》の渦巻くその姿は、普通の犬とは比べ物にならないほどに大きい。巨大な獅子は、差し出された山神の手に、その立派な鼻面を押し付けた。

その頭を撫でながら、沈黙する志帆を前にして、青年は穏やかに言葉を続ける。

「神に戻ることは叶わなかったが、奴は逃げなかったよ。ちゃんと、自分のしたことの責任を取る道を選んだ。あんたは、自分の息子を誇りに思っていい」

奴も、きっと感謝していることだろう、と男は悪びれることなく言ってのけた。

「奴はどうしようもない化け物だったが、あんたのおかげで、最期は立派な神として終わりを受け入れることが出来たんだ」

大義であった、と、不意に、青年の物言いが鷹揚《おうよう》になった。

「山神は、無事に交代を終えた」

だから、と彼は微笑する。

「そなたは、もう自由だ」

そう言われて、志帆は堪らずに下を向いた。その肩が震えているのを見て、志帆が泣いているものと思ったらしい。

「受け入れがたいのは分かるが、そなたに出来ることは、もう何もない」

大人しく人の世に戻るが良い、と気遣わしげに言われたが――しかし、それは違った。

「そういうわけにもいかないわ」

「――何？」

怪訝そうに問い返した新しい山神は、顔を上げた志帆を見て息を呑んだ。

志帆は、笑っていた。

「大天狗の言っていること全てが、本当じゃない。だって、あなたが他所から来た『英雄』なんかではないことを、私は知っているもの」

お前、と息を呑まれて、志帆は晴れやかに微笑んだ。

「ただいま、椿」

約束通り、私は帰って来たわ、と。


その名を呼ばれた時の、新たな山神の顔は見ものだった。

「何を、馬鹿なことを言っている……？」

「騙そうたってそうはいかないわよ」

楽しくて、志帆はくすくすと笑った。

「母親の目をごまかせると思っているの。あなたは椿よ。私の息子の」

最初からそうだった、私には分かっていたと続けると、彼はぽかんと口を開いた。

「認めないのね」

「認めないも何も……私は椿などではない」

「あら。じゃあもしかして、あなた自身も分かっていないのかしら？」

山神は顔をしかめただけで、何も言わなかった。

「ならいいわ。私が教えてあげる」

志帆は、にこりと笑った。

「椿は言っていたわ。自分には何かが欠けていると。欠けていたのは、私じゃない。あなただったのよ」

椿の気性が荒かったのには、ちゃんとしたわけがあったのだ。

「あの子は荒魂《あらみたま》そのもので、和魂《にぎみたま》が欠けていた。あなたは——椿の和魂よ」

もともと、この土地の信仰の中心は山の上にある大岩と泉にあり、沼の社は、拝みどころとしての役割のみを有していた。だが、村の者は普段、手軽に行ける沼の社のほうに参拝をしていたから、いつしか、沼の社そのものに、信仰が集まるようになってしまった。

「そして、沼の社には和魂が常にいて、荒魂だけが、沼と山を行ったり来たりするようになった……」

——毎年五月に行われていたあの儀式は、本来、祭神の復活、再生のためのものであった。山の磐座《いわくら》で神威を新たにする儀式を行った荒魂は、山を下りて沼の社で迎えられ、和魂と合体し、力の更新を行う。そして、秋になると荒魂だけが山へと戻り、半年後に再び同じことを繰り返すのである。

ある意味で、分かれた御霊《みたま》をひとつに統合するための儀式でもあったのだ。

「でも、椿の方は、儀式の意味を忘れてしまったから、ずっと山の上に引きこもったままだった。荒魂によって新しい力を得られなくなってしまったせいで、あなたの方は、どんどん弱くなっていく」

年を経るごとに、人喰いの悪神となってしまった荒魂ばかりが歪んだ形で力を持つようになっていき、彼は焦った。

暴走する半身を、止めなければならない、と。

「あなたがいつも龍ヶ沼の近辺に現れたのは、浮島の本殿から離れることが出来なかったから。あなたがサヨの身に何があったのかを知っていたのは、ずっと、そこにいたからなのよ」

しかし、体を持たない彼には、どうすることも出来なかったのだ。

浮島の社を離れ、荒魂を屠《ほふ》るためには、『名前を失った神の和魂』以外の、新たな名前が必要だった。

「あなたは、誰かに人喰い神を屠る『英雄』であると認めて貰わなければならなかった。だから、大天狗達を利用したのね」

自分を、化け物殺しの『英雄』として認識してもらうために。

黙って話を聞いていた山神は、みるみるうちに顔色を失っていった。

そう。きっと、とても驚いているだろう。

ここにいるのが、無理やりに生贄にされただけの少女ならば、こんなことを言えるはずがないのだから。

「お前は……お前は、誰だ」

恐れるように言われて、苦笑する。

「誰だとは失礼ね。私は、あなたの玉依姫よ」

「お前――そうか、貴様か！」

一瞬だけ面食らった山神は、しかし次の瞬間にはすさまじい形相になり、叫んだ。

「貴様が、志帆を操って、あんな茶番を演じさせた張本人だな」

――容れ物を乗り換えて生き続ける、記憶を伴った一つの自我。

それは、山神や、八咫烏だけではなかったのだ。

「あら。茶番とは失礼ね」

「ふざけるな！　一体、いつから志帆に取り憑いていた。最初に志帆が逃亡した時、貴様が余計なことをしなければ、あいつはすぐに助けを求めようとしただろうに！」

さっさと志帆を自由にしてやれと激昂する山神を前にしても、玉依姫はニコニコと笑うばかりである。

あまりに動じないその様子に、山神は、若干の薄気味悪さを覚えたようだった。

「何だ……。何を笑っている」

「嬉しくて」

「は？」

「だってあなたは、ずっと志帆の幸せを願って、人間界に帰そうとしてくれたのでしょう」

優しいわ、とっても嬉しい、と玉依姫は笑い続けている。

山神は、ふと勢いをなくした。

「おい……」

「ねえ、椿。こう言ったら、分かってくれる？」

怪我の後遺症を感じさせない、軽やかな足取りで玉依姫は山神に迫った。

「私は、操られたことなんてない。今までも、そしてこれからも、私はずっと志帆なのよ」

山神は、自分の目の前に迫る少女を、それこそ、化け物でも見るかのような目で見返している。

「貴様は、何を言っている……？」

少女は大げさに嘆息した。

「確かに、この山の巫女となった時点で、志帆にも多少の記憶を受け取ってもらったわ。でも、それは他の娘《こ》達も同じよ」

自分は、山神の味方なのだ。出来るだけ、新しい巫女にも玉依姫としての役目を果たして欲しかったから、自分に可能な限り、彼女達には夢という形で干渉を続けて来た。

「でもね、そこから何を考えて、どう選択するのかだけは、必ず本人の意志に委ねて来たつもりよ」

当然、志帆もね、と。

ひたと山神を見据え、玉依姫は——志帆は、いたずらっぽく笑った。

「それをあんた、何？　私が、ずっと何かに操られていたとでも思っていたわけ？」

あんまり見くびらないで欲しいわね、とふんぞり返って腕を組む。

それを聞いた山神は、しばらくの間、絶句していた。

「そなた——まさか、志帆なのか」

「だから、最初からそう言っているでしょ」

「でも……そんな、まさか。だったら」

だったら、どうして玉依姫の自我を持っているのかと、山神はしどろもどろになっている。

志帆は、そんな山神を面白がるように口の端を吊り上げた。

「玉依姫が玉依姫であるためには、特別な生まれは、何も必要ないのよ」

あなたと違ってね、と言われ、山神はつばを飲んだ。

「だったら、何が必要だと言うのだ」

「しごく簡単なこと。ただ、神を愛し――愛されることを知っていれば良い」

目を瞬く山神に、たまらずに志帆は声を上げて笑った。

「本当なら、誰だって、玉依姫になれるのよ。この山で死んでしまった、可哀想なたくさんの女の子達の中にも、きっと、その可能性は存在した」

だが、そうなれなかったのは、彼女達がそうなることを選ばなかったからに他ならない。

勘違いしているようだけど、と志帆は微笑した。

「私はいつだって、自由だったわ。初めて神域を逃げ出した夜も、そして今も、自分の意志で、ここに戻って来ることを選んだの」

それを聞いた山神はややあって、「そうか」と囁き、よろめいた。

「志帆はとっくの昔に……玉依姫であることを、選んでしまっていたのだな……」

気が付くと、志帆の真横に、ふかふかとした毛並みを持った大犬がやって来ていた。山神の傍に控える獅子とは違い、その額には、まろい角が生えている。こんなにも立派になったのかと嬉しく思いながら、志帆は久方ぶりに、モモの頭を撫でてやったのだった。

「私自身が選んだことよ。後悔はないわ」

黙する山神に、つと、志帆は強い眼差しを向けた。

「あんたもいいかげん、逃げるのは止めて、認めてよ。あんたは今でも、椿なんだって」

山神は、かすれた声を上げた。

「私が？」

「そうよ。自分が椿だと、自覚していないだけのこと」

「私は……私が、椿だと？」

あり得ない、と叫んだ声には、しかし力が無かった。

「お前の言う通り、確かに、私にはかつての記憶がない。だがそれは、逆に言えば私が、何者でもない、全く新しい神であるということだ」

「全く新しい神だったとしても、あなたは椿よ。だって、玉依姫である志帆《わたし》が愛している神さまなんだもの」

当然とばかりに即答され、彼は頭痛をこらえるようにこめかみを揉んだ。

「……あくまで、そなたが椿だと思うから、私は椿だと言うのか？」

「ええ、そうよ」

「横暴もいいところだ……」

「それでは不満？」

全く、と彼は嘆息した。

「母上には、敵わぬな」

「そりゃあ、あなたの玉依姫ですもの」

顔を上げた時、山神の顔つきは、確かに志帆が椿と名付けた、御子神のものとなっていた。

「すまない。母上」

それでも、椿の後悔が窺える表情が、玉依姫には切なかった。

「どうか謝らないで」

私がそれを選んだんだから、と再度言って、玉依姫は椿を抱きしめた。

しかし、抱きしめられた椿は、今にも泣きだしそうだった。

「それでも、志帆には幸せになって欲しかったのに……結局はわたしのために、全て、台無しにしてしまった」

「馬鹿言わないで。椿のためじゃない。全部、自分のためにしたことよ」

厳しく言い放ってから、玉依姫は椿の肩へと頬を寄せた。

「お人好しだ、不合理だって何度も言われてしまったけれど、志帆はいつだって、自分のためにしか動かなかったし、彼女なりに合理的に考えていたわ。ただ――その『理』が、他の人とちょっとだけずれていたのね」

自分がしたことで誰かが幸せになってくれるなら、それは、志帆自身の幸せに他ならなかった。たとえ、傍からどんなに愚かに見えたとしても、どんなに馬鹿だと言われたとしても、志帆は、そんな自分に満足していたのだ。

「……それで、人としての一生を送れなくなったとしても？」

「それの何が問題なの？」

玉依姫は快活に笑った。

「これは『普通の幸せ』ではないかもしれないけれど、何が志帆にとっての幸せなのかは、結局のところ、志帆自身にしか分からないわ」

ふと笑みをおさえると、玉依姫は、志帆の顔になって言った。

「……確かに、おばあちゃんや、お父さんやお母さんは、私が『普通の幸せ』を得られないことを悲しむかもしれない。でも、私にとっての『幸せ』は、『普通の幸せ』ではなかったのよ」

生きている間に分かってもらうことは出来なかったが、それでもあの人達が、心から志帆に幸せになって欲しいと願ってくれていたことを、自分は知っている。

「だから、これが本当に、私にとっての幸せなのだと伝えることさえ出来たら、きっと、分かってくれたと思う」

不意に志帆は、顔をくしゃりと歪めて笑った。

「これの、どこがお人好しなんだろうね。とんでもない親不孝者の、わがまま娘だよ」

でも、きっとそういう志帆だからこそ、玉依姫になることが出来たのだ。

「ねえ、椿。私は、あなたが好き。たとえ二人ぽっちになろうとも、あなたと一緒に生きていきたい。他でもない、私自身のために」

それで十分私は幸せなんだけど、あなたはどう？　と。

黙する椿に向けて、玉依姫は首をかしげる。

「わたしだって――わたしだって、そなたがいれば幸せだ」

「うん」

「ありがとう、志帆」

「――うん」

冷たくなった椿の背中を撫でながら、ふと空を見上げる。

寒いはずである。雪が降って来た。

「儀式を行う者がいなくなってしまった以上、この山は、『志帆』と『椿』の代で終わりだな」

ぼんやりとした声に、その顔を覗き込む。

「未練があるの？」

いいや、と椿はきっぱりと首を横に振った。

「終わるべくして、終わったのだ。遠回りはしたが、わたし達がそうしたのだと、今なら思える。最後にそなたにまた会えただけで、上出来だったと思う」

「そう……」

顔を上げた椿は、白い雲の中に厳然とそびえ立つ荒山を見つめ、呟く。

「だが、たくさんの女達や、烏や、猿に、悪いことをしてしまった……」

玉依姫は何も言わず、そっと山神の手を握りしめた。

不意に、曇天が割れた。

雲間から射し込んだ光は、薄い霧のかかった山を、純銀に濡らしていく。

「行きましょう、椿」

「ああ、そうだな」

わたし達の山に帰ろう。

椿と志帆は手をつなぐと、二匹の大きな獣を連れ、真珠のように淡く光る山へと向かい、ゆっくりと歩きだしたのだった。

玉依日賣《たまよりひめ》、石川の瀬見《せみ》の小川に川遊びせし時、丹塗矢《にぬりや》、川上より流れ下りき。乃《すなは》ち取りて、床の邊《へ》に插《さ》し置き、遂《つひ》に孕みて男子《おのこ》を生みき。人と成る時に至りて、外祖父《おほぢ》、建角身命《たけつのみのみこと》、八尋屋《やひろや》を造り、八戸《やと》の扉を竪《た》て、八腹《やはら》の酒を釀《か》みて、神《かむ》集へ集へて、七日七夜樂遊《うたげ》したまひて、然して子と語らひて言《の》りたまひしく、「汝《いまし》の父と思はむ人に此の酒を飲ましめよ」とのりたまへば、卽《やが》て酒坏《さかづき》を擧《ささ》げて、天《あめ》に向きて祭らむと爲《おも》ひ、屋の甍《いらか》を分け穿ちて天に升《のぼ》りき。

乃ち、外祖父のみ名に因りて、可茂別雷命《かもわけいかつちのみこと》と號《なづ》く。

『釋日本紀《しゃくにほんぎ》』風土記逸文より

本書は書き下ろしです

著者プロフィール

阿部智里

（あべ・ちさと）

1991年群馬県生まれ。早稲田大学文化構想学部卒業。
2012年『烏に単は似合わない』で松本清張賞を史上最年少受賞。
13年同じく八咫烏の世界を舞台にした『烏は主を選ばない』を上梓。
14年早稲田大学大学院文学研究科に進学、『黄金の烏』を上梓、
15年『空棺の烏』を上梓。
本作で5作目となる八咫烏シリーズは累計50万部を越えた。

玉依姫《たまよりひめ》

二〇一六年七月二十日　第一刷発行

著　者　阿部智里《あべちさと》

発行人　吉安章

発行所　株式会社　文藝春秋
〒一〇二―八〇〇八
東京都千代田区紀尾井町三―二三
電話　〇三―三二六五―一二一一

印刷所　萩原印刷

製本所　大口製本

DTP　言語社

Printed in Japan
ISBN 978-4-16-390489-4

阿部智里

八咫烏シリーズ

第一部完結編

二〇一七年夏刊行予定！

八咫烏と猿——最終決戦の火蓋がついに切って落とされる！
奈月彦はすべての記憶を取り戻し真の金烏となれるか
そして異世界・山内を守ることができるのか——
壮大なファンタジー、ついにクライマックスへ。

（文藝春秋）